El día que se perdió
el amor

Javier Castillo

El día que se perdió
el amor

SUMA
de letras

Primera edición: enero de 2018
Primera reimpresión en Estados Unicos: abril de 2018

© 2018, Javier Castillo
© 2018, Penguin Random House Grupo Editorial, S.A.U.
Travessera de Gràcia, 47-49. 08021 Barcelona

Diseño de cubierta: Penguin Random House Grupo Editorial
Fotografía de portada: © Simpsontien

Printed in USA – Impreso en Estados Unicos

ISBN: 978-84-9129-173-2
Depósito legal: B-22919-2017

SL 9 1 7 3 2

Penguin
Random House
Grupo Editorial

A Verónica, mi universo,
por quien nunca perderé el amor.

Y a Gala, mi pequeña soñadora,
que irremediablemente
ya me ha hecho perder la cordura.

*Al final del camino descubrirás que solo
dos cosas cambian tu vida:
el amor, porque la mejora,
y la muerte, porque la termina.*

Introducción

Nueva York, 14 de diciembre de 2014

Eran las diez de la mañana del 14 de diciembre. Un pie descalzo pisó el asfalto de Nueva York y una sombra femenina se dibujó frente a él. El otro pie se posó con cuidado, tocando el suelo con sus finos dedos llenos de suciedad. Estaba desnuda, con la piel pálida, las piernas y los pies renegridos y su largo cabello castaño bailando al son de los vehículos. Su cintura se contoneaba suavemente de lado a lado con cada paso que daba; pisaba despacio, como si no quisiera hacer ruido. La chica cruzaba la carretera mientras los vehículos la rozaban, haciendo vibrar su corazón. Se detuvo un segundo en mitad del carril central y observó cómo un autobús pegó un volantazo y la esquivó en el último momento.

Sonrió.

Una mujer que caminaba por la acera con su hijo pequeño le tapó los ojos. Los pitidos de los vehículos que se daban de bruces con ella comenzaron a ser ensordecedores y cada vez había más curiosos que miraban la escena con la boca abierta. Un motorista se tiró a un lado de la carretera para no atropellarla, deslizándose por la calzada y estampando su moto contra un coche que estaba aparcado.

Los coches avanzaban por la avenida como fulminantes apisonadoras, aunque ninguno la rozó. En ese momento el tráfico en la ciudad era rápido, pero llegó al otro lado y, al poner un pie sobre la acera, se le erizó la piel de todo el cuerpo al ver que varios agentes del FBI ya habían salido para taparla y arrestarla. Algunos incluso la apuntaban con la pistola, pensando que quizá fuese armada, pero la chica les sonrió y negó con la cabeza.

—No seréis capaces —dijo.

Uno se abalanzó sobre ella con una camisa verde para cubrir su cuerpo desnudo, pero la chica alzó el brazo derecho mostrando unos papeles en la mano.

—¡Alto! —gritó uno de ellos.

Ella lo miró a los ojos y le sonrió. Un instante después, abrió la mano y los papeles amarillentos comenzaron a planear hacia el suelo, unos más rápido, otros más lento, frenándose con el aire y bailando por el camino, pero todos con la intención de cambiar la historia.

Capítulo 1
Bowring

Nueva York, 14 de diciembre de 2014

—¿Y dices que se ha presentado aquí desnuda? —dijo el inspector Bowring con cara incrédula y sonrisa jocosa mientras avanzaba por el pasillo.

—Así es —respondió su ayudante.

—¿Y la habéis detenido?

—Alteración del orden público, señor. Poca cosa, pero también tiene signos de agresión. Presenta arañazos en los brazos y en la espalda.

—Una perturbada exhibicionista. ¿Para esto me llamáis? Sabéis que los viernes por la tarde me despido para no volver.

—Hay algo más, señor —dijo su ayudante arqueando las cejas con aire preocupado.

—¿El qué?

—Es mejor que lo vea usted mismo.

Al inspector Bowring Bowring no le gustaban las sorpresas. Odiaba la manera en que siempre lo transportaban a un lugar inesperado, o lo metían en problemas. Lo que él buscaba era el aburrimiento, lo perseguía de manera premeditada, pero este tenía la costumbre de huirle cada vez que trataba de alcanzarlo. Ese día, sin ir más lejos, pensaba pasarse la tarde en casa revisando y observando una lámina de sellos sin valor que acababa de caer en sus manos. La había colocado con entusiasmo, el día anterior, sobre la mesa de su estudio, junto a su prominente lupa estática, sus gafas lupa, su lupa cuentahílos, el flexo lupa, y todos los demás cachivaches a los que se les pudiese adjuntar una lupa. Una lámina completa, de una tirada numerosa, de un sello ampliamente utilizado en la última década. «No hay nada mejor para perder el tiempo», se decía. Ahora que su ayudante lo miraba con ojos de preocupación, intuía que su plan perfecto para matar el tiempo estaba a punto de esfumarse.

Bowring caminó junto a él, algo tenso. Le exasperaba el secretismo, pero la solemnidad de una pregunta sin respuesta siempre le dejaba un buen sabor de boca.

—¿En qué sala está?

—La 3E. La del final de las cloacas.

—¿A esa sala no habían llevado los archivos de desapariciones?

—Cierto, jefe.

—¿Y cómo la interrogáis ahí?

—Hemos sacado algunas estanterías para que cupiese una mesa y un par de sillas, y ya sirve como sala de interrogatorios. No nos ha dado tiempo a quitar mucho, aún quedan estanterías con algunos archivos, pero hay suficiente espacio.

—¿Y por qué diablos habéis hecho eso?

—Lo ha pedido ella.

—¿Quién?

—La exhibicionista, jefe.

—A ver si lo he entendido bien. ¿Me estás diciendo que habéis movido los archivos policiales para reutilizar una sala de interrogatorios que llevaba casi veinte años sin usarse, a la que casualmente hace una semana le dimos otra utilidad, porque una loca exhibicionista os lo ha pedido?

—No lo entiende, señor —dijo nervioso y algo preocupado—. Cree que sabe lo que va a pasar.

—¿Qué?

—El futuro. Ella dice que cree saber lo que va a ocurrir. Nos ha contado que es importante para todos nosotros que sea en esa sala.

Bowring permaneció en silencio. Siempre había despotricado sobre el deterioro que había sufrido el entrenamiento del FBI, permitiendo que jóvenes como Leonard, patosos, ingenuos y manipulables, llegasen a formar parte del cuerpo. Leonard caminó junto a él, lanzándole miradas de reojo al tiempo que tragaba saliva.

Al llegar a la sala 3E, Bowring se asomó por el ventanuco de la puerta. El interior era un completo desastre. Había estanterías llenas de expedientes antiguos, varias mesas con papeles por todas partes, sillas rojas apiladas en un rincón. Cualquiera hubiera deducido en un instante que aquella no era una sala para mantener detenido a ningún sospechoso. Había cajas apiladas por el suelo de cuyo interior sobresalían papeles y bolsas transparentes numeradas que guardaban pruebas de algunos casos. Pero lo que más llamó la atención de Bowring no fue el evidente desorden de la sala, sino la absoluta tranquilidad con la que una joven morena lo esperaba sentada mirándolo a los ojos. Tenía veintipocos años, y una larga melena castaña que le caía enmarañada sobre una camisa verde a la que le sobraba tela y dignidad por todas partes. Frente a ella había otra silla, vacía, y Bowring vio cómo su tarde revisando curiosidades filatélicas se desvanecía definitivamente. El inspector se volvió con mirada de incredulidad.

—¿Qué diablos le habéis puesto?

—Lo primero que hemos encontrado, jefe. Una camisa del agente Ramírez. Ya sabe, con la talla que tiene pensamos que la taparía entera. —Leonard sonrió.

—Consigue ropa de mujer. Un vestido, o una camiseta y unos jeans, pero no me jodáis vistiéndola así.

—Ahora mismo, inspector —dijo preocupado—. Pero tome esto, lo va a necesitar.

Leonard se sacó un taco de papelitos del pantalón. A primera vista parecían tarjetas de visita a las que el tiempo, sobre todo el mal tiempo, hubiese deteriorado hasta el punto de comerse los bordes y corroer la tinta que se apelotonaba en el centro.

—¿Qué es esto? —preguntó el inspector.

—Por lo visto las ha escrito ella. Cada una tiene el nombre de una persona y una fecha. Ya estamos comprobando quiénes son, pero no hemos sacado nada en claro.

—¿Y no os ha dicho qué significan? Tal vez sean citas con sus amantes.

—No se lo va a creer, jefe —dijo Leonard, inseguro.

—¿El qué?

—Ella dice que van a morir.

—¿Qué?

—Por eso le hemos llamado. Es todo muy extraño.

El inspector ojeó la primera de las notas: «Susan Atkins, diciembre de 2014».

—¿Susan Atkins? ¿De qué me suena?

—Ese nombre ya lo hemos comprobado. Tenemos más de mil cuatrocientas coincidencias, y estamos cerrando el cerco. Solo en Manhattan hay más de ochenta Susan Atkins.

—Me suena muchísimo ese nombre. ¿No está relacionado con ningún caso de los últimos años?

—Si quiere lo compruebo, jefe. Yo me encargo.

—De acuerdo. Infórmame de todo en cuanto descubras algo. ¿Qué sabemos de los demás nombres?

—Más de lo mismo. Demasiado comunes como para identificar a nadie.

—¿Y la fecha? —incidió—. Diciembre de 2014.

—Bueno, estamos en diciembre de 2014.

—Ya sé que estamos en diciembre. —El inspector se mordió la lengua para no llamarle idiota—. Quiero decir que si sabéis qué significa.

—Ni idea.

—Está bien. Lárgate y consigue algo de ropa para que se cambie. Seremos el hazmerreír si la prensa se entera de cómo la habéis disfrazado.

—Ahora mismo, jefe.

Leonard se alejó apretando el paso. Por su parte, el inspector Bowring Bowring, cuyo nombre y apellido coincidente había sido objeto de burlas constantes cuando se incorporó al cuerpo, se quedó pensando en el contenido de las notas. Un nombre común en un papel amarillento del tamaño de una tarjeta de visita. «¿De qué me suena todo esto?», se dijo.

Se adentró en la oscuridad de un habitáculo contiguo que permitía observar los interrogatorios a través de una ventana con un falso espejo, cerró la puerta tras de sí con la meticulosidad con la que estudiaba los sellos y apartó, con la misma delicadeza, varios papeles que se encontraban esparcidos sobre una mesa de metal con restos de café y ceniza. Levantó la mirada hacia la detenida, con la intención de observar sus movimientos y su comportamiento antes de proceder con la rutina, y en ese instante la joven lo miró a los ojos.

Bowring se sorprendió por la impresión que le causó esa mirada casual con ella, puesto que el espejo que los separaba hacía imposible que la chica pudiera verlo. Pero la casualidad comparte el defecto de la ambigüedad con el destino, y la sensación que le invadió al encontrarse con aquella mirada lo bloqueó mientras esos ojos de color miel permanecieron clavados en las profundidades de sí mismo. «Tranquilízate, Bowring», se dijo. «Ya estás mayor para estas tonterías».

La joven bajó la vista tras unos segundos y se apartó la melena castaña con la suavidad que otorgan unas manos sucias, dejando al descubierto unos pómulos blancos redondeados, un lienzo perfecto para las tres pecas que simulaban una difusa constelación en la mejilla izquierda y que remarcaban, con absoluta claridad, la oscuridad de unas ojeras grisáceas.

A Bowring le llamó la atención la parsimonia con la que la detenida movía las manos por la mesa y cómo aquellos ojos miel se deslizaban por el mobiliario, la ventana y el espejo que tenía frente a sí, como si ya hubiese estado antes en la sala. «Una loca», pensó. «Espero que sea rápido». Decidido, agarró la nota y respiró hondo, un gesto que siempre lo había ayudado a soportar la tensión de los interrogatorios. Por más insignificante que fuese, era lo que más odiaba, puesto que las mentiras se construían con la misma facilidad que las verdades, y cada palabra debía medirse, cada acusación soportarse y cada gesto analizarse sobre pilares de hipótesis infundadas. Salió del habitáculo y se detuvo en la puerta de la sala de interrogatorios. Palpó con la yema del pulgar el canto irregular de las notas y, con la mano derecha, agarró el pomo con el protocolo de quien espera llegar a casa para la merienda.

Sin dudarlo un segundo más, abrió.

Capítulo 2
Jacob

Me incorporo en la cama, casi temblando, y me maldigo a mí mismo por esa pesadilla interminable. ¿Cuánto tiempo tiene que pasar? Ya ha transcurrido casi un año. Aún es de noche y la luz del baño está encendida, proyectándose en un firme hilo que se escapa desde la puerta hasta la cama. Se oye el movimiento delicado del agua correr bajo la ducha y una armoniosa entonación femenina tararea algo de las *Andrew Sisters*. De vez en cuando la sustituye la letra de la canción que bailamos anoche frente a la chimenea. Una copa de vino, un contoneo delicioso y unas caricias furtivas; la vida como nunca me la imaginé.

Me levanto y empujo levemente la puerta del baño. Al abrirse, siento mis iris contraerse con esfuerzo, y, tras unos instantes de adaptación a través de una neblina espesa de claridad, ahí está ella. La visión traslúcida de su cuerpo desnudo detrás de la mampara cubierta de vaho me deja fascinado. Se contonea mientras tararea, derritiendo mi alma con cada suave y perfecto golpecito de cadera. Dios, cuánto la quiero.

La dejo cantar y disfrutar de su ducha matinal y camino descalzo por el salón para apagar los restos de la noche: muevo las ascuas que permanecen calientes en la chimenea, levanto la aguja del tocadiscos que sigue girando sobre el final de un elepé, recojo las dos copas de vino a medio terminar. Hay una blusa y unos vaqueros en el sofá, un sujetador sobre el teléfono, mi camiseta en el suelo y mi felicidad aún flotando en el aire.

Me detengo frente al teléfono, que muestra que dos mensajes parpadeantes se colaron anoche mientras Amanda y yo nos perdíamos el uno en el otro. Sin pensarlo mucho, pulso para escuchar el primero y, tras unos segundos en los que el aparato se lo piensa, inicia su locución: «Hola, señor Frost. Soy Anne Spencer, le llamamos del *Herald Tribune*. Nos encantaría que pudiésemos charlar de lo que vivió...».

Antes de continuar perdiendo el tiempo —cada día son más de diez periodistas los que intentan darnos caza— pulso el botón de borrado, como quien aplasta un mosquito, y automáticamente salta el segundo mensaje. Al principio no se oye nada, pero entonces presto atención y escucho una leve respiración emanando desde el altavoz. Una respiración agitada, en la que cada jadeo se alterna con el silencio más absoluto, empujándome más y más, con cada vacío, hacia mis temores. Por mi cabeza cruza la idea de que se trata de un fan obsesivo que ha conseguido nuestro número, pero una sensación de pánico me invade cuando la respiración se interrumpe y escucho esa dulce voz femenina: «Pronto va a terminar, Jacob». Tras esas cinco palabras la llamada se corta, y un mecánico «no tiene más mensajes» surge de la nada.

«No puede ser», me digo, y abro los ojos con miedo. «¿Amanda? ¿Es la voz de Amanda? ¿Acaso me he vuelto loco?». Se parece tanto a su voz que me invade una mezcla de amor y miedo. El corazón se me acelera de tal manera que me empieza a temblar el pulso, y no puedo hacer otra cosa que cerrar el puño para controlarlo. ¿Qué va a terminar? ¿A qué se refiere? ¿Quién es? La última vez que oí esa voz fue en aquella mansión, y ni siquiera ahora sé si fue real o fue mi propio yo en busca de una excusa para llamar a Steven y precipitarlo todo. En aquel momento lloré por la cercanía de la muerte, y en este instante, lejos de perderme entre lágrimas, me invade un odio fulminante hacia mí mismo. «Claudia Jenkins. No la olvides nunca, tu víctima inocente. Nadie te dice nunca cuánto pesa un cadáver», leí eso en alguna parte.

Compruebo de nuevo el contestador y reviso la lista de llamadas perdidas. Número oculto. Paso por las llamadas de los últimos días y todas tienen sus malditos números salvo esta. No puede ser casualidad.

—Buenos días —me sorprende Amanda desde el arco de la puerta.

Es impresionante lo que me hace sentir su sola presencia. Su solemnidad perfecta inunda el salón de lavandas, y su sonrisa pícara y endeble me convierte, de un plumazo, en un mero observador de mi propia fascinación. No pienso preocuparla. Ni hablar. Ya pasó lo suyo siendo durante tanto tiempo quien no era.

—¿A qué hora te has levantado? —pregunto mientras me escruta de arriba abajo, al tiempo que me alejo del contestador y me acerco a su cintura.

—A las seis. Estaba nerviosa, así que decidí darme una larga ducha caliente.

Tiene el pelo mojado y sus pómulos resaltan sus tres perfectas pecas de Orión. Se ha puesto unos jeans y el sujetador, pero camina descalza por la moqueta. La sola idea de que pueda ocurrirle algo me perturba. He pasado tantos años buscándola que no soportaría el más mínimo rasguño en uno de sus finos cabellos. La aprieto contra mí con un abrazo y me pierdo durante unos instantes en la humedad perfumada de su cuello.

—Sabes que te quiero, ¿verdad? —digo con una sonrisa.

—Y yo a ti, tonto —me responde mientras me mira a los ojos a escasos diez centímetros—. ¿Qué te ocurre? Nunca me habías preguntado eso. Simplemente me lo decías.

—¿A mí? Nada. —Miento—. Es que no quiero que lo olvides.

—Eso nunca ocurrirá, idiota.

—Hoy es el día. ¿Estás preparada? Estoy seguro de que tu padre tiene las mismas ganas de verte que tú a él.

—La verdad es que lo estoy deseando. Han sido muchos años sin él, y fue tanto lo que hizo por mí, que quiero recuperar el tiempo perdido. Ahora que permitirán las visitas, quiero ir a verlo todos los días, escuchar sus historias, agarrarlo de la mano cada segundo.

—Sus historias no serán bonitas, Amanda.

—Sus historias serán su amor por mí. No podrán ser mejores.

No respondo. Lo que hizo Steven fue destrozar la vida de cientos de familias durante años. Es imposible distinguir la bondad de sus motivos entre tanta maldad. El disfraz que te pones se acaba ensuciando, pegándose a la piel, y con el paso del tiempo te das cuenta de que se ha incrustado en tu cuerpo y de que eres así. ¿Acaso es bueno lo que yo hice en aquella casa?

—¿Y a tu madre? ¿Cuándo volverás a verla? —incido.

—No lo sé. No sé si estoy preparada para intentarlo de nuevo.

—No te infravalores. Tu madre acabará reconociéndote. Es una mujer impresionante.

Asiente, pero me doy cuenta de que he tocado un tema difícil.

—Creo que odiaré el momento en que te reincorpores al FBI —digo, desviando el asunto hacia algo que sé que la motiva—. No soportaré no pasar todo este tiempo contigo.

—Sabes que tengo que volver..., mi excedencia finaliza dentro de poco.

—¿Ya ha pasado un año? —pregunto, como si no me hubiese dado cuenta. En realidad, no he parado de mirar el calendario, deseando que las hojas dejasen de caer—. Podríamos cambiar de vida. Alejarnos para siempre de ese mundo.

—Ahora también es mi mundo. Es más, durante muchos años ha sido mi único mundo. Necesito sentir que no he perdido tanto tiempo de mi vida. Además, me gusta.

Le sonrío. Me encanta ver que tiene esa pasión por algo. Se le da bien.

—Esta noche, después de ir a ver a tu padre, podríamos celebrar tu vuelta al cuerpo.

—Pronto también habrá pasado un año de la muerte de Laura. No quiero celebrar nada estando tan cerca el aniversario de todo lo que ocurrió. Esas notas apareciendo y sentenciando a muerte a mujeres por culpa de los sueños de una loca, la implicación del doctor Jenkins. Menos mal que ya no está Laura. No sabes cuánto me alegro de que todo aquello terminase. Los asteriscos, los Siete... No quiero saber nada de eso. Por culpa de ellos está mi padre en la cárcel y mi madre se encuentra así. Solo quiero que pase el tiempo y, si tenemos que celebrar algo, que sea en la cama. Hay muchos años que recuperar.

—No se me ocurre mejor plan —le susurro y le doy un beso. Me abraza y, cuando me va a devolver el susurro al oído, me agarra con fuerza el antebrazo, apretándomelo con sus dedos de felina.

—¡¿Qué es eso?! —dice, levantando la vista por encima de mi hombro.

Me giro y sin saber por qué me da miedo lo que pueda haber a mis espaldas, y, como si hubiese aparecido de la nada o hubiera estado ajeno a mi vista, escondido entre los restos de nuestra noche, emergen mis miedos más profundos: una espiral negra ocupa una de las paredes del salón, con el fulminante objetivo de dinamitar mi mundo.

Capítulo 3
Carla

Lugar desconocido, nueve años antes

Carla caminaba descalza por un largo corredor ilumina-do con la luz tenue de las velas dispuestas cada pocos metros. Vestía una túnica negra, y su melena morena bai-laba por debajo de sus hombros con cada paso y esquina girada. La luz parpadeante de los candeleros la alumbra-ba cuando pasaba junto a uno de ellos y dejaba ver, du-rante momentos fútiles, su fino rostro de dieciséis años.

Hacía mucho que vivía entre aquellas paredes y se había acostumbrado al olor a humedad, al aire tranquilo del monasterio, a la soledad mortuoria de los muros de piedra. Convivía con el silencio y era capaz de fluir por él sin perturbarlo, con una suavidad inquebrantable, controlando su respiración con una maestría embriagadora y relajando su corazón hasta el punto de casi detenerlo.

Pero esta vez su corazón le latía a mil por hora. Lo sentía en su pecho palpitando con fuerza y, con cada redoble, su respiración se entrecortaba. Caminaba con celeridad, pero se esforzaba en mantener un ritmo del que nadie pudiese sospechar.

En el monasterio los rincones tenían ojos, las paredes olfateaban y el suelo era capaz de sentir una respiración más agitada de lo normal. Al menos, eso era lo que se rumoreaba en la comunidad. No se sabía a ciencia cierta si era verdad, pero todos los internos del monasterio tenían la sensación de que así era. Pocas cosas se cuestionaban entre aquellos gruesos muros de piedra, todo se llevaba a cabo con la más ferviente dedicación, y si alguien dudaba siquiera sobre la coherencia de alguna de las órdenes, sobre la adecuación de las tareas de cada uno, simplemente era invitado a abandonar el monasterio y a perderse de nuevo en la civilización. Pocos se habían atrevido a desafiar las normas, pero de los que lo habían hecho no existía prueba alguna de que siguiesen vivos. Se comentaba entre las oscuras salas que los ejecutaban en las sombras, que perpetraban sobre ellos horrendos actos de ofrenda y que, efectivamente, acababan volviendo a la civilización, pero dentro de sacos de abono.

Minutos antes Carla había estado en la biblioteca, una sala oscura con miles de libros que descansaban en unas viejas y solemnes estanterías de nogal. Llevaba meses sin visitarla, pues, aunque las historias que le contaban sobre ella, sobre el poder de los libros para moldear la mente, siempre le habían parecido enigmáticas, apenas tenía tiempo para sí.

La primera vez que anduvo por entre sus estantes tenía doce años, llevaba cinco viviendo en el monasterio, y la altura de sus techos, el crujir de la madera, el polvo levitante y las sombras que por ella se movían habían convertido la experiencia en algo perturbador. Desde aquella primera visita evitaba deambular por aquella zona, e incluso llegó a dar laberínticos rodeos para no pasar por su puerta. Se encomendaba a otras tareas y trataba de apartar los miedos de su cabeza con trabajos para la comunidad: intentaba ayudar en la colada, participar en el cambio de velas de los candeleros, en la recogida de verdura en el huerto común.

La segunda vez fue un par de años después, en uno de sus paseos eternos por el monasterio, buscando puertas que abrir y pasados que cerrar. Tenía un recuerdo doloroso que se había apoderado de su pecho con fuerza. Cada día que pasaba, ese recuerdo crecía en ella, y con él, la sensación de que la opresión del monasterio la iba a asfixiar.

Necesitaba coger aire, tomar impulso dentro de ella misma para soportar más años. Había oído historias de libros que eran capaces de introducirte en la mente de otras personas, de llevarte por mundos nuevos, de hacerte vibrar con una perfecta sucesión de palabras bien elegidas. Era justo lo que ella necesitaba; una ventana a un mundo nuevo que la alejase de aquellos muros, que rompiese sus cadenas y le hiciese volar y disfrutar por una vez en aquel lugar.

Pero cuando se sumergió por segunda vez en la búsqueda de aventuras entre las polvorientas estanterías, descubrió que ese tipo de libros no existían en la biblioteca. Caminó maravillada y asustada, inspeccionando títulos y mirando tomos, olfateando el aroma a viejo que impregnaba el ambiente, esquivando las miradas de sorpresa de los numerarios encomendados a su mantenimiento. Allí solo se guardaban ejemplares enciclopédicos desactualizados, escrituras en latín que pocos comprendían y libros en lenguas muertas que era mejor no revivir. Pronto se acostumbró a aquella penumbra y a sus pasillos, y con el tiempo llegó a perder el miedo a la estancia. Cuando se sentía sola, perdida y aprisionada entre las paredes del monasterio, le gustaba sentir que tras el olor de aquellas rústicas portadas de cuero, de aquella letra ininteligible, había historias perfectas que ella soñaba con descifrar.

Minutos antes, sin embargo, se había perdido por una zona de la biblioteca en la que nunca había estado. Caminaba buscando algún título llamativo, algún libro que le saltara a la vista entre los miles de ejemplares manidos que allí se guardaban. Sus ojos miel daban saltos entre los lomos, leyendo palabras salpicadas de cada ejemplar. Jugaba a leer los nombres de pila de unos autores y los mezclaba con los apellidos de otros, los apellidos de unos con el primer sustantivo del título siguiente, creando combinaciones imposibles y divertidas que le hacían soltar alguna risa esporádica, marcando unos hoyuelos familiares junto a sus gruesos labios. De un «Vincenzo» saltaba a un «Quete», de «Collectio» a «De Ranas». Deambulaba sumergida en su propio juego cuando, en una de las esquinas de la sala, algo llamó su atención junto a uno de los estantes al final del pasillo: una especie de arañazo en el suelo de varios centímetros. «¿Qué es esto?», pensó.

Lo acarició con la yema de los dedos. Era un roce causado por la estantería, como si la hubiesen arrastrado y hubiese dejado un surco junto a la esquina, pero sabía que eso era imposible. Tenía dos rayas más que salían de uno de sus extremos, y que simulaban una imperfecta flecha apuntando hacia la estantería. Sin duda era reciente, puesto que había algunos guijarros y arenisca de la losa esparcida junto a la marca. La altura de la estantería y el tamaño de los tomos que soportaba la convertían en un peso muerto fijo en el suelo. Si había algo casi tan pesado como los muros de piedra del monasterio eran aquellos estantes, que no solo soportaban los cientos de kilos de papel y cuero, sino que cargaban con todo el peso de la historia difuminada entre sus letras. Según ella, era imposible que esa marca fuese producto de la casualidad, puesto que, aunque mal pintada, sin duda era una flecha que señalaba su destino.

Miró a ambos lados para asegurarse de que nadie la observaba. Sabía que sus movimientos, más que los de cualquier otro, eran inspeccionados con lupa; los ojos de todos los miembros del monasterio se posaban sobre ella en cada ritual, y en los pasillos las voces se convertían en susurros cuando ella pasaba. No había nadie en ese momento, así que se agachó con decisión para hurgar entre los estantes más cercanos a la marca. Si esa señal era intencionada, debía de haber algo escondido allí abajo. No sabía qué buscaba, pero indagó con más ímpetu del que ella misma esperaba. Se aferró a la idea de una aventura y la desarrolló en su mente con ilusión. Según ella, podría haber un mensaje secreto escondido entre las páginas de algún volumen, un código oculto para descifrar algún trozo de historia, un mapa de un tesoro perdido en las catacumbas. Pero cuando comprobó todos los libros descubrió que no había nada.

La estantería estaba llena de ejemplares sobre procesos químicos, tomos antiguos de botánica y ensayos prehistóricos sobre la mente, pero nada que rellenase el vacío que ella comenzó a sentir con cada libro sin emoción. Cuando casi había perdido el entusiasmo de haber descubierto algo inimaginable, algún resquicio de aventura entre las paredes de un mundo opresor, y comenzaba a colocar de nuevo los libros en su sitio, un papelito se deslizó y planeó suavemente hasta posarse sobre su pie.

Capítulo 4
Bowring

Nueva York, 14 de diciembre de 2014

Al entrar, el inspector Bowring se dirigió con la tez seria hacia la mesa sin cruzar la vista con la joven, que no dejaba de observarlo asombrada.

—Hola, señorita...

—Inspector Bowring Bowring, encantada de conocerlo —le interrumpió la joven.

Al inspector le pareció que tenía la voz más dulce que había oído en toda su vida. Su tono era tan melódico, la entonación tan armoniosa, y con un timbre tan perfecto que pensó que era imposible que aquella joven fuese ningún peligro. Le invadió una extraña sensación de cercanía, pero sabía que cuando los problemas estallaban siempre era mejor estar lejos de ellos.

—¿Sabe quién soy? —se atrevió a preguntar, aturdido.

—Digamos que... puede que sí —respondió la joven con delicadeza.

Bowring suspiró e intuyó que el interrogatorio se iba a convertir en una conversación en círculos, y que acabarían justo donde habían empezado. Según él, que ya había tomado declaración a algunos dementes en el pasado, todo se reducía a mandarlos a casa con una cita para el psicólogo. «Sé ágil y lárgate pronto a casa», pensó.

—¿Cómo se llama?

—¿Acaso importa? Supongo que sus ayudantes ya le habrán contado por qué estoy aquí.

—Por supuesto. Por caminar desnuda por la calle. No niego que habrá gente a la que le haya gustado la escena, pero el efecto que causan este tipo de acciones en los padres y madres de este país es algo que nos da problemas. Eso es algo que no se puede hacer. Además, imagínese que a todo el mundo le diese por salir desnudo a la calle. Tendríamos bastantes casos de muerte por hipotermia en estos meses. Así que prométame que no repetirá su acto exhibicionista, que procurará comprarse ropa de invierno y taparse bien, y se irá a casa con una sanción de un par de cientos y una citación para el juzgado. Poca cosa.

—No lo entiende, ¿verdad?

—Verá, hoy no es el día para venir a tocarle las narices al FBI. Es viernes, y los viernes...

—... me gusta pasar la tarde en casa —dijo ella, en una dulce y perfecta sincronización con las palabras de Bowring.

Al inspector le dio un vuelco el corazón por cómo había encajado en su voz la armoniosa pronunciación de ella, sintiendo cada vez más lejos la lámina de sellos y, más palpable que nunca, la certeza de que algo extraño ocurría.

—Está bien. ¿Qué clase de broma es esta? ¿Te han traído aquí para tomarme el pelo? ¿Quién eres? —replicó al tiempo que se le formaba un suave nudo en la garganta.

—El tiempo va pasando, inspector Bowring, y usted se centra en la minucia más inservible: un nombre. En ese papel tiene otro. ¿Y qué ha hecho con él? Nada. Y no hará nada. No hará nada para salvarla. Es más, ya es tarde. Para lo único que le sirve ese nombre es para cotejarlo con la identidad del cadáver.

—¿Esta persona ha muerto? ¿A eso te refieres? ¿Eres una demente que apunta nombres de lápidas en tarjetas? Hay de todo en este mundo.

—Ni mucho menos.

—¿Entonces?

—Esa persona morirá, inspector Bowring.

La fuerza de la muerte siempre se apodera de una conversación, y esas palabras treparon por su cabeza agarrándose con fuerza a sus mayores temores, hasta el punto de multiplicarse y bajar de nuevo a su pecho para consolidar, sin dudas, una quemazón interna que lo golpeó con virulencia.

—Vale, esto no tiene gracia —respondió Bowring con la voz entrecortada—. ¿Acaso eres una terrorista? Porque te aseguro que en este país eso no se toma a broma.

Bowring sabía que no lo era. A pesar de la omnipresente amenaza terrorista en Estados Unidos, él había aprendido a diseccionar a las personas con solo echarles un vistazo. Si de algo estaba seguro era de que ella no suponía ninguna amenaza, pero aquella pregunta se disparó por sí sola de su boca.

—¡Dios santo, no soy una maldita terrorista!

—Entonces ¿quién eres?

La joven no respondió. Levantó la comisura derecha del labio, simulando una ligera sonrisa pícara, y observó cómo él se enervaba.

—Ya está bien de gilipolleces. Te llevaremos al centro psiquiátrico en cuanto te traigan algo de ropa decente.

—Odio los vestidos de flores, inspector Bowring, especialmente en diciembre, ya sabe, por el frío del invierno.

—¿Qué quieres decir?

En ese instante, la puerta de la sala de interrogatorios se abrió y unos dedos masculinos asomaron por el canto de la puerta. Los siguieron una mano, una manga de camisa celeste, un hombro, una oreja y, finalmente, la cabeza de Leonard, que sonreía con más miedo que con la ilusión del deber cumplido.

—¿Inspector? —dijo Leonard arqueando sus cejas rubias—. ¿Puedo pasar, jefe?

—¿Tienes eso?

—Al final encontré algo presentable.

Leonard entró y dejó ver que en la otra mano portaba una bolsa de papel kraft.

—Espero que le quede bien —susurró mientras se acercaba a su lado y depositaba la bolsa junto a sus pies—. Aquí está el tique, jefe, por si no le gusta.

Bowring resopló, aguantándose las ganas de sacudirle delante de la joven, y, cortésmente, sonrió al tiempo que le hizo un gesto con el dedo para que no pronunciase ni una palabra más. Leonard salió de la sala con rapidez. El inspector, por su parte, al observar el tique se sorprendió cuando vio el importe: 77 dólares con 77 centavos. «Curioso», pensó.

—¿Le sorprende algo, inspector? —inquirió la joven.

—No es nada. Una casualidad que me ha llamado la atención.

—La casualidad no es más que el destino disfrazado de inocencia.

—Te daré mi opinión: el destino es un invento para vender libros románticos.

—¿Y qué me dice de los que ven el destino?

—Eso no es más que una patraña de charlatanes y pitonisas. El tarot, la lectura de manos, la interpretación de los sueños. Todas esas argucias se basan en la venta de palabras.

—¿Y si con ello hubiese podido encontrar a Katelyn Goldman?

El inspector abrió los ojos al sentir cómo, con aquellas palabras, el aire de sus pulmones se transformaba en desolación, y, con la nitidez digna de un hecho presente, revivió en su interior el caso fallido que le perseguía desde hacía siete años: la desaparición de Katelyn Goldman. Ocurrió un 2 de mayo, cuando Katelyn tenía diecinueve años. Bowring acababa de ser ascendido a agente especial sénior de la comisaría de Nueva York, que allí se resumía como «inspector», cuando este caso reverberó en los medios de comunicación. La presión y las constantes declaraciones vagas de testigos creados por la maquinaria imparable de la televisión hicieron que tomase decisiones precipitadas: organizó batidas en parques de la ciudad, llegando incluso a cerrar Central Park de sol a sol durante una semana para seguir un testimonio inventado por un buscafama. Promovió interrogatorios inquisitivos a los vecinos de toda una manzana al sur de la ciudad, donde vivía Katelyn, y que terminaron en montañas inservibles de informes policiales sobre que había sido un día soleado, sobre la sonrisa risueña que tenía Katelyn, sobre las infidelidades y los secretos ocultos de medio vecindario. Pero con respecto al caso, nadie había visto nada. Ninguna cámara había registrado nada sospechoso durante las dos semanas previas a su desaparición. Un día se ausentó de casa y nunca volvió. Durante casi seis meses Bowring permaneció ajeno a todo, enfrascado en la búsqueda, ensimismado en las pistas volátiles que creía tener. Una lucha desesperada, sin frutos y asfixiante, que finalizó con la frase más dolorosa que tuvo que decirle a la madre de Katelyn Goldman. «Señora Goldman, hemos suspendido la búsqueda», pronunció entonces con voz áspera frente a la puerta de su vivienda.

Aquel caso se quedó grabado en la mente de Bowring. Había sido su primer gran fracaso, y la prensa no tardó en dilapidar la escasa competencia del nuevo inspector del FBI. Los titulares de *The New York Times* y del *Herald Tribune* lo tuvieron en el punto de mira durante semanas, hasta que el interés por el caso se diluyó con las primeras lluvias de otoño. Los grandes reportajes a doble página cargados de fotografías y testimonios menguaban día tras día, y quedaron reducidos a unas escasas líneas en una esquina de la sección de noticias locales. Un día cualquiera la noticia dejó de serlo y las escasas líneas diarias desaparecieron para siempre, al igual que lo había hecho Katelyn.

Pero nunca desapareció de la mente de Bowring. El caso de Katelyn llegó a convertirse en una gran espina clavada en lo más profundo de su alma, puesto que la historia de la chica era simétrica con la suya. Cuanto más descubría de ella, más similitudes encontraba con su propia vida, como si estuviese escuchando su pasado a través de los relatos de aquellos que la conocían.

Katelyn se había criado al sur de Boston; Bowring lo había hecho al norte. Katelyn había crecido huyendo junto a su madre de los constantes golpes de su padre; Bowring había crecido luchando cada noche junto a su madre con el demonio en el que se convertía el suyo tras emborracharse en los bares de la zona. La madre de Katelyn, una luchadora innata que la había criado con el coraje propio del amor maternal, comenzó a dedicar más horas de las que tenía el día a trabajar y a pasar tiempo con una nueva pareja, al igual que hizo la madre de Bowring cuando por fin logró huir de aquella casa de los horrores. Tanto Katelyn como Bowring crecieron sintiendo de cerca el amor de sus madres, y vieron cómo ese amor se desvanecía poco a poco, a razón de doce horas al día de ausencia para poder pagar el alquiler.

Con el tiempo la madre de Katelyn rehízo su vida con Jack Goldman, un eminente y prolífico escritor neoyorkino de novelas de suspense, de casos irresolubles con tramas intrincadas y capítulos en los que todo parecía montado para desmontar a quien los leía. Era un autor desconocido por aquel entonces pero, tras el éxito de su primera novela, se mudaron al centro de la ciudad de las luces para iluminar las sombras del éxito literario. Aupados por la lujuria de las palabras, y regocijados en la solvencia de un buen contrato editorial, la madre de Katelyn por fin recuperó algo de tiempo con su hija. Poco después de aquel contrato editorial concibieron a una segunda hija: una esperanza y una ilusión para ella; una fuente de inspiración para él; una alegría contenida para Katelyn, que al fin pudo ver a su madre feliz después de tantos años. Tanto la madre de Katelyn como ella adoptaron el apellido de Jack, intentando borrar toda conexión con su pasado lleno de golpes, y Katelyn admiró en Jack la manera que tenía de hacer feliz a su madre y acabó queriéndolo cien veces más que a su propio padre. Pronto crearon un saludo entre ellos: tocando frente con frente, en una versión propia de un beso esquimal.

Bowring había vivido la misma sucesión de acontecimientos, pero la historia terminaría de un modo muy distinto para él. El nuevo marido de su madre, aquel que lo rescataría para siempre de las insufribles palizas y que al fin le daría la vida que se merecía, murió en un accidente de tráfico a los dos meses de casarse. También era un escritor en ciernes y estaba a punto de terminar su primera novela, pero el destino hizo que no llegase a poner el punto final en la historia correcta. Sucedió cuando Bowring tenía apenas doce años, y la alegría que sintió por ver feliz a su madre se desvaneció en aquella curva perversa al sur de Boston. Poco después del accidente, la madre de Bowring comenzó a verse de nuevo con su exmarido. Las promesas de haber cambiado adornaban el salón de la casa en forma de flores, entraban en el alma de ella con palabras bonitas y permanecían en la mente de Bowring convertidas en incredulidad. No pasó mucho tiempo antes de que el padre de Bowring volviera a los gritos. Los gritos pronto se convirtieron de nuevo en golpes, y un día, un fatídico 6 de junio, cuando Bowring apenas contaba trece años, en una pelea como tantas otras que había presenciado, su padre arrojó a su madre desde un sexto piso.

—No te atrevas a mencionar a Katelyn —respondió Bowring.

—¿No habría hecho lo que fuese por encontrarla?

Bowring abrió los ojos y percibió, por primera vez desde que se había iniciado la conversación con la joven, que ella sabía más de lo que él nunca hubiese imaginado.

—¡¿Sabes algo sobre su paradero?! —gritó Bowring, perdiendo los papeles al tiempo que golpeaba la mesa exasperado.

Ella no respondió y se dedicó a mirarlo de arriba abajo con sus ojos miel.

—¡Responde! ¡Maldita sea!

—Tic tac, inspector. El tiempo pasa y sigue sin hacer nada.

—¡Ya está bien! —gritó levantándose—. Ponte esto. Pasarás el fin de semana en el calabozo. —Agarró la bolsa que había dejado Leonard, metió la mano y, sin pensarlo, arrojó su contenido encima de la mesa: un perfecto y corto vestido de flores amarillas.

Capítulo 5
Jacob

—La misma espiral que en mi nota, Jacob. ¿Recuerdas?

No respondo. No puedo. En mi interior siempre está presente esa maldita espiral, al igual que estaba el asterisco de Laura, empapando todos mis suspiros, acompañando nuestros desayunos frente al amanecer, ennegreciendo el fondo de nuestra relación como si se tratase de desconfianza. Dentro de la felicidad siempre subyace el miedo a perderla. Un temor como ese no se olvida, se enquista como lo hace el odio, y la única manera de sobrellevarlo es enfrentándose a él en batallas puntuales que nunca terminan por decidir la guerra. Cada bando se repliega de nuevo en las fronteras conquistadas, dando pasos al frente y atrás, en una contienda de territorios infinitos.

—Va a empezar de nuevo, ¿verdad? —me dice Amanda mientras se le saltan las lágrimas—. Han estado aquí mientras dormíamos.

Verla así me hace retorcerme en mi interior.

—¿Recuerdas lo que te prometí frente a tu casa hace dieciocho años? —digo.

—Que siempre me protegerías.

—Y lo haré, Amanda. Lo juro por mi vida.

—Lo sé, Jake.

—Sea quien sea el que lo haya pintado, ya se ha marchado. Si hubiese querido hacernos algo, lo habría hecho mientras dormíamos, ¿no crees?

—¿Y por qué lo hacen? ¿Acaso vienen de nuevo a por mí?

—Tal vez se trate de algún imitador. Un perturbado que ha leído la prensa y nos ha reconocido. Se habrá enterado de que vivimos aquí y ha querido gastarnos una broma pesada.

—¿Tú crees?

—Por supuesto. —Miento.

La llamada y la espiral no pueden significar otra cosa: siguen activos y vienen a por nosotros. Pero ¿qué le voy a decir a mi amada? ¿Que quieren hundir nuestras vidas y dinamitar nuestros sueños? ¿Que alguien puede poner en peligro lo que he anhelado durante toda mi existencia? Jamás. Prefiero que viva en el sueño idílico de la perfección que le prometí antes de que tenga una mínima preocupación. En parte, creo que me voy a traicionar a mí mismo, a mi manera de ser, y al modo en que yo me veía con ella: ofreciéndole un amor incondicional y perfecto, sin fisuras ni mentiras. La idea de buscarlos y acabar con ellos empieza a rondarme en la cabeza como la sombra de un pecado mirándote a los ojos, tentándote con sus lujos y placeres, mientras en tu interior se libra la batalla de los temores. Lo que me sorprende es que la muerte de Laura tendría que haberlos dejado sin un líder, pero tanto la llamada como la espiral de la pared confirman, de manera determinante, mis peores presagios: alguien nuevo está al frente de ese grupo de malnacidos.

—¿Cómo crees que han entrado? —dice Amanda acercándose a comprobar la cerradura de la puerta.

—Ni idea.

Una de las ventanas de nuestro piso está abierta y ondea, con un vaivén algo melodioso, la cortina de gasa blanca que la cubre.

—Vivimos en un sexto —digo al tiempo que me dirijo a cerrarla—, por aquí es imposible. Además, la escalera de incendios pende de un par de tornillos mal puestos. Nadie podría utilizarla sin abrirse la cabeza.

Pierdo de vista a Amanda unos instantes mientras bloqueo la ventana, tal vez confiado por mi propio instinto protector, y, cuando me doy la vuelta, muero por dentro por ser tan idiota.

Un hombre encapuchado la agarra por la espalda, cuchillo en mano, alma negra, ojos fuego. Ella, mi vida, me observa con pánico, levantando el entrecejo, preguntándome con el alma que cómo he podido fallarle tan pronto. Me duele más su mirada de terror que el cuchillo perverso en su cuello, tal vez porque sé que acabaré con el asaltante o, quién sabe, porque intuyo que todo terminará antes de que pueda hacer nada.

—Jacob, por favor —me susurra Amanda con la voz entrecortada.

El hombre me mira a través de los huecos oculares de su máscara, y en ellos percibo el fuego ardiente del odio. El corazón se me para y, con él, el tiempo se congela. Analizo todas las posibilidades: distancia, envergadura, movimientos. ¿Cómo no he comprobado la casa entera al ver la espiral? En mi interior revivo los años que viví solo, oculto del mundo, refugiado en la inmensidad de las grandes capitales para recuperarla, agarrado a la idea de que pudiese estar viva como un clavo ardiente, y ahora me lamento al ver pasar fugaz tanto esfuerzo en un instante.

—Ni se te ocurra tocarla o eres hombre muerto.

Bajo la tela de su pasamontañas percibo una mueca, un casi imperceptible cambio en sus facciones de lana y, no sé por qué, intuyo que el hijo de puta me está sonriendo.

—¿Cómo morir si ya estás muerto? —responde con voz seca y sin un atisbo de preocupación.

—Te aseguro que con mucho dolor.

Me acerco despacio a ellos mientras el captor arrastra a Amanda un paso hacia atrás por cada uno que yo doy hacia delante; uno a la izquierda por cada mío a la derecha; un vals mortal de nefastas consecuencias. En uno de estos pasos, su pie se apoya sobre un zapato de tacón negro de Amanda, tirado al aire la noche anterior durante nuestros juegos y caricias furtivas, y en ese instante de descuido, me abalanzo con rabia hacia él, al tiempo que Amanda da un grito atronador.

—¡No!

Capítulo 6
Carla

Lugar desconocido, nueve años antes

Carla aceleraba el paso de camino a su habitación con la nota en la mano sin querer mirarla. No sabía qué ponía en ella, pero la sola idea de que alguien hubiese dejado un mensaje entre aquellos muros, que se hubiese tomado la molestia de rasgar el suelo y esconder el texto, solo podía significar una cosa: que no todos los miembros del monasterio seguían las normas que dictaba la comunidad. En teoría, no había nada que no pudiese decirse a viva voz y que no tuviesen que conocer todos los miembros. Nadie podía tener secretos, y de tenerlos, acababan confesándose tarde o temprano.

La comunidad estaba formada por unos sesenta hombres y sesenta mujeres de diversas edades, todos emparentados de algún modo u otro. Carla, en cambio, había sido adoptada por la fundadora, Bella, la encargada de ver el destino de los demás, y ahora la consideraban como su hija.

Era una cría de siete años cuando llegó en los brazos de Bella al monasterio; un cachorro malherido, con apósitos y vendas manchadas de sangre, inconsciente y aullando en sueños que todo ardía a su alrededor. La comunidad la recibió como a un mesías. La cuidaron y la protegieron con la ilusión con la que se trata a los reyes pero, y así debía ser, la instalaron en unos aposentos en los que podrían vivir las ratas. Le curaban las heridas con trapos bañados en infusiones de hierbas, pero cuando su cuerpo parecía que acariciaba la curación sustituían los ungüentos por agua con sal, haciéndola gritar por el escozor. Le secaban los sudores fríos con paños mojados, y encendían en torno a ella solemnes braseros para mantenerla caliente y hacerla sudar hasta el límite de la deshidratación. El proceso era un contrasentido, pero era el modo en que funcionaban las cosas en un mundo de opuestos. Por aquellos días Carla se debatía entre la vida y la muerte, y tras cada ritual o cada muestra de atención, se encontraba a sí misma más cerca de uno de los lados.

—¿Aguantará? —preguntaban a Bella algunos miembros, preocupados.

—Cuando caminas entre dos mundos, el único modo de permanecer en el centro es tirando de los dos extremos.

Durante los días siguientes, entre sudores fríos y delirios, Carla comenzó a susurrar: «Amanda no puede morir» una y otra vez. Al principio lo silbaba de manera casi imperceptible, con un hilo de voz entrecortado por los jadeos, pero según pasaban las horas y se extendían los cuidados, los susurros se convirtieron en chillidos a viva voz que se oían por todo el monasterio. Bella debatió durante días con otros miembros de la comunidad si aquello significaba algo y si debían seguir con el plan marcado por Laura.

Laura, que había soñado con Amanda y había decidido que debía morir para evitar males mayores a la humanidad, dudó sobre qué hacer cuando se enteró de los delirios de Carla.

A las pocas semanas de llegar al monasterio, sumida en luchas internas, Carla despertó con un chillido desgarrador:

—¡Amanda no puede morir!

Su maltrecho cuerpecito de niña, en el que habían comenzado a disiparse los moratones y las heridas, no aguantó un segundo más de vaivenes y decidió que era mejor despertarse aun sin saber en qué lado se encontraba.

—Bienvenida, Carla —dijo una silueta con voz serena postrada junto a los pies de su camastro.

—¿Mamá? Amanda no puede morir... —susurró casi sin miedo a las sombras que la rodeaban.

—Tu madre no está —respondió la voz desde la oscuridad—. Ni tampoco tu familia.

—Amanda no puede morir —susurró de nuevo, sin saber por qué aquellas palabras se escapaban de su boca.

—Tranquila, hija —susurró la silueta, intentando acallar la cantinela que Carla seguía susurrando entre frases—. No morirá.

—¿Dónde está mi familia? —preguntó con la voz rota—. Amanda no puede...

—Ya no están, hija mía. Tus padres han muerto en un accidente de tráfico. El destino, por algún motivo, ha querido que tú sobrevivas.

Era mentira. Cualquiera se habría dado cuenta, pero a ella aquellas palabras pronunciadas por la silueta le parecieron lo más sincero que había oído en su vida. Su corazón palpitó con ímpetu, el aire se esfumó de sus pulmones y las lágrimas no tardaron en inundar sus vidriosos ojos miel. Los labios comenzaron a temblarle, y también las manos.

—Si tienes que llorar, llora, hija. La muerte de tu familia nos ha conmocionado a todos.

—Amanda no..., Amanda... no puede..., Amanda no... La historia es suya..., la historia... no puede..., las piedras..., la historia...

La figura abrió los ojos con sorpresa. Algo había cambiado de repente. Miró a ambos lados e hizo un gesto a uno de los miembros que estaban junto a ella.

—Que se encargue Laura —susurró la figura al oído del que se había acercado, y se quedó en la penumbra observando a la niña con interés.

Parecía que Carla iba a estallar de un momento a otro, reventar en un llanto y dejarse ir por la noticia más dolorosa de su corta vida, pero cerró los ojos, respiró hondo y rememoró el último recuerdo que tenía de su familia. Las imágenes de una noche de pizzas y juegos de imitación, las risas de todos y la mirada cómplice de su hermana. Había otras imágenes: un lago, una puesta de sol y atracciones de feria, pero pasaron tan rápido que ni ella misma se reconoció.

No recordaba mucho, solo momentos salpicados, pero estos constituyeron para ella un pilar férreo sobre el que sostenerse. Era impensable que una cría de su edad mantuviese la entereza ante aquella noticia, en un lugar desconocido iluminado por las velas, pero había realizado tantos viajes entre la vida y la muerte durante los días previos que era como si su espíritu se hubiese preparado para recibir el golpe de antemano.

Tragó saliva y, al hacerlo, empujó hacia el fondo de sí misma toda la rabia y la pena que sentía. Sus ojos se llenaron de vulnerabilidad y miraron preocupados a la silueta que tenía frente a ella. De entre las sombras aparecieron más siluetas con túnicas oscuras, aplaudiendo, y corrieron a abrazarla. La miraban de cerca a los ojos y le daban las gracias por estar viva. Eran agradecimientos fervientes y entusiastas. Mientras unos aplaudían, otros se sentaban en la cama y le acariciaban los pies para reconfortarla; los más apasionados gritaban al cielo: «Viva nuestra Carla», seguido de un murmullo imperceptible; todo ello ante la solemne y estoica actitud de la silueta central, inmóvil frente a la cama, tranquila y casi etérea.

Carla acogió el recibimiento estupefacta, sin saber cómo reaccionar; no entendía nada, pero si tanta gente se alegraba de verla bien, sería porque la querían de verdad.

De día se dejaba cuidar sin hacer muchas preguntas, aceptando que su vida había cambiado para siempre, pero de noche, en la soledad oscura de su aposento, se entregaba a los recuerdos de su vida anterior. «Qué duro es esto, mamá», decía para sí entre lágrimas bajo las sábanas. «¿Por qué os habéis ido?». Cada noche lo mismo, repetía esas palabras una y otra vez como si de una oración se tratase.

Los años siguientes pasaron rápido, a pesar del dolor interno que poco a poco iba apoderándose de ella.

Al principio se entregó a las enseñanzas de los miembros de la comunidad. No había más niños en el monasterio, así que el aula que improvisaron en un antiguo cuarto de lavandería era demasiado espacioso para el único pupitre que instalaron. Las clases de latín se intercalaban con simbología; la aritmética, con el estudio de la mente; la literatura, con la interpretación; todo mezclado en un cóctel perfecto para prepararla para un destino que no conocía.

Añoraba las clases de dibujo que disfrutaba en su antigua escuela de Nueva York, así que en la soledad de su aposento solía entregarse a plasmar en folios amarillentos lo primero que se le pasaba por la cabeza. Cerraba los ojos, dejaba que su espíritu viajase por toda su vida y su imaginación, y permitía a su mano izquierda coger la pluma y comenzar a garabatear. Era su vía de escape, el último reducto para salvaguardar su mente, y era el único momento del día en que, a pesar de no ser plenamente consciente de qué acabaría dibujando, se sentía viva.

Al fin llegó al extremo del corredor y se detuvo frente a una solemne puerta de madera. Apoyó la cabeza contra ella aguantando el papelito entre los dedos, y respiró hondo para empujarla y abrirse paso hacia la oscuridad protectora de su aposento. Una vez dentro, se cercioró de que había bloqueado la puerta y que nada podría resquebrajar la seguridad que constituía para ella aquel cuarto. Caminó entre la negrura absoluta en una especie de zigzagueo, conocía bien la ubicación de cada mueble, y a los pocos segundos tiró de una cuerda que encendió una lamparita que iluminó toda la estancia, mostrando las paredes empapeladas con todo lo que había pintado a lo largo de los años.

Paisajes inconclusos donde todo parecía descomponerse en los bordes del papel, garabatos sin sentido emulando animales que devoraban a sus presas, siluetas negras observando a una chica difusa correr durante la noche. Entre todos los dibujos, destacaba la imagen del rostro de un joven, garabateado con tinta negra, del que emanaba una especie de aura digna de los primeros amores. Ese rostro, idílico y perfecto, había sido dibujado en uno de los trances internos de Carla y, cuando por fin lo terminó, se quedó completamente fascinada por la inquietud y el pálpito interior que la mirada de esos ojos desconocidos causaban en ella.

Se sentó más nerviosa que nunca sobre la cama, desdobló entre sus temblorosos dedos de dieciséis años el papelito que acababa de encontrar entre los libros de la biblioteca y lo leyó en un susurro: «Te quiero».

Capítulo 7
Bowring

Nueva York, 14 de diciembre de 2014

—Está bien —dijo Bowring—, esto es muy extraño. ¿Cómo sabías qué ropa iba a traerte mi compañero?

—Mi conversación con usted ya ha terminado, inspector Bowring.

—¿Ahora no quieres hablar? Pues ahora es cuando vas a contarme qué diablos sabes sobre Katelyn. ¡Empieza!

La joven se levantó de la silla, sorprendiendo a Bowring, y se dirigió con calma hacia la única ventana de la sala. Era una especie de abertura con un cristal traslúcido de ochenta por cincuenta y quedaba a más de medio metro por encima de su cabeza.

Bowring la observaba atónito.

—¿Qué haces?

—¿No lo escucha, inspector? —respondió con una ligera sonrisa mientras pegaba la oreja a la pared, bajo la ventana.

—Yo creo que por hoy ya he tenido suficiente. ¡Leonard! —dijo viendo su propio reflejo en el espejo—. Por favor, lleva a la detenida al calabozo. Tal vez el lunes, después de un par de días recluida, quiera contarnos qué narices son esos nombres de las notas. Yo me voy a casa. ¡Leonard!

—Está empezando —susurró la joven.

—¿Qué?

—Ponga las noticias, inspector. Se está perdiendo la historia.

Bowring apartó la vista del reflejo de sí mismo y se quedó algo aturdido cuando sintió que su ayudante no estaba al otro lado del cristal. Era una extraña sensación de soledad, muy frecuente en sus tardes de ocio casero, pero, por primera vez en mucho tiempo, distinta. Más palpable, más real, más nítida que nunca. Puede que el recuerdo de Katelyn lo hubiese catapultado de nuevo al dolor de su búsqueda, y puede que verse reflejado junto a una demente lo hubiese impregnado con el jugo de la locura. Volvió la mirada hacia la joven, que se había girado hacia él y lo observaba con una amplia sonrisa perlada.

—¿Qué dices?

—Quería saber qué eran las notas, ¿verdad? Es hora de que obtenga su respuesta. Salga ahí fuera y mire las noticias. Comienza el primer acto.

—¿Qué quieres decir? —preguntó Bowring frunciendo el entrecejo.

—No pierda ni un segundo más.

Dos golpes sonaron en la puerta, retumbando en la sala y en el alma de Bowring.

—Adelante —dijo alzando la voz.

—¿Inspector? —interrumpió Leonard.

—¿Dónde estabas?

—Venga un segundo, jefe, tiene que ver esto.

El inspector abandonó la sala de interrogatorios algo preocupado y caminó junto a Leonard, que apenas se atrevía a hablar.

—¿Me lo vas a decir ya o vamos a jugar a la ruleta de la fortuna? —dijo, mientras subían en el ascensor hasta la zona de oficinas del edificio.

—A ver cómo se lo digo, jefe… —dijo Leonard, dubitativo—. Hemos encontrado a Susan Atkins.

—¿La habéis encontrado?

—Sí…, verá…

—¿Y dónde está?

—Mejor que lo vea usted mismo.

Al llegar a una de las salas de reuniones (mesa blanca alargada, tazas de café haciendo de portalápices, sillas negras acolchadas, luz alógena de quirófano), Bowring se sorprendió al ver a varios agentes mirando atónitos una pantalla de televisión que colgaba de una de las paredes.

—¿Qué ocurre aquí?

Vio que eran las noticias de la NBC y mostraban un plano aéreo de un descampado. En la imagen se observaba una zona acordonada con cintas de la policía local de Nueva York, de la que salían y entraban toda suerte de personas, cual hormigas cogiendo pedacitos de un trozo de pan dispuesto con delicadeza en el centro, pero cubierto bajo una bolsa de cadáveres. Al pie de la imagen, en letras blancas sobre un faldón rojo, bajo un diminuto *«Breaking news»* que parpadeaba incesantemente, leyó el titular: «Susan Atkins aparece decapitada a las afueras de Nueva York».

—No puede ser —gritó Bowring mirando a todos los agentes, que permanecían ajenos a la situación.

La imagen del descampado dio paso a la de una presentadora morena, abstraída de sus palabras, seria e indiferente:

—Nueva York se despierta hoy con una noticia monstruosa para una fecha tan próxima a la Navidad —dijo la presentadora—. Susan Atkins, la joven que sobrevivió a un secuestro en Quebec el año pasado, ha aparecido esta mañana decapitada, en un horrendo acto que ha convulsionado al mundo entero. En numerosas entrevistas, la joven relataba con especial crudeza cómo vivió las horas en las que había permanecido bajo el frío de Canadá, y cómo su captor, en prisión desde el pasado 28 de diciembre y relacionado con la secta que acabó con la vida de Jennifer Trause, y probablemente con muchas otras víctimas por todo el mundo, le perdonó la vida. El cuerpo ha sido descubierto por un par de chiquillos que jugaban por la zona y que en estos momentos se encuentran bajo tratamiento psicológico.

La narración de la periodista se alternaba con imágenes de Susan Atkins que lloraba en distintos platós de televisión. La cámara volvió al descampado e hizo zoom sobre una mancha pálida en el centro, que poco a poco iba ganando nitidez, y dejaba entrever las formas de cuerpo desnudo en postura fetal.

—Apagad eso, por favor —dijo Bowring.

Los agentes de la sala seguían impávidos ante las palabras de la presentadora.

—¿No me oís? ¡Que lo apaguéis! Ya está bien de tocaros las narices. Quiero a cuatro de vosotros allí para saber todo lo que rodea a esa muerte. Quiero veros sin vida hasta que encontréis algo.

—Eso es asunto de los locales, inspector —dijo Leonard, temeroso, con la aprobación de cuantos lo miraban.

—Eso es asunto de quien yo diga. ¿Me oís? El nombre de esa chica estaba en una de las notas que ha traído la exhibicionista, así que es asunto nuestro. ¿Ha quedado lo suficientemente claro?

Nadie se inmutó salvo Leonard, que lo miraba algo preocupado.

—¿Se encuentra bien, jefe?

—Tenemos que descubrir qué se esconde tras esa mujer. Necesito información sobre Susan Atkins y sobre su secuestro el año pasado.

—¿No lo siguió usted por la televisión? Fue muy sonado.

—Nunca veo la televisión.

—Ya pero eso… no creo que haya ser vivo en los Estados Unidos que no siguiese el caso el año pasado.

—Demasiadas cosas ocurren ya en Nueva York como para preocuparme de lo que ocurre en otras ciudades.

—Si no recuerdo mal, Susan Atkins era de Nueva York. La secuestraron en su piso de Manhattan.

Bowring resopló. Lo que le faltaba ese día era que un chiquillo le dijese que no hacía bien su trabajo. La verdad es que en los últimos años Bowring estaba más distraído que nunca y hasta él mismo era consciente. Estaba descuidando su barba, estaba más lento en la toma de decisiones, se preocupaba más por las cosas insignificantes que por lo que de verdad tenía importancia. Por las tardes, al salir de la la oficina, volvía a casa y se entregaba a la filatelia, un nuevo hobbie que le ayudaba a desconectar. No estaba pasando una buena racha, todos en el cuerpo lo estaban notando, pero nadie dio el paso adelante para sacarlo a la luz. Seguía con sus tareas, con sus casos, pero la verdad es que habían adquirido un ritmo distinto. Desde la oficina central ya le habían mandado algunas citaciones para que explicase en detalle sus preocupaciones y su reciente desazón en el trabajo, pero había conseguido aplazarlas alegando que estaba demasiado ocupado por las tardes.

—¿Puedes conseguirme un dosier de ese caso? —incidió Bowring, sabiendo que era hora de ponerse en marcha.

—Por supuesto. Deme unos días. Creo que puedo conseguir el expediente completo si hablo con los de Boston.

—Encárgate tú de eso, ¿vale?

—¿Cree que tiene que ver con ella, con la exhibicionista?

—¿Me preguntas si creo que ha asesinado a Susan Atkins?

—Le pregunto si cree que ella sabía de antemano que Susan Atkins iba a morir.

—Espero que no.

—¿Espera que no? ¿Qué significa eso?

—Que de ser así, puede que sepa el paradero de Katelyn Goldman.

Capítulo 8
Jacob

Nueva York, 14 de diciembre de 2014

Todo ocurre con celeridad. Su tropiezo hace que se incline hacia delante, girándose a la izquierda y poniendo su cuerpo entre el de Amanda y el mío, en un descuido que me juro le costará la vida. El cuchillo sigue en su mano, pero ya lo he agarrado y lo levanto al aire lo más lejos posible de mi amada, pero se me resiste. Estamos los tres en la pugna; brazos y empujones en todas direcciones. Las manos y el cuchillo vuelven a enredarse, haciendo que el corazón me trepe hasta la garganta y, cuando me quiero dar cuenta, Amanda nos empuja a los dos con desesperación.

—¡Ah! —grita, rompiéndome el alma en mil pedazos.

En ese instante pierdo el equilibrio, y él oscila hacia atrás, liberando a Amanda y poniendo un metro entre nosotros. Ahora o nunca. Me abalanzo hacia él pero esquiva mi carga con una habilidad recuperada. Se detiene durante un segundo y me observa de nuevo oculto tras la máscara. Ambos jadeamos y Amanda ya está detrás de mí. Doy un paso adelante, pero no se inmuta; uno hacia la izquierda, pero no quiere bailar.

—¡Vamos! —grito.

—*Fatum est scriptum* —pronuncia con su voz amortajada.

«El destino está escrito». Ya había oído esa frase en aquella casa en Boston, y escucharla de nuevo me traslada a mis peores pesadillas. Los recuerdos de un ritual siniestro, Jennifer Trause y la mirada ardiente de Eric. Me duele tanto revivir esos instantes que se tambalea mi valentía. Doy un paso atrás, no sé por qué. Si quisiera acercarse de nuevo a Amanda tendría que pasar por encima de mí. La presiento a mi espalda, no me hace falta mirarla para saber que está ahí; sin embargo, la noto más lejos que nunca. Tengo que protegerla y lo haré con mi vida. Recupero el paso perdido y me aproximo a él decidido a acabar con todo.

—Eres hombre muerto —digo.

—Lo sé —responde inquebrantable.

Tras esas palabras, tal vez espantado o acorralado, hace una última mueca, tira el cuchillo al suelo y corre hacia la ventana. Sin darme tiempo de hacer nada, y con la habilidad digna de un felino, salta por ella, destrozando el cristal y precipitándose al abismo desde un sexto piso.

—¡No! —grito.

Lo sigo rápido hasta la ventana, me asomo por el borde para ver si escapa con vida y, al atisbar las profundidades del callejón oscuro, veo su cuerpo estampado contra el asfalto. No me lo puedo creer. «¿Por qué lo has hecho, idiota? ¿Qué ideas te han metido en la cabeza para que te inmoles así?». Es aún de noche, aunque el sol ya empieza a insinuarse por el horizonte coloreando de un azul perfecto el contorno oscuro de Nueva York.

—Ya ha terminado —digo volviéndome hacia Amanda. Está temblando y me mira con preocupación—. Cielo, no pasa nada, ¿vale? Ya ha terminado.

—Lo siento, Jacob —responde con la voz entrecortada.

—¿Sentir? ¿Qué diablos dices? Esto no es culpa tuya. Pagarán por todo lo que te han hecho.

—Jake...

—¿Qué ocurre, cariño?

Se mira el abdomen, que está cubriendo con ambas manos por encima del obligo. De repente, un suave hilo de sangre comienza a fluir por entre sus dedos, y me muero por dentro y se me hunde el mundo al ver que a mi amor, a mi anhelo, a todo cuanto quise, quiero y querré, se le escapa la vida entre los labios.

—Jacob...

Capítulo 9
Carla

Lugar desconocido, nueve años antes

Dos simples palabras reventaron a Carla por dentro. Comenzó a llorar mientras sostenía la nota y la releía una y otra vez, al tiempo que en su interior todo su mundo se desmoronaba: «Te quiero».

—No puede ser —dijo con el corazón palpitante.

Hacía años que no sentía el amor de su familia, sustituido por la idolatría y las atenciones de los miembros de la comunidad hacia ella; reverencias en los pasillos o miradas de admiración; pero nada era equiparable al amor. No sabía quién había escondido el mensaje entre aquellos libros inservibles, ni si era ella la destinataria de aquellas dos simples palabras, pero evaporaron en un segundo la asfixia que sentía entre los altos muros del monasterio.

Tenía el corazón desbocado y la respiración se le aceleró por momentos. Su mente era un cúmulo de pensamientos y decidió que necesitaba expresar rápido todo cuanto le pasaba por la cabeza. Se levantó del borde de la cama y comenzó a caminar de un lado a otro del aposento, mientras su melena castaña volaba tras ella. Se fue hacia una mesa que hacía las veces de escritorio y se sentó suavemente en una silla de madera. Agarró un puñado de folios amarillentos y una pluma, cerró los ojos y se dispuso a dibujar.

Comenzó haciendo el contorno suave de un lago con un embarcadero repleto de pequeños botes, pero a los pocos segundos frunció el entrecejo y lo tachó. Su corazón necesitaba algo más férreo, una imagen que representase todos sus sentimientos enfrentados, y no encontraba el modo de plasmarlos. Tenía tantas ganas de plasmar sus emociones de la manera más perfecta posible que empezó varias ideas con absoluta determinación, aunque las descartó antes de tan siquiera completar el primer trazo.

Resopló tras cada uno de los intentos. Esparcidas sobre su mesa ya había varias bolas arrugadas de papel cuando, para su propia sorpresa, escribió: «¿QUIÉN ERES?».

Era una pregunta sin importancia, dirigida con toda su alma a la persona que había dejado el mensaje en la estantería, pero al leerla, escrita en mayúsculas, era como si se lo estuviera preguntando a ella misma. Le dolía la pregunta, pues apenas se reconocía; nueve años habían pasado desde que llegó al monasterio, y parecía que hubiesen aplastado cualquier indicio de la Carla que ella recordaba. Había dejado de ser espontánea y risueña, y casi siempre estaba callada o asentía de vez en cuando, y las conversaciones que mantenía con otros miembros eran de todo menos interesantes. Comenzó a pensar en las palabras, en su fuerza, en su capacidad de cambiarlo todo y en cómo dos de ellas, con apenas ocho letras en total, habían sido capaces de provocarle tal sensación. Nueve letras tenía la pregunta que había escrito, pero su respuesta requeriría muchas más.

Respiró hondo, sostuvo la pluma entre sus dedos y, con más miedo que esperanza al espacio en blanco bajo su pregunta, comenzó a escribir:

No sé ni quién eres, pero yo también te quiero.

Es la primera vez que escribo mis pensamientos, pero necesito comprobar si me estoy volviendo loca. Si algún día leo esta hoja y no me reconozco, no me quedará otra alternativa que aceptarlo. La oscuridad me habrá arrebatado la cordura, y las pesadillas se habrán apoderado de mí.

Futura yo, si estás leyendo esto, ten por seguro que estas palabras las escribiste tú, Carla Maslow, o al menos la que fuiste un día, a los dieciséis años.

¿Y si están mintiendo? ¿Y si nada de esto es verdad?

Se levantó de la silla y releyó lo que había escrito. En parte tenía miedo de lo que había hecho, puesto que eran pensamientos claros y comprensibles para cualquiera que los leyese, y no estaban protegidos como en sus dibujos. Era complicado interpretar que detrás de un dibujo de una cascada en mitad de un desierto se escondían sus sentimientos de soledad, o que detrás del retrato de aquel chico desconocido se encontraba el amor más puro que jamás había sentido.

Pensó que tenía que esconder la hoja que acababa de escribir. La sostenía en la mano izquierda entre sus finos dedos mientras la releía, y con la derecha se acariciaba el pecho, sintiendo su corazón a mil por hora. Tenía que ocultarla antes de que nadie pudiese verla y la acusaran de pensar más alto de la cuenta, cuando de pronto, con dos golpes portentosos, llamaron a la puerta.

Capítulo 10
Bowring

Nueva York, 14 de diciembre de 2014

Bowring volvió decidido a la improvisada sala de interrogatorios. Por el camino, un millón de preguntas le asaltaban sin respuesta. Cada segundo que pensaba menos sabía y, cuanto menos sabía, más incapaz era de controlarse. El camino de vuelta a la sala se le hizo eterno. No porque estuviese lejos, sino porque en su mente ya no había espacio para nada más. «¿Quién es?», se decía. «¿Qué sabe sobre Katelyn? ¿Por qué ha asesinado a Susan Atkins?». Cada pregunta era una bomba en su cabeza, dinamitando, tras cada interrogante, uno a uno los pocos pilares que soportaban su entereza.

Entró de golpe, estampando la puerta contra la pared, envalentonado por la rabia.

—¡Ya está bien! —gritó—. ¿Quién eres y qué significa todo esto?

La joven lo esperaba sentada en la silla con las manos sobre las piernas. Se había puesto el vestido de flores amarillas, que cubría la mitad de sus muslos con una caída perniciosa, y se había echado la melena castaña hacia un lado, dejando al descubierto sus labios, su rostro, su mirada, pero ninguno de sus pensamientos.

La joven sonrió, condescendiente.

—¡Respóndeme! ¿Has asesinado a esa chica? ¿Por eso has venido?

—¿Cree que lo he hecho yo, inspector? ¿En serio me ve haciendo algo así?

—No lo sé. No sé nada. Dímelo tú.

—Inspector, esta investigación es la más importante de su vida. Creo que puede hacerlo usted mucho mejor de lo que lo ha hecho hasta ahora. ¿No está de acuerdo conmigo?

Bowring no respondió. Apretó un puño con rabia, sin saber qué hacer ni qué decir.

—Necesitaba algo con lo que empezar, ¿verdad? Pues ahí tiene su pista, inspector. Susan Atkins es la única pista que obtendrá de mí. Todos los casos empiezan con un asesinato. Ahí tiene el suyo.

—¿Por qué lo has hecho?

—Yo no he matado a Susan Atkins. Yo solo sabía que iba a morir. Al igual que supe que Katelyn desaparecería.

—¿Sabías lo de Katelyn? ¿Eres responsable de su desaparición? ¿Está viva? —suplicó.

La joven sonrió.

—¿En serio espera una confesión al inicio de su historia, inspector?

—Si eres culpable de lo que le ha ocurrido a Susan Atkins, una confesión te daría un trato ventajoso con el fiscal. Es un atenuante. Tal vez te librarías de la cadena perpetua —dijo Bowring, sin creerse ni una palabra de lo que acababa de decir.

—Le voy a responder con una pregunta.

Bowring suspiró.

—¿No cree que si le dijera ahora mismo cuál es su cometido en todo esto, nada de lo que viene en las siguientes páginas tendría sentido?

—¿Eh? ¿Qué quieres decir?

—Que tiene ante usted el caso más importante de su vida. La investigación que le hará ver quién es y qué puede ser. Su sitio en el mundo, inspector. Ese que todos tienen reservado. Ese que tarde o temprano tiene que ocupar para que la historia no se venga abajo. ¿Acaso no ha pensado nunca en él en sus tardes de ocio? ¿No se ha imaginado hasta dónde podría llegar? ¿No ha aspirado nunca a ser capaz de cambiar el rumbo de los acontecimientos?

Bowring se puso nervioso ante tantos interrogantes. Sin duda, la joven era más enigmática de lo que él había imaginado la primera vez que la contempló a través del ventanuco de la puerta. Entonaba las preguntas con suspicacia y claridad, dejándolo sin armas frente al desconcierto. Su voz había adquirido una nueva dimensión en su cabeza, reverberando dentro de ella y recorriendo los pasillos del miedo y la desolación. En su interior, Bowring había comenzado a pensar en Katelyn y en la última imagen de ella que captaron unas cámaras cuando pasó por delante de un cajero automático, o en el último mensaje que dejó en el contestador de su casa: «Mamá, ¿estás ahí? Por favor, cógelo. ¿Mamá? ¿Jack? ¿Estáis en casa? Joder... Llamadme pronto, por favor. Todo es muy extraño. ¿Sí? Un segundo, estoy hablando por teléfono. No... No lo sé... Sí, claro. Llamadme, ¿vale? Voy de camino a casa, llego en veinte minutos».

Pero Katelyn nunca llegó.

Al otro lado de aquel mensaje Bowring se imaginaba a Katelyn preocupada por algo que le había sucedido, caminando hacia su casa en la zona al este de High Park Lane, según habían determinado los expertos en telecomunicaciones gracias al cruce de las torres que habían conectado la llamada. Había escuchado aquella cinta del contestador infinidad de veces, con el objetivo de no olvidarla nunca e intentar meterse en la mente de Katelyn para intuir qué la preocupaba. Bowring estaba evocando la voz de Katelyn vibrando a través del audio roto del contestador cuando, de pronto, las palabras de

Katelyn se desvanecieron al volver a escuchar la voz de la joven:

—Inspector, al final de su camino le espera la verdad más importante de cuantas se le van a presentar en su vida. Quizá es hora de que comience a caminar.

Capítulo 11
Jacob

Nueva York, 14 de diciembre de 2014

—Amanda, escúchame. ¡No cierres los ojos! —grito con desesperación.

Está tumbada en el asiento de atrás, tapándose la herida como puede, mientras yo conduzco el Chrysler azul esquivando coches, dando volantazos, haciendo que las ruedas chillen con cada giro, navegando en el laberinto de la ciudad. Me salto un semáforo y, en el siguiente cruce, otro. ¿Qué importan unas luces rojas ahora?

—Prométeme que no te dormirás —digo mientras la miro por el retrovisor.

—Estoy... bien, Jake —responde con la voz entrecortada.

Su piel va perdiendo color y, conforme el río ámbar del sol invade las calles y sumerge a la ciudad en un dorado despertar, mi mente se va inundando de rabia y desesperanza.

—No te preocupes, cariño. No es nada. ¿Me oyes? En un par de días ya estás bien. ¿Cómo te vas a ir ahora? ¿Te imaginas todo este lío buscándote para esto? Además, tienes que hablar con tu padre. ¿Y tu madre? ¿Qué pensaría si te fueses ahora? No puedes dormirte.

No me responde.

—Aguanta, cielo. Por favor. Ya no queda nada. El hospital ya está ahí...

Cada giro, cada curva, cada segundo me destroza por dentro. Una maldita cuenta atrás implacable, goteando sobre el gris de la tapicería, avanzando sin piedad frente a lo que más quiero: no hay nada mejor para un *thriller*; no hay nada peor para mi vida.

Doy un último giro con desesperación y, al final de la calle, vislumbro el hospital. Está impregnado con la luz del amanecer, destacando con el fragor de la esperanza sobre el frío de una ciudad que cada día odio más.

—¡Ya hemos llegado, Amanda! —grito, rescatándola de la prisión de sus párpados—. Ya estamos, ya estamos. Por favor, Amanda. Solo un minuto más.

No me lo puedo creer. Los coches se agolpan en este tramo, bloqueándome el paso, haciéndome frenar en seco bajo el embrujo del chillido de las ruedas. Un atasco tan perfecto, inmóvil y ordenado que no hay espacio para pasar entre los carriles.

—¡No!

Esto no es cosa de Murphy. Murphy era un principiante comparado con este genio de la mala fortuna. La acera es demasiado estrecha como para pasar con el coche. Levanto la vista y observo humo emanando desde uno de los vehículos a unos cien metros desde donde estoy. Toco el claxon, no una sino mil veces. Los transeúntes me miran desde la calle, sorprendidos de mi desesperación. Un hombre, gordo y con cara de crío, incluso se atreve a gritarme que si estoy loco. No me conoce.

El tiempo se acaba. Oigo un suspiro sordo de Amanda que perfora mis entrañas desde el asiento de atrás.

—Jacob, te quiero.

Lo ha dicho en un susurro melódico y perfecto, como el que he anhelado durante toda mi vida, pero a la vez odioso, irascible y afilado como la espada de Damocles. No por lo que me dice, sino por lo que significa: una despedida.

—Amanda, no te vas a ninguna parte. ¿Me oyes? Tú te quedas conmigo.

Me lanza una última mirada con el amor de la primera y, por un segundo, la siento más viva que nunca. Con ella, me catapulta a una licorería con olor a vino, a una espera en su porche, a la noche en la que remé con toda mi alma perdiéndonos bajo las estrellas. No puedo más. Abro la puerta del coche con rabia, estampándola contra un taxi que está parado a nuestro lado.

—¿Eres gilipollas? —me grita el taxista.

No me molesto ni en mirarlo. Salgo rápido y abro con la misma rabia la puerta trasera. El taxista comienza a chillarme pero no presto atención a una palabra de lo que dice. En mi interior solo escucho la respiración de Amanda cada vez más apagada. Me inclino hacia dentro y la alzo entre mis brazos con todas mis fuerzas.

Al notar su piel fría me invade el pánico y, con lágrimas en los ojos, comienzo a correr desesperado entre los coches, dejando atrás al taxista, sus insultos y quizá también el último te quiero de Amanda; mi flor se marchita con cada zancada que doy hacia el hospital. Avanzo rápido, sorteando pitidos, coches y motos, ante la incredulidad de una calle demasiado abyecta, ignorante de mis miedos, indiferente como siempre.

—Amanda, no te vayas —digo llorando mientras corro con ella en brazos—. ¡Ya estamos, ya estamos! ¡Ayuda! ¡Por favor! —grito al fin al entrar en el hall de urgencias.

Dos enfermeros me miran asustados, pero rápidamente se aproximan a mí con preocupación. La sala de espera está a rebosar, y todos los pacientes me observan estupefactos.

—¡Dios santo, es el «decapitador»! —vocifera una señora que me ha reconocido de las noticias.

—¡Ha matado a otra chica! —grita un hombre que no llego a ver.

En ese instante, las voces de todos los presentes comienzan a apilarse unas sobre otras y precipitan una cascada de odio e ignorancia.

—¡Por favor, ayúdenme! —chillo mirando en todas direcciones.

Uno de los enfermeros me arranca a Amanda de los brazos y siento como si me arrebatara la vida. Con una habilidad que me sorprende, la colocan en una camilla y, de la nada, aparecen otras dos enfermeras que la intuban en un segundo y la arrastran hacia una puerta. Mientras avanzo aferrado a la camilla, me atropellan a preguntas: «¿Qué ha pasado?», dice una voz. «Una puñalada en la barriga», respondo. «Ha perdido mucha sangre», dice otra voz. «Donaré lo que haga falta». «¿Su grupo sanguíneo?». «AB positivo». «¿Y el de ella?». «No lo sé». «¿Cómo que no lo sabe?», dice otro enfermero. «No me acuerdo», respondo. «¡Doscientos miligramos de adrenalina!», grita otro. «Perforación en el abdomen por arma blanca, preparen el quirófano», mecaniza una enfermera. «¿Cómo puede no acordarse?», incide. «Es cero negativo. Sí, eso es. Cero negativo». «¿Seguro?». «Sí, seguro. Bueno, no sé. ¿No lo pueden comprobar?», pregunto con miedo. Los dos enfermeros se miran arqueando las cejas. «Será mejor comprobarlo», dice uno de ellos.

Al tiempo que desmontan mi valentía y mis esquemas sobre cuánto sé de verdad sobre Amanda, avanzamos por un pasillo interminable cuyas luces fluorescentes parpadeantes van amilanando mi autoestima.

«Tenemos pocas reservas de ese grupo», dice otra voz. «¿Algún familiar directo que pueda donar sangre?». «¿Familiar?». «Sí, familiar: hermanos, padres, hijos. ¿No tiene familia?». «¿Quién es usted?, ¿su novio?», incide uno de ellos. «Sí», respondo. De eso no tengo duda. «Donaré lo que haga falta». «No nos sirve». «¿Qué?». «Su sangre, no nos sirve. No es compatible. Necesitamos la de un familiar».

Giramos por un pasillo y, con el ángulo y el barullo, me suelto de la barra de la camilla.

—¡Amanda! —grito.

En ese instante comienzan a aparecer más enfermeros y médicos a ambos lados del corredor, bloqueando mi camino. Uno de los enfermeros se gira hacia mí y me clava una mano en el pecho, cerrándome el paso con su cuerpo.

—No puede cruzar este punto, señor.

—¡Tengo que estar con ella!

—Quienes tienen que estar con ella son los médicos. Usted no puede pasar de aquí.

Lo miro con odio. Moreno, barba descuidada cubierta por una mascarilla, zuecos de plástico, bata verde pistacho. Una quemazón comienza a invadirme por dentro. Aprieto el puño con rabia y estoy a punto de atizarle sin pensar. ¿Se puede odiar a quien puede salvarle la vida a tu amada? Aunque no contemple la posibilidad de que ella vaya a escaparse de mi mundo, en el fondo de mis entrañas se ha gestado la semilla del miedo a perderla, a no verla más, y crece implacable ante la voracidad de un pasillo que se lleva lo que más quiero.

—¿Puede contactar con algún familiar? Necesitamos sangre de su grupo sanguíneo.

—Sí, sí. Pero no sé si podrá venir.

Levanto la cabeza y Amanda ha desaparecido rodeada de batas blancas tras una doble puerta danzante.

—Nombre y dirección del familiar. Nosotros contactaremos con él.

—Esto..., sí —digo cerrando los ojos—. Steven Maslow, centro penitenciario de Rikers Island.

Capítulo 12
Steven

Rikers Island, Nueva York, 14 de diciembre de 2014

Un día en el centro penitenciario de Rikers Island era distinto según el bando en que se estuviese. Los visitantes observaban con incredulidad y cierta curiosidad los protocolos a los que se les sometía cuando pasaban por el arco detector. No había muchas indicaciones salvo evitar llevar objetos punzantes, no ser cariñoso en exceso durante los abrazos y los «cuánto te echo de menos» para no levantar sospechas innecesarias y, lo más importante, salir de allí cuanto antes. Los presos, en cambio, sufrían chequeos continuos, desconfianzas, castigos, luchas de poder efímeras. Para los que tenían suerte y estaban de paso, la mayoría en Rikers Island, el suplicio duraba poco, menos de un año por término medio, así que no tenían que esforzarse demasiado por labrarse una reputación. Nadie estaba el tiempo suficiente para tener que crearse un personaje creíble, con sus matices de personalidad, sus debilidades, sus sueños y su correspondiente evolución emocional hacia el abismo de la autodestrucción; de modo que todos eran burdas caricaturas dibujadas con trazos gruesos, para que nadie se perdiese intentando saber quiénes eran y solo fuese necesario echarles un vistazo para comprender su función en la jungla de barrotes: rateros de poca monta y sinvergüenzas del estraperlo; asesinos pasionales y atracadores de joyerías; políticos corruptos y banqueros estafadores.

Horas antes del tiempo de visitas, Steven se despertó en su celda al oír el estruendo de una porra golpeando los barrotes.

—¡Tú, arriba! —gritó el funcionario.

Suspiró y se frotó la cara antes de ponerse de pie. No compartía celda con nadie, así que en las profundidades de su soledad entre rejas no tenía que soportar estupideces de un compañero con poco o nada que ver con su calvario interno.

El director del centro penitenciario había preferido tomar todas las precauciones con uno de los presos de mayor relevancia de cuantos habían pasado por allí. El caso del «decapitador», como lo habían apodado en la prensa, y que llamó la atención de medio mundo, acabó sin responsables directos. La prueba presentada por el principal sospechoso, Jacob Frost, un libro con una lista interminable de nombres de desaparecidas, y las declaraciones de Steven, un exabogado que sufrió extorsión para raptar a las víctimas (único detenido y sentenciado a cadena perpetua), fueron concluyentes para determinar que Jacob no lo hizo. La autoría de la muerte de Jennifer Trause y Claudia Jenkins, las únicas víctimas sobre la mesa, se atribuyó a una especie de secta cuyos miembros fueron encontrados carbonizados en una casa a las afueras de Boston, y cuyos rituales sin sentido ya habían sido analizados por tertulianos y psicoanalistas en un sinfín de medios de comunicación, con argumentadas inventivas, medias verdades e hipótesis infundadas, todo para determinar, con perfecta sincronización, que vivíamos en un país de locos.

Steven fue el único detenido, el único condenado y el único que viviría el infierno de la culpabilidad bajo el paraíso de los barrotes. Él lo veía así. No se sentía con fuerzas para luchar contra su carga. Durante años había secuestrado a mujeres por todo el país con la absoluta certeza de que acabarían muertas a manos de un grupo de malnacidos y, al mismo tiempo, con la incertidumbre de si conseguiría recuperar a sus hijas. Era un contrasentido, un viaje a los extremos de sí mismo cuyo único destino era morir de viejo en la prisión sabiendo que, de algún modo, se hacía justicia con las víctimas de su destrucción, en especial con Claudia Jenkins, la única sobre la que él había dejado caer el peso de la muerte.

Durante el juicio sorprendió a medio mundo con su autoinculpación: «Señores y señoras del jurado —dijo entonces con voz seria—, he secuestrado a cientos de mujeres, no sabría decirles cuántas. He destrozado miles de vidas y hundido millones de sueños con la única esperanza de recuperar a mi hija, Amanda Maslow, a quien ustedes conocían como Stella Hyden. Mi otra hija, Carla Maslow, sigue desaparecida. No tengo más fuerzas para luchar. No quiero librarme de mi condena, puesto que la llevaré siempre por dentro. Yo secuestré a esas mujeres. Yo las entregué a la muerte. No pierdan un segundo más con este juicio. Júzguenme sin piedad, dejen que me pudra entre rejas. Gastaré las últimas palabras de mi alegato con lo único que a estas alturas puedo decir. —Steven se aproximó al estrado y se giró hacia los presentes. Un murmullo recorrió la sala y los medios de comunicación acreditados se agolparon y se pisotearon para inmortalizar el gesto. Steven se arrodilló con lágrimas resbalando por sus mejillas y dirigió una última mirada a Amanda, al fondo de la sala. Con la voz entrecortada por el llanto gritó—: ¡Lo siento!».

Desde que entró en Rikers Island rememoró ese momento cada día, no por lo que representaba, el fin de su calvario, sino porque había visto el rostro de Amanda una vez más. No podía creer cuánto tiempo había pasado sobre ella. La última vez que la vio, diecisiete años antes, cuando entraba en la consulta de un psicólogo en Salt Lake, era una chiquilla, y cuando por fin la recuperó y la abrazó, con treinta y tres, todo lo que hizo por encontrarla, todo a cuanto renunció por verla, dejó de tener importancia para él. Antes de que llegase la policía a Salt Lake el 28 de diciembre de 2013 y lo detuviesen junto a Jacob, pasaron cuatro horas, eternas y efímeras, voraces y dolorosas, sentados los tres juntos bajo el cielo, en las que lo único que quería sentir era que su hija estaba bien.

Steven se acercó al diminuto espejo redondo situado sobre el lavabo y contempló su barba castaña, en la que destacaban algunas canas.

—Hoy es el día —dijo con voz ronca.

Se peinó con una especie de cepillo rectangular con púas de plástico, parecido a un borrador de pizarra, y se miró a los ojos. Estaba ilusionado. Desde la última vez que vio a Amanda en el juicio habían pasado seis meses; un instante, comparado con los años que había dedicado a recuperarla, pero las gotas que colman el vaso son las últimas, y estaba más ansioso y exultante que nunca por ver de nuevo a su familia.

Unos pasos agitados se acercaban hacia la celda de Steven, taconeando sobre el compacto suelo de hormigón, reverberando en toda la sección, y se empezaron a escuchar algunos insultos provenientes de los presos: «Este se ha levantado con ganas de joder», «Ven aquí, director, tengo la cama caliente».

Steven seguía sumergido en las profundidades de sus recuerdos, absorto en su reflejo, ensimismado en la ilusión del día, cuando escuchó un carraspeo a su espalda.

—Steven Maslow, preso 7 4 2 1, sección C.

Steven se dio la vuelta y vio al director de la prisión al otro lado de los barrotes, escoltado por dos celadores; uno negro, otro blanco; ambos uniformados de azul, y cuya envergadura contrastaba con la del director: gafas redondas, traje gris, al igual que su cabello, mirada insegura, mofletes lacios. «Este se meaba de niño en la cama», pensó Steven.

—¿Qué quiere? —inquirió frunciendo el entrecejo—. Hoy es el día que veo a mi hija. No venga a joderme. Tengo la visita programada para las diez.

—Ha ocurrido algo, señor Maslow, y se le necesita urgentemente.

—No veo por qué debería ayudarles.

—A nosotros no, señor Maslow.

—Entonces ¿a quién?

—Prométame que no se alterará —dijo el director, inquieto.

—No pienso prometerle nada. Ya dije que no daría problemas, si no me los daban a mí. —Su ronca voz reverberó por la estancia.

El director suspiró.

—Verá, señor Maslow. Nos han llamado del hospital. Su hija está gravemente herida.

Capítulo 13
Carla

Lugar desconocido, nueve años antes

—¿Carla? —dijo una mujer encapuchada al tiempo que asomaba la cabeza por la puerta.

—¿Sí? —respondió.

Contuvo la respiración y apretó la mandíbula, procurando moverse lo mínimo para que no descubriesen la hoja. La había ocultado con celeridad detrás de su espalda. Era demasiado valiosa. Era ella misma, y si caía en sus manos sería como darles las llaves de su alma para que pudiesen hacer con ella lo que quisieran.

—Hoy es un gran día, Carla. —Era Nous. De los miembros de la comunidad, ella era una de las más importantes (cara avejentada, cuerpo de chiquilla, escasos diez centímetros más alta que Carla, con voz áspera y chirriante)—. No puedes faltar. Laura viene a vernos.

Entró en la habitación y comenzó a deambular de un lado para otro mientras inspeccionaba a Carla.

—Hacía tiempo que no nos visitaba —susurró Carla simulando una ligera alegría mientras tragaba saliva.

—Ha estado entregada a la causa para darnos más nombres. Comentan que ha traído casi cien más. ¿No es maravilloso?

—¿Cien? —Carla sabía lo que significaba eso. Cien personas que ponían en peligro a la humanidad y debían morir para que el destino de todos estuviese a salvo. Ella ya se había acostumbrado a ese pensamiento. Desde que entró en la comunidad, no fueron pocas las veces que le explicaron cómo debían ser las cosas. Había personas que nacían para poner en peligro al ser humano, y la congregación tenía la obligación de evitar males mayores. Nadie ponía en duda aquel método, al igual que nadie se cuestionaba que el sol salía por el este y se ponía por el oeste. Era un hecho cierto.

—Sí. Es magnífico. Sublime. Hacía tiempo que no soñaba con tanta gente. Eso quiere decir que nuestra labor es más necesaria que nunca. El destino de todos estará a salvo.

—*Fatum est scriptum* —respondió Carla con una perfecta entonación en latín.

—¡Eso es, Carla! El destino está escrito —se entusiasmó.

La luz de la lamparita iluminó el rostro de Nous y dejó ver sus ojos oscuros perforando los de Carla. Sus facciones aquilinas y su pelo castaño algo estropeado encajaban con su cuerpo menudo, hasta el punto de que si en ese momento hubiese abierto los brazos y agitado las mangas de la túnica marrón, a Carla le hubiera parecido que iba a echar a volar.

—Son unos dibujos muy curiosos —comentó mientras revoloteaba su mirada a lo largo de la pared.

—Bueno, no son nada. Me ayudan a desconectar.

Un suave nudo se le formó en la garganta. Nous era una de las personas más fervientes de la congregación. Carla había oído rumores de que fue ella quien descubrió el romance de dos *destinuarios*, algo terminantemente prohibido en la comunidad, por lo que tuvieron que abandonar el monasterio para siempre. Nadie había sospechado de ellos; ni un gesto, ni una mirada más afectiva de la cuenta, ni tan siquiera una conversación que sobrepasase los límites de lo tolerable, pero Nous veía mucho más allá. Con dos preguntas bien elegidas, un titubeo en una de las respuestas era suficiente para que te descubriera. Era una ingeniera de estructuras mentales. Te analizaba de arriba abajo, quitaba un ladrillo de un par de puntos bien elegidos de tu entereza y te desmoronabas entre lágrimas confesándolo todo.

—Bella dice que tienes el don.

—Nunca he tenido sueños como los de Laura. Tal vez se equivoque conmigo.

—Nunca se ha equivocado, Carla. Más tarde o más temprano sus visiones siempre son confirmadas.

—Solo digo que, en este caso, puede que no haya leído bien el destino.

—Hay muchas cosas que aún no sabes, Carla. Eres muy joven, pero en esta comunidad Bella ya predijo el don de Laura. Dejemos que los hechos se desarrollen. Antes o después te darás cuenta de lo vital que eres para el transcurso de la humanidad. Solo tienes que estar atenta a las señales.

—¿Qué tipo de señales? —inquirió Carla.

—Te darás cuenta en cuanto veas una. Ten paciencia, Carla. *Fatum est scriptum.*

—*Fatum est scriptum* —volvió a responder Carla inclinando la cabeza.

Nous se extrañó de la actitud de Carla. Se percató de que estaba más perspicaz que nunca, algo inusual en ella después del férreo adoctrinamiento que había vivido durante su infancia.

—¿Te encuentras bien, hija? Te noto preocupada.

—¿Yo? No es nada, solo que estoy algo cansada. —Mintió. Tenía la hoja tras la espalda e intentaba ocultarla de la vista de Nous por todos los medios.

—¿Qué escondes ahí?

A Carla le dio un vuelco el corazón. La habían descubierto, y si veían lo que acababa de escribir, pronto tendría que abandonar el monasterio.

—¡¿Esconder?! Ya sabes que nunca escondería nada. Es uno de nuestros cantos: «Mis secretos son de todos, mis anhelos son los nuestros».

—Pues no es lo que parece —respondió Nous, serena.

—Oh, no, Dios santo. Nunca haría eso. ¿Qué podría ocultar yo? Tal vez esté inquieta por saber cómo estará Laura.

Nous levantó ligeramente un lateral de su boca en una especie de sonrisa forzada, y Carla se quedó inmóvil sin saber cómo interpretarla. Nous permaneció observándola, mirándola durante algunos segundos, mientras Carla se debatía entre confesar que estaba teniendo sentimientos encontrados o permanecer en silencio, encerrar bajo llave lo que pensaba y quebrantar una de las reglas más férreas de la comunidad: «Yo soy nosotros».

Decidió aguantar la mirada. Su garganta le pedía que tragase saliva, sus ojos pestañear varias veces seguidas, sus dedos temblar de pánico, pero sabía que cualquiera de esos simples gestos delante de Nous la condenarían a cien años de soledad.

—Déjame ver qué tienes ahí.

—¿El qué? —dijo en el mismo instante en que dejó caer tras su espalda la hoja, que planeó directa bajo el escritorio en un vuelo perfecto e invisible.

Nous observó sus manos vacías y las miró extrañada. No solía equivocarse, pero Carla ahora le devolvía una sonrisa cortés y no tuvo tiempo de pensar demasiado en su error.

—No sé de qué hablas, hermana.

Nous no respondió. Algo no encajaba, pero prefirió hacer caso omiso a su intuición.

—Tengo que seguir avisando al resto de la llegada de Laura. Lo celebraremos en el patio cuando se ponga el sol. No te demores.

—Allí estaré —respondió inclinando la cabeza.

—*Fatum est scriptum.*

—*Fatum est scriptum.*

En cuanto Nous salió de la estancia y cerró la puerta tras de sí, Carla se sentó en la cama y comenzó a llorar. Tenía miedo de lo que acababa de hacer. Mentirle a una hermana era motivo de condena, pero según las lágrimas iban recorriendo sus mejillas, recuperó poco a poco su valentía.

Se agachó y buscó la hoja que había escrito. La sostuvo entre sus dedos unos segundos mientras la releía rápidamente, al mismo tiempo que en su interior se clavaban las palabras que ella misma había escrito. Luego rebuscó un hueco en su arcón, plegó la nota varias veces y la guardó en el fondo, asegurándose de que estuviese bien escondida entre sus ropajes de ceremonia.

Volvió a sentarse en la cama y sacó de su bolsillo la nota con el «Te quiero» que había encontrado en la biblioteca. Su corazón le lanzaba redobles cuando leía aquellas dos palabras, y se dio cuenta de que acababa de cruzar la puerta que la llevaría hacia la vida con la que siempre soñó en lo más profundo de su alma.

Permaneció durante un rato mirando aquella nota, luego se tumbó riéndose mientras la apretaba contra su pecho. La olía y dejaba que el aroma del papel envejecido recorriese su interior, catapultándola al inconfundible paraíso del amor atemporal. Aquel pedacito de papel la había rescatado de su prisión y ahora se sentía más decidida que nunca a descubrir los secretos del mundo que la rodeaba.

Se levantó. Aún faltaban varias horas hasta la puesta de sol. Abrió de nuevo el arcón y escondió también la nota en uno de los bolsillos de la túnica de ceremonia. Allí nadie la encontraría. Dio un par de vueltas de un lado al otro del aposento y, de repente, abrió la puerta y se marchó con la intención de averiguar quién había dejado aquella nota.

Capítulo 14
Bowring

Nueva York, 14 de diciembre de 2014

Bowring salió de la improvisada sala de interrogatorios con la absoluta certeza de que nada tenía sentido. Caminó por el pasillo, subió de nuevo a la zona de oficinas y se aproximó al barullo en busca de Leonard.

—Escúchame, mueve el papeleo necesario para que pueda estar retenida aquí todo el fin de semana.

—¿Y qué pongo en el informe? ¿Alteración del orden público? Le adelanto que nos lo van a echar para atrás y se irá a la calle en cuanto el juez lo reciba.

—Antes me dijiste que este caso era extraño, ¿no?

—Y con lo de Susan Atkins, todavía más.

—¿Y la aparición de esa chica decapitada no es suficiente, teniendo en cuenta que uno de los nombres es el suyo?

—Sí, es algo, pero yo diría que se sujeta con pinzas, jefe. No tenemos una sola prueba, solo su nombre en un papel. ¿Y si resulta que tiene una amiga que se llama igual? O es una fan de esa escritora, o quién sabe, puede que sea una jodida casualidad.

—Las casualidades no existen, Leonard.

—¿El destino? Eso es lo que dice ella. Pensaba que a usted no le convencería con su palabrería.

—Ni destino ni casualidad. Son las personas las que lo crean todo.

—Pues si yo le contara la de cosas que me han pasado por casualidad, alucinaría. Una vez visité Londres cuando tenía dieciocho años y, atención, aquí viene lo fuerte... me encontré allí con...

—Ha nombrado a Katelyn Goldman —interrumpió Bowring.

—¿Qué? —dijo, sorprendido.

—Que ha nombrado a Katelyn, Leonard.

—¿La que desapareció?

—A mí también me cuesta creerlo. Pero si tiene algo que ver con su desaparición, si existe la mínima posibilidad de que esté viva en alguna parte, tengo que hacer lo que sea para dar con ella.

—Es imposible que pueda seguir con vida. ¿Cuánto hace de eso? ¿Diez años? Yo ni siquiera había entrado en la academia.

—Es posible que tengas razón y no siga con vida, pero necesito descubrir la verdad. Necesito poder contarle a su madre lo que le ocurrió a Katelyn. Es muy doloroso no saber si tu hija está muerta o si simplemente alguien se la llevó y aún la tiene retenida en algún zulo, haciéndole Dios sabe qué.

—Pero ¿por dónde va a empezar? No hay ninguna pista nueva sobre su paradero, jefe.

—Tenemos un cadáver.

Bowring metió la mano con celeridad en su bolsillo y sacó las pequeñas tarjetas. Rebuscó entre las notas y levantó una de ellas para leerla detenidamente en busca de alguna pista: «Susan Atkins, diciembre de 2014».

—Susan Atkins ha muerto en diciembre, el mes que aparece en esta nota. Está claro que esto es una pista.

—¿Qué es eso que tiene pintado detrás? —inquirió Leonard.

Bowring le dio la vuelta a la nota. Hasta entonces no lo había hecho. No había dado importancia a los papeles hasta ese momento, en el que se convirtieron en el único clavo al que agarrarse. Una sensación de extrañeza se apoderó de él al ver el símbolo dibujado con tinta negra en su dorso: una sinuosa espiral de nueve aspas.

—¿Qué diablos es esto? —dijo.

—Ni idea, jefe. Pero está pintado a mano.

—¿A mano?

—Es lápiz. No creo que haya impresoras o sellos que utilicen lápiz.

—¿Sabes lo difícil que es dibujar una espiral tan perfecta?

—No lo he probado, la verdad.

—Te lo diré yo: es imposible, y más en un tamaño tan pequeño.

Leonard respondió con una mirada de desconcierto.

—¿Sabemos algo de los demás nombres?

—Nada, jefe.

Bowring pasó una a una las notas y comenzó a leerlas en voz alta:

«Robert Lee, diciembre de 2014».

«Eric Swanson, diciembre de 2014».

«Marc Sallinger, diciembre de 2014».

«Benjamin Auster, diciembre de 2014».

«Paul Allen, diciembre de 2014».

Bowring dejó de leer, se quedó paralizado al ver la última nota. Fue una puñalada directa a su estómago, una lluvia de agujas afiladas descargadas sobre su alma. La nota era idéntica a las demás pero a la vez distinta, cargada de una mayor mezquindad, con un juego tan sutil que nadie hubiese adivinado de quién se trataba. Nadie salvo Bowring: «K.G., diciembre de 2014».

—«K.G.». ¡Maldita sea!

Bowring le dio la espalda a Leonard y se dirigió con decisión hacia el perchero. Agarró su abrigo y se lo puso mientras en su mente comenzaban los trabajos para mantener a flote su entereza.

—¿Qué ocurre, jefe?

—Encárgate de que permanezca aquí, Leonard. Es lo único que te pido. Tengo que ir a ver el cuerpo de Susan Atkins.

—¿Por qué? ¿Sabe quién es K.G.?

—Katelyn Goldman —dijo con la voz quebrada.

Capítulo 15
Jacob

Nueva York, 14 de diciembre de 2014

No se oye nada salvo unos pasos lejanos. Ha pasado más de una hora desde que se llevaron a Amanda al otro lado de la puerta y espero junto a ella, muriéndome por dentro sentado en una incómoda silla de plástico. «¿Cómo he podido ser tan idiota? No la he cuidado como le prometí a Steven. ¿Cómo le he fallado de tal manera a mi madre?». Las imágenes de la pelea con mi padre cuando yo era un crío comienzan a invadirme golpeándome con virulencia y, poco a poco, revivo en mi interior los años en los que no perdí la esperanza de encontrar a mi amada; una vez más, me enfrento al abismo de la soledad.

Fue tanto tiempo sin Amanda, tantos años vagando por el mundo solo, que cuando la encontré me sentí en el cielo. Si de nuevo me precipito entre las calles sin ella, si la pierdo, sé que moriría; mi caída sería desde tan alto que me rompería en mil pedazos. Los fragmentos quedarían tan desperdigados, tan alejados, que sería imposible reconstruirme. Me faltarían unas piezas o se estropearían otras y, si en algún momento alguien lo consiguiese, si alguien montase de nuevo el puzle, reordenase mis emociones, mi historia o mis capítulos (terapeutas, psicoanalistas o magos del alma), nunca sería el mismo. Perdería mi esencia, mi tensión y mis anhelos, y habría cambiado tanto que ni yo mismo querría mirarme a los ojos.

Mis manos me cubren el rostro, tengo los codos clavados en los muslos y contengo la respiración para tranquilizarme.

Pagarán por esto. No sé por dónde empezar, ni siquiera qué hacer, cómo encontrarlos, pero pagarán por lo que le han hecho a Amanda. En aquel momento, en la mansión, cuando murieron seis de los Siete, pensé que solo quedaba Laura y que con ella finalizaba mi venganza, pero con la llamada de esa joven de voz dulce y melódica he comprendido que la historia no está terminada. Al menos no ahora.

De repente, escucho un alboroto a lo lejos que proviene de la sala de espera. El pasillo es tan largo que apenas logro escuchar nada inteligible, pero una sensación de malestar comienza a invadirme a cada segundo que pasa. El ruido se va acrecentando y las voces empiezan a solaparse llenas de ira y odio: señoras, hombres y críos, todos con un deje de rabia, acompañadas con golpes secos en el suelo y chillidos esporádicos de pánico.

—¿Qué pasa allí? —digo mirando a la puerta.

El ruido me resulta insoportable. A pesar de estar tan lejos es capaz de enervarme. Aprieto los puños y comienzo a suspirar algo frustrado. Me levanto apretando la mandíbula y camino en dirección a la sala de espera. En cuanto doy el segundo paso noto un dolor punzante en el pie derecho.

—¿Qué diablos?

Al fijarme, veo algo que había pasado por alto hasta este instante: estoy descalzo y mi pie derecho sangra lo suficiente como para hacer que resbale ligeramente sobre el mosaico de baldosas grises y blancas. No me he dado cuenta hasta ahora de que había salido descalzo de casa, ni tampoco de que con la carrera me había cortado con unos cristales.

Me siento de nuevo en la silla y observo el estropicio. Entre la negrura de la planta hay dos trozos de cristal de unos tres o cuatro centímetros clavados, con cortes profundos: uno en el talón, otro entre los dedos. Observo mi pie, condescendiente. No es que no sienta dolor, es que no es nada comparado con el que tengo clavado

así que yo era la única esperanza para encontrarlas. Me alejé de todo y de lo que quedaba de mi familia, mi tío Hans, y lo convertí en mi único objetivo vital. Por aquel entonces, nadie sabía si yo seguía existiendo. Al cabo de un tiempo y tras leer los informes médicos del accidente de Carla, deduje que habría muerto al poco del accidente, así que concentré todos mis esfuerzos en Amanda. Todos los días leía los periódicos de medio mundo en busca de indicios, desapariciones y movimientos etéreos en los que alguien se evaporara y dejara de existir para siempre. El rapto de Amanda no podía ser casual. Esas sombras que nos observaban desde la barca del lago después de nuestro primer beso; ese hombre y esa mujer que nos siguieron hasta la casa de mi tío, y todas las demás siluetas que aparecieron de la nada en el sótano justo antes de caer inconsciente buscaban algo más. Yo no sabía el motivo por el que se llevaron a mi vida, pero con cada «se busca» que leía en un periódico me invadía la certeza de que ellos estaban detrás. Entonces siempre procedía igual: viajaba al lugar donde había desaparecido la chica en cuestión e indagaba en su vida en busca de todo cuanto pudiese ayudarme a encontrarla y encontrarlos. Durante dos días me sumergía en la vida de esas mujeres que se habían esfumado, siempre evitando ser visto por los investigadores oficiales, hospedándome en moteles sin nombre, suburbios oscuros y antros de mala muerte, intentando encontrar un patrón común: profesión, lugar de procedencia, nivel de estudios, gustos musicales. Nunca hubo nada. Salvo con Victoria Stillman.

Victoria Stillman era camarera en una cafetería, morena y profusamente atractiva. Según sus compañeros, con quienes charlé varias veces, era la persona más positiva de cuantas habían trabajado allí. Trataba a los clientes con una cercanía familiar y daba confianza, tanta que a la policía no le extrañó que desapareciese del mundo. Según determinaron poco después, un cliente, de esos obsesivos, enamoradizos y enfermos, podría haberla secuestrado. Esperaron una llamada de rescate durante más de tres meses, pero su familia nunca la recibió. Fue un trueque mortal y doloroso; se llevaron a su hija sin pedir nada por ella: el peor secuestro de los posibles. Para la policía, todo era normal. Chica apetecible y simpática desaparece de una cafetería apartada justo antes de cerrar. Para mí, era un clavo al que agarrarme. Rebusqué en su basura, me colé en su casa en busca de un diario o algo que me contara quién era y qué podría haberle ocurrido. Cuando conseguí sumergirme en su vida hasta el punto de casi olvidar por qué lo hacía, me di cuenta de que habían pasado dos meses. Perdí el norte con ella. En las fotos tenía un aire a Amanda que me obsesionaba. Me atrapó porque nada parecía encajar. Su caso era distinto al de las demás y lloraba en la habitación del motel cada vez que en las noticias hacían recuento de los días que llevaba fuera de casa. En mi mente parecía como si hubiese ido ganando importancia su caso frente al de Amanda, ocupando centímetro a centímetro mi cabeza, llenándola de pistas volátiles y efímeras. Pero en mi corazón nunca fue así. Amanda era lo único que guiaba mi vida. Un lucero incandescente y parpadeante que siempre me mostraba el camino a seguir. Podía navegar por las aguas de cualquier puerto, perderme en las inmensidades del mar de los casos irresolubles, que ella siempre era el viento que empujaba mi vela.

Una noche que no podía dormir debido a que las imágenes del día en que perdí a Amanda me asaltaron en la oscuridad del motel, decidí salir a que me diese el aire. Caminé descalzo por el corredor unas diez o doce puertas más allá de mi habitación, y el frío suelo gris y blanco era idéntico al que tengo ahora mismo bajo mis pies en el hospital. Quizá por eso evoco este recuerdo. Estuve un rato apoyado en la barandilla observando los coches pasar por la calle, el luminoso del «New Life Motel» parpadear con neones azules y rosas, y mi alma se perdió en un imaginario olor a lavanda. Comencé a llorar sin saber por qué. Quizá me hundí pensando que nunca recuperaría a Amanda y que viviría para siempre con el peso de su pérdida.

Entonces escuché una puerta abrirse a escasos metros de donde me encontraba. Me sequé las lágrimas como pude y aguanté el nudo en la garganta mientras aquella persona pasaba. Era más baja que yo e iba vestida de negro, cubriendo su cabeza con una capucha. Caminaba con una perturbadora celeridad, sus pasos repiqueteaban constantes contra las baldosas y, cuando estaba justo detrás de mí, se detuvo. El pánico casi me bloquea. Tenía un aura tan cercana y siniestra que el pulso se me aceleró y el corazón me trepó sin control hacia la garganta. A pesar de mi cuerpo desarrollado, seguía siendo un crío. En ese instante aquella persona pronunció con voz asexuada las palabras que me confirmarían, para siempre, que Victoria Stillman compartía suerte con Amanda.

—Estás muy cerca de Amanda, Jacob.

Me giré impresionado y asustado, pero la sombría silueta había echado a correr. Me sorprendió su agilidad, su velocidad, su instintiva capacidad para desaparecer. Cuando quise ir tras ella, invadido por el pánico, entre parpadeos luminosos y el silencio de la noche, ya la había perdido.

El recuerdo de aquella noche me inquieta, pero ahora me molesta más el ruido que proviene del otro lado de la puerta del pasillo, voces y gritos coléricos siguen *in crescendo*, y cuando creo que nunca se acabará, la puerta se abre de golpe estampándose contra la pared.

Capítulo 16
Steven

El interior del furgón policial en el que trasladaban a Steven apenas se iluminaba con la luz que entraba por un resquicio de unos centímetros sobre su cabeza. Las esposas le apretaban y el vaivén de la furgoneta en las curvas lo estaba mareando por momentos. Pero no era nada comparado con el miedo que sentía. La pérdida de sus dos hijas en Salt Lake dieciocho años antes, y lo que tuvo que hacer por recuperarlas, lo destruyeron por dentro, por fuera, por todas partes. Su vida se había resquebrajado de tal modo cuando desaparecieron del mundo sin dejar rastro que se aisló dentro de sí mismo. Dejó el despacho de abogados donde acababa de ser ascendido a socio, descuidó a Kate, su mujer, que se había sumergido en una espiral de pena y desesperanza tan profunda que intentó quitarse la vida varias veces, y, lo más doloroso de todo, accedió a las peticiones de los Siete con la esperanza de recuperar a sus hijas. Una nota y una llamada: el comienzo del fin.

—Les entregué mi vida —suspiró Steven con voz quebrada, a punto de llorar—, toda mi vida por rescatar a Amanda. ¿Es posible que haya sido para nada?

En la penumbra se miró las esposas con rabia. Aún no estaba acostumbrado a su tacto; frío e inamovible. En parte, también él se sentía así. Se palpó las manos, ásperas y duras, resultado del cambio a la vida rural para poder cumplir con las órdenes de los Siete, como él los llamaba para sus adentros. En ese instante, temeroso de perder a su niña, comenzó a llorar.

Durante varios minutos del trayecto en el furgón dejó caer las lágrimas sobre sus manos, observando cómo las recorrían y caían para perderse en la oscuridad del suelo. En su interior le bombardeaban las críticas hacia sí mismo, cuestionándose si hizo bien en dejarse arrestar por la policía, en confesar su implicación en las desapariciones, en explicar su extorsión. La cadena perpetua, su condena en firme, era un cambio justo: encerraría su cuerpo entre rejas y liberaría su alma al cielo de una vez por todo el daño que había causado. Pero un alma sucia no vuela. Se arrastra reptando como puede, frotándose las manchas en soledad por rincones oscuros en los que nadie mira y acaba pudriéndose si no tiene un objetivo vital.

—Amanda, perdóname. —Lloró.

Como si estuviese viviendo de nuevo su pesadilla, como si de repente se viera a sí mismo de vuelta en Quebec mirando al fondo de un agujero cavado en el suelo, en el que alguna chica le pedía clemencia, comenzó a sentir la desazón de saber que nunca volvería a ser el mismo. Había cruzado límites que nadie debería traspasar nunca, había acribillado su interior con cuchillos mortales y, aunque seguía tan férreo y firme como siempre en el deseo de proteger a su familia, en lo que estaría dispuesto a hacer por ella, ahora sus grilletes le hacían sentir impotente para conseguirlo.

—¿Cómo voy a protegerla si estoy encerrado?

Apretó los puños con fuerza y, cuando estaba a punto de golpear el suelo de rabia, aporrearon la chapa del furgón policial sacándolo de su trance. La puerta trasera se abrió e iluminó con luz cegadora a Steven, que entrecerró sus ojos humedecidos.

—Eh, tú, sal fuera.

Steven suspiró. Era el mismo funcionario que lo despertaba cada mañana sacudiendo los barrotes, haciendo ruidos estruendosos, intentando lanzar gotas diminutas de molestia a los presos. En los meses que

Steven llevaba en Rikers Island, si algo tenía claro era que tarde o temprano algún preso acabaría con él.

—¿No sabes usar más de cuatro palabras seguidas? —respondió Steven con voz ronca.

—Por supuesto que sí.

Steven frunció el entrecejo y apretó la mandíbula. Bajó del furgón y observó dónde se encontraba: en la puerta del Hospital de Nueva York.

Aceleró el paso todo lo que le permitían los grilletes y los guardias que lo escoltaban. Era un preso mediático y peligroso, y, aunque él no se consideraba una amenaza, el mundo lo odiaba desde el momento en que su rostro recorrió el planeta con las imágenes de su confesión.

—¿Me vais a decir qué le ha ocurrido a Amanda?

Ninguno de los dos guardias respondió. Su voz temblaba cada vez que pronunciaba las tres sinuosas sílabas del nombre de su hija y, con cada una de ellas, él se hundía más en la desesperación.

Entraron en el hall del hospital y una joven enfermera de piel blanquecina y grandes ojos marrones se acercó a recibirlos. Era una especie de muñeca de porcelana disfrazada de enfermera que parecía mover los labios inferiores a las órdenes de algún ventrílocuo oculto por la sala. Se había puesto tanto colorete en los pómulos que parecía que fuese la primera vez que se había maquillado.

—¿Steven Maslow? —preguntó de manera mecánica.

—¿Qué diablos ocurre? ¿Dónde está Amanda?

—En el quirófano. Necesitamos sangre de su grupo. La vida de su hija pende de... un hilo.

Pocas palabras habrían sido capaces de explotar en las entrañas de Steven como lo habían hecho aquellas. Steven se llevó las manos esposadas a la cara, temiendo lo peor.

—Déjenme sin sangre. Mátenme.

La enfermera miró condescendiente a los dos guardias.

—Esperen aquí.

—No pienso esperar ni un segundo mientras mi hija se muere. Sáquenme lo que necesiten.

En ese instante, un hombre que estaba sentado en la sala de espera agarró a su pareja del brazo y vociferó:

—¡Es Steven Maslow! ¡El secuestrador!

Los demás pacientes levantaron la vista y lo reconocieron de inmediato. No había duda: era Steven Maslow. Su confesión en el juzgado había aparecido en todos los medios de comunicación, mostrando su rostro entre lágrimas. Su imagen había recorrido el mundo de norte a sur y de este a oeste, y quedaban pocos lugares en el planeta donde no supieran quién era y lo que había hecho. Su caso era objeto de estudio en las escuelas de Criminología, su mente se analizaba en las de Psicología, y su alma era lapidada con el odio ardiente de una sociedad que lo quería ver muerto.

En menos de dos segundos, otras personas de la sala comenzaron a gritarle. Algunos enfermos parecían recobrar la salud para insultarle; las colitis y los problemas estomacales se esfumaban ante la ira; las fracturas y los esguinces se soldaban entre los chillidos, y las fiebres y los sudores se evaporaban entre la rabia. En poco más de diez segundos, una sala de convalecientes se convirtió en una horda con más lucidez y salud que la mayoría de la gente del planeta; todos gritaban «asesino» desde las tripas, «hijo de puta» desde sus corazones, y los más envalentonados incluso se levantaron con decisión para agredirle.

Los dos guardias se quedaron sorprendidos ante la ferocidad de una masa inesperada llena de odio, y no pudieron evitar los primeros cuatro puñetazos que volaron a la cara y al pecho de Steven. Pusieron su cuerpo entre la muchedumbre y su objetivo, e intentaron abrirse paso escoltándolo rápidamente hacia una de las puertas en dirección al quirófano. Algunos brazos envolvieron a los guardias, que apenas podían resistir la fuerza de los que querían apartarlos de su protegido. Cuando parecía que nada podría con ellos, que acabaría linchado en la sala de espera, consiguió pasar entre dos mujeres que lo miraban con rabia, mientras los guardias aguantaban el forcejeo. Aprovechó el milisegundo que ganó cuando los guardias cayeron al suelo a causa de varios empujones y cruzó de golpe la puerta hacia el pasillo, donde se encontró a Jacob, que lo miró a los ojos.

Capítulo 17
Carla

Lugar desconocido, nueve años antes

Al salir de su aposento Carla se cruzó con dos miembros que la saludaron con la mirada. Ella les susurró un *Factum tibi est* casi imperceptible al tiempo que agachaba los ojos. Tenía un revoltijo de sensaciones en el estómago y no quería que nadie la parase por el camino para encomendarle alguna tarea, porque pretendía avanzar en la búsqueda del misterioso enamorado.

El monasterio estaba formado por dos grandes edificios de varias plantas, separados por un patio central. Ella dormía y hacía vida en el ala norte y, aunque no tenía prohibido visitar el ala sur, siempre que intentaba perderse en sus pasillos oscuros aparecía algún *destinuario* que impedía que accediese a aquella zona. La acompañaban de nuevo a su aposento o le encomendaban tareas de vital urgencia. «Es una zona sin uso. No hay nada que te incumba allí», solían decirle cuando trataba de acceder allí. Ahora se sentía con más fuerza que nunca, dispuesta a evitar encuentros con otros miembros, y sabía que el ala sur era el mejor lugar para hallar alguna pista que la llevase hasta la persona que había escrito el «Te quiero». Tras la conversación con Nous, se convirtió en su único objetivo. Quería conocer a la persona que lo había escrito y que le había dado fuerzas para saltarse las normas de la comunidad.

A hurtadillas, y siempre vigilando antes de doblar cualquier esquina, cruzó el salón central del ala norte. Allí había varios miembros ordenando algunos libros de una estantería de manera minuciosa. Colocaban los ejemplares de Márquez junto a los de Auster, los de Salinger junto a los de Lee, los de Orwell junto a los de Wilde. Se empeñaban en seguir ese orden preciso, y no prestaron atención a Carla cuando pasó entre ellos encapuchada y sin decir nada.

De repente, cuando estaba a punto de llegar a la puerta que daba al patio exterior, oyó una voz tras ella:

—¡Carla!

Ella se volvió y vio a dos mujeres que la miraron a los ojos con una amplia sonrisa.

—¿Adónde vas?

El corazón de Carla quería responder por ella. «¡Rápido! ¡Invéntate algo!», pensó.

—¡Hola, hermanas! —dijo con una alegría simulada—. Voy al patio a avisar a los demás. ¡Viene Laura!

—¿Laura? ¡Es magnífico! —gritaron al unísono.

—No faltéis —inquirió Carla—, lo celebraremos al atardecer en el patio. Esta vez la lista es increíble. La hermana Nous me ha dicho que son más de cien.

—¡¿Cien?! ¿En serio? —dijo con entusiasmo una de ellas.

—Gracias, gracias al destino —rezó la otra llena de contento.

Se susurraron entre ellas algunas palabras en latín, rieron y se despidieron de Carla con una sonrisa de oreja a oreja.

«Ha estado cerca», pensó.

Salió al jardín y se dio cuenta de que era un día perfecto para pasear entre los almendros, donde otros tres miembros rezaban en torno a un símbolo dibujado en el suelo. Caminó rápido, procurando que no la viesen, y visualizó al otro lado del patio la puerta que daba al ala sur. Tras ella, en su mente, se esconderían todas las respuestas a las preguntas que crecían en su cabeza. ¿Quién escribió el «Te quiero»? ¿Por qué había dejado aquella señal para que encontrase la nota?

Aceleró el paso al ritmo que marcaba su corazón, haciendo resonar lo mínimo los golpes secos de sus pies contra el camino de baldosas amarillas que cruzaba el patio de norte a sur. Pasó por el centro, donde tuvo que desviarse para no darse de bruces con un miembro que estaba sentado en el centro mirando al cielo con atención. Cuando se encontró frente a la puerta, respiró hondo durante un segundo y, sin dudarlo, la abrió.

Las bisagras chirriaron, y tuvo que hacer un esfuerzo para que su cuerpo adolescente empujara el peso del gran portón. Entró rápido, adentrándose en la penumbra polvorienta que apenas le permitía observar más allá de un par de metros y, con el pecho retumbándole de la emoción, cerró la puerta de golpe.

Una vez dentro, no esperó a que su vista se adaptase a la oscuridad. Estaba acostumbrada a ella, había crecido entre los muros de aquel sitio, y casi nunca necesitaba la luz si no era para dibujar. Se lamentó de lo vacía que estaba la estancia. Era una especie de recibidor, con una alfombra rectangular color borgoña y un arcón de madera grabado con el símbolo del destino: un asterisco de nueve puntas. Carla miró a ambos lados, buscando el siguiente paso que dar. El plan que había concebido era llegar hasta aquí, y no había contemplado la posibilidad de que no hubiese nada que encontrar. Había solo dos alternativas posibles: hacia arriba, una escalera de piedra subía a uno de los torreones; hacia la izquierda, un pasillo se perdía en la oscuridad. No sabía cuál tomar; tenía poco tiempo antes de que alguien apareciese por allí y la llevase de vuelta a su aposento, así que intentó actuar rápido. Dio dos pasos hacia la escalera, pero se detuvo en seco al sentir el tacto de la alfombra bajo sus pies descalzos. Era una textura tan placentera, algo que no recordaba haber experimentado desde hacía años, que incluso cerró los ojos, y notó cómo su pie se hundía en la inconfundible calidez del algodón. Miró hacia abajo y observó cómo sus dedos se perdían entre los pelos de la alfombra. A pesar de la suavidad del tacto, pisó algo con el pie izquierdo justo debajo de la alfombra. Arrastró el pie por encima intentando intuir qué era; podría ser una piedra o algún objeto que se hubiese quedado atrapado cuando la colocaron, pero cuando trató de mover el bultito para hacerlo salir de debajo de la alfombra se dio cuenta de que estaba anclado al suelo.

Tenía el corazón acelerado y la certeza de que las cosas ocurrían por algo. *«Fatum est scriptum»*, se dijo una vez más.

Dio dos pasos atrás con su alma dando saltos hacia delante, se agachó y levantó con cuidado la alfombra hasta la zona donde estaba el bultito que había pisado. Era una bisagra de metal oxidada, anclada al suelo y a un trozo de madera aún cubierto por la alfombra. Volvió a agarrar la esquina de la alfombra y tiró hacia un lado con fuerza, dejando ver una trampilla de madera con un símbolo que nunca había visto: una espiral con nueve aspas.

Capítulo 18
Bowring

Nueva York, 14 de diciembre de 2014

A Bowring no le gustaba conducir. Se había habituado a no hacerlo, por eso evitaba desplazamientos y quedadas con compañeros de trabajo. El camino en coche de casa a la oficina era inevitable; vivía a las afueras de Nueva York, en Brooklyn, y tenía que cruzar el puente de Manhattan cada mañana y cada noche, con amaneceres ámbar y ocasos violetas. Aunque sabía perfectamente el tiempo que duraba el trayecto, no eran pocas las veces que llegaba tarde a la oficina: aglomeraciones, atascos y obras siempre aparecían de la nada en mañanas aleatorias, y en los últimos meses los retrasos habían ido en aumento, pero nadie podía reprocharle el gesto, puesto que siempre era el último que salía del despacho y el primero en presentar los informes en los que diseccionaba a los sospechosos con una meticulosidad casi enfermiza. Sin contar el trayecto rutinario, el Dodge azul de siete años con matrícula de Nevada acumulaba pocos kilómetros y conservaba un ligero brillo de coche nuevo que Bowring luchaba por mantener.

Agarraba el volante con firmeza y respiraba hondo para calmar su inquietud. Conducía en una especie de trance por la Novena Avenida y, cuando parecía que un semáforo estaba a punto de cambiar a rojo, aceleró y giró bruscamente para perderse en la Veintinueve. Pocos segundos después divisó a lo lejos la zona cortada a la altura de un descampado, con dos coches de policía bloqueando el tráfico a ambos lados de la carretera, el cordón policial meciéndose con la brisa, y decenas de curiosos y periodistas asomando cabezas y cámaras por encima de los vehículos para conseguir ver la escena.

Bowring paró en seco justo detrás de ello y nadie se giró al oír el frenazo. Se bajó del Dodge y contuvo la respiración unos segundos mientras se acercaba hacia el cordón policial. Un joven policía pelirrojo y cubierto de pecas lo vio aproximarse y, con aires de mando, vociferó:

—Señor, no hay nada que ver aquí. Circule, por favor. Y ustedes —dijo al resto de curiosos al tiempo que hacía aspavientos con los brazos—, vayan despejando la zona.

Bowring tragó saliva antes de hablar y sintió las gotas de lluvia que comenzaron a caer en ese instante. Una llovizna fina y volátil se posaba sobre su gabardina, y las diminutas gotas permanecían sobre ella sin disolverse para contemplar las acciones de Bowring desde un palco inigualable.

—Inspector Bowring Bowring, FBI —dijo al policía, mostrando la placa y agachándose para pasar por debajo del cordón.

—Ah —se sorprendió el policía—. Disculpe, inspector Bowring, esto es cosa de la policía de Nueva York. No es un caso para los federales.

—Será un minuto. Tengo que comprobar algo.

—No puedo dejarle pasar —dijo agarrándolo del hombro.

Bowring se paró en seco.

—Llevas poco tiempo en el puesto, ¿verdad? —aseveró Bowring mirando de reojo la mano con la que lo había agarrado.

El policía pelirrojo dudó. No sabía si había cometido alguna irregularidad y se estaba metiendo en un lío por obstruir a un inspector del FBI.

—Esto..., aunque supongo que podría pasar a echar un vistazo. —Soltó a Bowring y le hizo un gesto con la otra mano indicándole el camino—. Llevamos toda la mañana espantando a los curiosos —continuó—. Son como moscas. Huelen un cadáver a distancia y al momento están revoloteando para hacer alguna foto morbosa.

—¿Dónde está? —preguntó mirando hacia el descampado, donde varios miembros de la unidad de investigación de la escena del crimen hurgaban agachados entre hierbas y barro.

—Ahí delante. Los de la Científica por ahora no han sacado nada.

Caminó hacia el lugar donde parecía estar el cuerpo. Habían clavado algunas picas naranjas marcando el perímetro alrededor del cadáver y un hilo blanco las unía a modo de barrera infranqueable. Al acercarse, Bowring lo vio e, instintivamente, frunció el entrecejo e hizo una mueca.

—Dios santo —exhaló.

El cuerpo desnudo de Susan Atkins se encontraba en postura fetal sobre el costado izquierdo y sostenía entre los brazos y los muslos su propia cabeza; su largo y fino cabello castaño había comenzado a mojarse por la llovizna. A un lado del cuerpo había una mochila marrón, que ya había sido introducida en una bolsa de plástico transparente, y, al otro, un símbolo dibujado en el barro oscuro con la más absoluta perfección, que hizo saltar por los aires los temores de Bowring, y que se diluía por momentos con la incipiente lluvia: una sinuosa espiral de nueve aspas.

—¿Estáis seguros de que se trata de Susan Atkins? —inquirió Bowring con un nudo en la garganta.

—No hay duda, inspector —dijo el policía pelirrojo con tono abstraído—. Dentro de esa mochila está su cartera con su carnet de identidad. Es Susan Atkins. Por lo visto, anoche estuvo en un bar del centro hasta las diez de la noche y varios testigos la vieron montarse en un taxi cuando salió. El taxista, un paquistaní con licencia alquilada, se ha enterado por las noticias y, temiendo que lo incriminasen, se ha presentado aquí y ya ha sido interrogado. Dice que la dejó en la puerta de su casa, a menos de doscientos metros de donde nos encontramos, y que la vio entrar en el portal. Es el principal sospechoso. No tiene coartada para las siguientes dos horas. Dice que estuvo circulando por la ciudad, en un itinerario aleatorio que no acaba de concretar. En menos de veinte minutos ha cambiado su recorrido siete veces, y ya no recuerda ni por dónde pasó, ni si ese itinerario lo hizo ayer o en días anteriores. Lleva tres meses de taxista por la ciudad.

—Dejadlo marchar —dijo Bowring.

—¿Qué dice?

—Que soltéis al taxista.

—Pero es el único sospechoso, inspector. Y no deja de contradecirse.

—Si lo hubiese hecho él, no se habría presentado aquí sin una coartada. Además, esta ciudad es un maldito laberinto, todo tan simétrico, ordenado y perfecto; no es difícil que uno termine completamente desorientado. Si yo fuese taxista no sabría en qué punta de la ciudad estoy en cada momento, ni dónde he estado ni, mucho menos, dónde voy a estar.

El joven policía lo miró sin saber qué hacer.

—¿Sabéis cómo murió? —preguntó Bowring.

—Esto..., sí —respondió algo aturdido rascándose sus rizos color atardecer—. Un corte seco en el cuello. Estaba viva cuando lo hicieron, por toda la sangre que hay debajo. Una vez muerta la colocaron en esa postura y le pusieron la cabeza entre las manos.

—Hay poca sangre para haberla asesinado así. Tampoco tiene cortes ni parece que hubiera forcejeo.

—La durmieron antes. Una inyección de alguna sustancia todavía sin identificar, pero que la dejó indefensa y sin oportunidad de sobrevivir.

—No era de Nueva York, ¿verdad?

—Se equivoca. Sí era de Nueva York. Antes vivía cerca de Central Park, pero al parecer se mudó a esta zona el mes pasado para intentar comenzar de nuevo. Por lo visto era incapaz de quedarse a solas en su antigua casa. Ya sabe, por lo de su secuestro. Hay personas con mala suerte. Consigue sobrevivir milagrosamente a un secuestro y ahora esto. Parece una jugarreta del destino.

Bowring resopló. Era la segunda vez que oía hablar del destino ese día.

—Por ahora, es lo que tenemos.

—¿Habéis registrado su casa? —inquirió Bowring.

—Sí. No hay nada. Como le he dicho, acababa de mudarse. El piso está casi sin amueblar: una cama, un escritorio y su ordenador, un microondas y una nevera llena de comida precocinada.

—¿Algún vecino vio algo?

—Nadie. La Novena es una calle muy transitada, pero esta es un auténtico desierto. Es como si la ciudad solo transportase personas por sus arterias principales, y los capilares se hubiesen quedado secos y por ellos no caminase ni un alma.

Bowring se agachó hacia Susan Atkins. El cuerpo recibía miles de partículas de agua, que se aglutinaban en minúsculas gotas que competían por avanzar bordeando su piel hacia el suelo, formando gotas cada vez más grandes y rápidas. Sin pensarlo mucho, con miedo y todo el respeto del que era capaz, Bowring apartó el pelo de la cabeza de Susan Atkins con un bolígrafo y observó su expresión. Tenía los ojos cerrados y la boca semiabierta, varias pecas en el rostro y un cutis que empalidecía por momentos.

—¿Qué es eso? —dijo Bowring fijando la atención en la boca de Susan.

—¿Qué, inspector?

Otros dos investigadores se acercaron a Bowring, que se aproximaba poco a poco a la cara de Susan. El inspector se volvió hacia el policía pelirrojo.

—Dame un guante.

—Yo tengo —dijo uno que se unió a ellos para ver qué ocurría. Sacó uno de su bolsillo y se lo lanzó a Bowring.

Bowring había comenzado a sentirse mal. Se puso el guante e introdujo dos de sus dedos en la boca de Susan. Hurgó durante unos momentos, mientras los investigadores y el joven policía se lanzaban miradas de preocupación.

—¿Qué hace? —se atrevió a decir el joven.

Cuando parecía que Bowring había perdido el norte, sacó los dedos con una especie de papel amarillento doblado varias veces. A Bowring le latió el corazón a mil por hora y el pulso de sus manos se descontroló. La joven de la sala de interrogatorios le había dicho que Susan Atkins era su primera pista y, aunque no sabía qué encontraría, tenía claro que lo que fuese estaría junto al cuerpo. Lo que nunca imaginó es que estaría tan cerca.

—¿Una nota? —dijo el joven pelirrojo, asombrado.

Bowring la desdobló hasta tres veces. Estaba húmeda y reblandecida, y conforme se ampliaba en sus manos iba perdiendo ligeras partes de sus bordes. Cuando por fin leyó su contenido, a Bowring le temblaron tanto las manos que se le resbaló y acabó flotando en el barro oscuro sobre un charco, a la vista de todos: «Katelyn Goldman, diciembre de 2014».

Capítulo 19
Jacob

Nueva York, 14 de diciembre de 2014

—¡Steven! —grito mientras me incorporo sin pensar demasiado en la herida.

Está igual que el mes pasado, cuando lo tuve cara a cara en el juicio, salvo por una barba más poblada. Se acerca a trompicones hacia mí, mientras la puerta baila detrás de él y deja entrever de manera intermitente el forcejeo entre una muchedumbre y unos guardias.

—¡Jacob! ¿Cómo está Amanda? —grita con la voz quebrada y me clava su mirada de ojos humedecidos.

Tiene las esposas puestas, pero me sorprende levantando los brazos y rodeándome con ellos. Lo abrazo para reconfortarlo y le doy tres palmadas en la espalda con más dolor que ánimo. Cuando me dispongo a decirle que Amanda se debate entre la vida y la muerte, que baila entre los dos mundos por culpa de esos malnacidos, me doy cuenta de que está llorando sobre mi hombro.

No soy capaz de pronunciar palabra. A ambos nos une el amor por ella, a ambos nos duelen las mismas heridas. Emite sollozos esporádicos, y en este abrazo efímero y eterno me enseña algo que nunca pensé que aprendería: cuánto es capaz de querer un padre.

—Saldrá de esta. Seguro —susurro con rabia.

No me responde. Levanta los brazos y sale de su pena en un instante. Cuando logro verle la cara ya no llora. Su tristeza y su desesperación han desaparecido, y me mira a los ojos con un mensaje demasiado claro como para no entenderlo: «Salva a Amanda y acaba con ellos».

—¿Cómo está? ¿Te han dicho algo? ¿Cuánto tiempo lleva dentro? —Su voz me perfora con cada pregunta.

—Aún no sé nada. Nadie ha venido para contarme cómo está. Sé que la están operando y que necesitan sangre de tu grupo. Ha sido hace dos o tres horas, o dos o tres días, o dos o tres años. O una jodida eternidad. Cada segundo esperando noticias de que está fuera de peligro es un maldito torbellino temporal.

—¿Cómo ha sido? ¿Cómo lo has permitido?

—Uno de ellos entró en casa —respondo con una quemazón en el pecho—. La agarró por la espalda, forcejeamos y conseguí alejarla de él. Ella estaba a salvo. Lo había conseguido, o eso creía. Pero no era así. En el forcejeo le clavó el cuchillo a Amanda en el estómago, pero no me percaté hasta que todo había terminado.

—Dios santo —dice, y se lleva las manos a la boca—. ¿Estaba consciente cuando ha entrado en el quirófano?

—Sí. O no. No lo sé. Ha sido todo muy rápido.

—Escúchame, Jacob. Esto no puede quedar así. Tenemos que hacer algo. Tenemos que detenerlos. No descansarán nunca. El nombre de Amanda lleva demasiados años en una de sus notas, y no pararán hasta conseguir lo que quieren de ella.

—No sabría por dónde empezar para encontrarlos. Ni siquiera sé cuántos son en realidad. Pensaba que eran siete, los seis que murieron en aquella casa y Laura, la mujer del doctor Jenkins, pero puede que sean más. Setenta, setecientos o siete mil. No puedo separarme de Amanda para vengarla contra algo que no conozco. No puedo luchar contra quimeras armado con una espada de madera.

—Lo hiciste cuando eras un crío. La buscaste durante años. Renunciaste a tu vida. Luchaste por el sueño de recuperarla. No sabías si estaba viva, pero te entregaste a la idea de tenerla contigo. ¿Por qué ahora no?

Esa maldita pregunta de Steven se me clava en el pecho y me agarra el corazón con virulencia. La puerta del final del pasillo ha dejado de bailar y, de repente, se escuchan varios disparos al otro lado, unos chillidos sordos y, tras ellos, el silencio absoluto, que envuelve poco a poco nuestra conversación desesperada y solo es interrumpido por el sonido de mi corazón y el de Steven reverberando por Amanda.

—Amanda es todo cuanto quiero. Nunca más me separaré de ella.

—Pero aquí no haces nada, Jacob, por el amor de Dios.

—Dios hace años que murió. Lo hizo en el mismo instante en que ese grupo comenzó a existir.

—Dios nunca nos ha abandonado. Escúchame, hijo. Ahora mismo tenemos dos opciones: esperamos a que vengan a por ella una y otra vez, huyendo y escondiéndoos, o intentamos acabar con ellos antes de que vuelvan a hacerle daño.

—¿Por qué diablos me hacen esto, Steven? ¿Por qué no puedo ser feliz? ¿Por qué mi jodida vida me guía hacia mi propia autodestrucción y la de los que más quiero?

—La vida tiene un plan para todos nosotros, lo comprenderás cuando todo encaje. Cuando encuentres la pieza clave del puzle entenderás el porqué de esa lucha. —Su voz ronca reverbera en el pasillo y me apena más y más con cada eco.

—Hablando así pareces uno de ellos.

—No te atrevas a decirme eso.

—¿Y tú has entendido ya por qué tuviste que sufrir tanto?

—Aún no —me responde agachando la cabeza—. Algún día entenderé mi destino.

—Que se joda el destino. Mi vida no es nada sin Amanda. No me separaré de ella. Si quieren volver a tocarla, tendrán que acabar conmigo primero.

No me responde. Sabe que tengo razón.

De repente, al fondo del pasillo, tras la puerta por la que se llevaron a Amanda, aparece el mismo enfermero con el que hablé antes, que nos mira como si no esperase vernos allí. Se para en seco a un paso de la puerta y duda si volver atrás.

—¿Cómo está Amanda? —grito mientras me acerco a él. Steven me sigue a trompicones por culpa de las esposas, pero siento su fuerza y su coraje a cada paso.

El enfermero está a unos diez metros de nosotros y, a medida que nos vamos juntando, va dando ligeros pasos hacia atrás.

—Eh. ¿Qué ocurre? ¿Cómo está Amanda? —grito—. ¿Qué ha pasado?

En ese instante, con cara de preocupación, se gira y se pierde tras la puerta.

—¡Eh! —chillo.

Steven me aparta de un empujón y corre hacia él. Ahora parece que los grilletes no le estorban.

—¡Oiga! —grita—, ¿cómo está mi hija?

Tras esas palabras me asalta la duda sobre el comportamiento del enfermero. ¿Nos tendría miedo o le habrá pasado algo a Amanda?

Steven cruza la puerta y nos detenemos en mitad del siguiente pasillo. Hay varias puertas a los lados, abiertas y con las luces apagadas, parecen almacenes de instrumental y apósitos. Al fondo hay una puerta con un ventanuco en el centro y sobre ella un cartel: «QUIRÓFANO». Ahí está mi amada.

—Quizá no deberíamos ver cómo la operan —le digo a Steven, que avanza hacia la puerta con la decisión de saber cómo está su hija.

Cada paso que damos hacia el quirófano nos alejamos más el uno del otro: él camina con paso firme y rápido; yo me voy frenando, sin saber por qué. No quiero mirar.

Steven llega y se asoma por el ventanuco sin pestañear; me he quedado inmóvil esperando su comentario.

—Jacob —me dice con la voz temblando.

—¿Qué ocurre?

—¿Dónde... está... Amanda?

—¿Qué quieres decir?

Me acerco a él, que me mira con cara de estupor, y yo miro por encima de su hombro a través del cristal que detonará mi vida de un plumazo: el quirófano está vacío.

Mi alma entera se rompe en mil pedazos.

—¡¿Amanda?!

Capítulo 20
Carla

Lugar desconocido, nueve años antes

Carla levantó la trampilla con la espiral y vio el interior de una escalera que se adentraba en las profundidades del suelo. El polvo levitaba y apenas dejaba ver más allá de un par de metros, pero se sentía más valiente que nunca. Respiró hondo y, con el ímpetu digno de la búsqueda del amor, convencida de que en aquellas profundidades se encontraba lo que ella anhelaba, emprendió la bajada de camino hacia el mayor secreto de la comunidad.

No podía negar que estuviese asustada. Conforme iba bajando la oscuridad se hizo casi absoluta. Carla jadeaba y el sonido de su respiración solo era interrumpido por el goteo del agua golpeando contra el suelo. A los pocos segundos de disiparse la escasa luz que entraba a sus espaldas, pensó que tal vez no había sido buena idea, que aquello debía de estar prohibido y que sin duda pagaría por su curiosidad, pero el impulso de su corazón era más fuerte que el miedo en sus entrañas, y su corazón le pedía a gritos que siguiese hacia las profundidades de sí misma.

Continuó bajando por una sinuosa escalera de caracol mientras su respiración se perdía poco a poco entre una penumbra cada vez más espesa. Pensó que tal vez ese era el camino al aposento de Bella. Según tenía entendido, Bella dormía en una de las plantas inferiores del edificio, pero no sabía a ciencia cierta dónde. Carla nunca se había adentrado tanto en el monasterio y, por un momento, pensó que si seguía bajando llegaría al mismísimo corazón del mundo. Era su modo de pensar. Siempre buscaba el lado mágico de las cosas y, aunque no supiese qué diablos había al final de esa oscuridad cada vez más opresora, su mente encontraría el camino de vuelta a la felicidad.

Mientras bajaba más y más, su rostro se iluminaba esporádicamente con algún reflejo proveniente de huecos en la estructura, que dejaban pasar finos hilos de luz que dibujaban líneas blancas en las paredes de la escalera. Carla se relajaba cada vez que se cruzaba con una de esas líneas, puesto que iluminaban lo suficiente como para recuperar el aire y bajar el ritmo de su corazón asustado. Recordó lo que había escrito y las sensaciones que experimentó mientras plasmaba su interior en un papel en blanco. También se acordó del «Te quiero». ¿Quién lo habría escrito? ¿Por qué lo ocultó en ese lugar y dejó una pista para que lo encontrase? ¿Cuánto tiempo llevaría allí? Las incógnitas la ayudaron a evadirse del camino y a mantenerse a flote ante el miedo que sentía.

Cuando llegó al final de la escalera, se adentró en una sala cuya humedad ya había calado su nariz y empapaba todos sus temores. El aire estaba enrarecido y se escuchaba, aparte de sus tímidos jadeos, el sonido de algunas ratas que acariciaban sus pies. La silueta de Carla se movió en la penumbra, palpando las paredes y tropezándose con una mesa de madera que lideraba la estancia. Sintió el tacto de un frío objeto de metal con ramificaciones hacia arriba, y comprendió de qué se trataba. Palpó el resto de objetos de la mesa y encontró una diminuta caja de cartón que sonó con el inconfundible entrechocar de las cerillas. Rápidamente, sumergida en el júbilo que le infería escapar de la insondable oscuridad que la rodeaba, prendió una cerilla en la pared que tenía a su izquierda y, con una diminuta llama que apenas iluminaba su rostro, encendió el candelero que ya agarraba con fuerza, irradiando la estancia con la solemnidad de los mayores secretos.

La luz de la vela dejó ver el rostro de Carla junto a una mesa corroída por la humedad. El suelo estaba cubierto de charcos esporádicos en las zonas que recibían un mayor flujo de gotas, y algunos de ellos reflejaban, con un rítmico contoneo, la llama que acababa de encender.

Estaba en una sala rectangular vacía, salvo por la mesa que sostenía el candelero, y de un tamaño muy similar a su aposento. La iluminación era demasiado tenue para vislumbrar detalles insignificantes para la historia, pero suficiente para entrever que, en las paredes de piedra, había algo más.

Carla jadeaba nerviosa y sus delicados brazos temblaban por un cúmulo de motivos: el frío de la sala, el olor a humedad, pero sobre todo por el temor a los secretos.

—¿Qué es este sitio? —exhaló.

Se acercó a la pared pisando un par de charcos, empapándose los pies y la parte baja de su túnica negra, y, cuando estuvo a medio metro, lo vio: las paredes estaban escritas de arriba abajo con frases inconexas y palabras en otros idiomas. Estaban rasgadas en la piedra con algo afilado, y las letras era un completo desorden. Las piedras grises eran de distinto tamaño y, en cada una, la letra se encogía o agrandaba en función de la magnitud del pedrusco. Las grandes recogían letras de varios centímetros de altura, y las pequeñas, ubicadas entre los huecos de las de mayor tamaño, caracteres de apenas un milímetro con una pulcra caligrafía. No había argamasa que mantuviese las piedras unidas, el peso de todo el monasterio hacía las veces de cemento, y daba la impresión de que si se quitase una de las pequeñas, toda la estructura se desmoronaría y, con ella, la comunidad entera perecería bajo las rocas.

—¿Qué es esto? —susurró Carla impresionada. El nudo en su garganta se estaba enredando en sus cuerdas vocales.

Acercó la vista, eligió una de las rocas al azar y comenzó a susurrar las palabras que había en ella:

—«Corrió tan rápido como pudo, jadeando y suplicándose a sí misma que cuando girase la esquina alguien la estuviese esperando y la pudiese salvar». ¿Qué significa? ¿Será un cuento?

Carla no entendía nada. Levantó la vista y comprendió que todas las paredes y el techo estaban escritos. Saltó a otra piedra, esta vez más pequeña, y con algo de dificultad por el tamaño de la letra leyó:

—«Ella le había entregado su corazón con la primera caricia; él le dio su amor inquebrantable que duraría para siempre». ¿Es una historia de amor?

En los libros que ella estaba acostumbrada a leer nunca se mencionaban los sentimientos que tenía en su interior. Los tratados sobre la astrología, el destino, la memoria o la botánica no tenían historias dentro. Eran libros con frases simples, describiendo cosas o ideas, pero ninguno contaba con personajes con los que sentirse identificada o por los que preocuparse. Aquellas dos primeras frases que había leído habían conseguido que se imaginara a sí misma viviendo una aventura, o incluso enamorada de alguien.

—Esto es... increíble —susurró con el corazón lanzándole redobles.

De repente, cuando estaba a punto de leer otra piedra, escuchó una voz firme detrás de ella:

—¿Qué haces aquí?

Capítulo 21
Bowring

Nueva York, 14 de diciembre de 2014

Los pasos de Bowring retumbaban sobre las baldosas blancas de la oficina del FBI. Acababa de llegar y había tirado con rabia la gabardina mojada encima de su escritorio. Apretaba la nota con el nombre de Katelyn dentro de su puño izquierdo y en la mano derecha portaba la mochila de Susan Atkins metida en una bolsa de plástico. Varias gotas, que aún no se habían secado, recorrían su frente y sus mejillas y se precipitaban desde su barbilla hasta encontrarse con alguno de sus zapatos negros.

—¿Dónde está la exhibicionista? —gritó a uno de los agentes que se encontró por el camino.

—Sigue en las cloacas, jefe —respondió con desdén.

Las cloacas era el sobrenombre que recibían los almacenes del edificio, situados en el sótano, donde se guardaban los archivos y las pruebas de los casos más difíciles de la unidad. Retener allí a la exhibicionista no era el procedimiento oficial. Ningún protocolo permitía que los sospechosos permanecieran detenidos en las instalaciones, para eso ya disponían de las dependencias de la policía y de los juzgados. Aún no entendía por qué habían permitido que adaptaran una de las salas para ella, pero ahora que la situación había tomado una nueva dimensión, ese pensamiento se difuminó en su mente sin darle más importancia.

Bowring miró el ascensor al final del pasillo, que parecía esperarlo con las puertas abiertas para conducirle hasta las profundidades de sus temores. El nombre de Katelyn había aparecido en una nota oculta en el cadáver de Susan Atkins, y no necesitaba más para comprender lo que significaba eso: Katelyn podría estar viva y en peligro.

Se detuvo antes de llegar al ascensor y vomitó. Le invadió el pánico ante aquella posibilidad. Casi había superado la desaparición de Katelyn y su bochornosa cobertura en los medios; el mundo entero la daba por muerta y él poco a poco había ido aceptando tal destino, pero no era fácil olvidar su estrepitoso fracaso.

Se incorporó y permaneció varios instantes junto al ascensor. A lo lejos oyó los pasos de dos agentes que lo observaron preocupados, pero ninguno se acercó para preguntarle cómo se encontraba.

—¿Qué miráis? —gritó a los agentes, que apartaron la vista al instante.

De repente, su móvil comenzó a sonar con un timbre estridente que lo sacó de su rabia interior.

—¿Quién diablos es ahora? —dijo.

En la pantalla se mostraban las palabras «número oculto» parpadeando y, sin saber por qué, intuyó que aquella llamada era más importante de lo que parecía.

—¿Diga?

Al otro lado de la línea se escuchaba una respiración escueta y casi mecánica.

—¿Hola? ¿Quién es? —insistió. Separó el teléfono para observar si seguía activa la llamada o si disponía de cobertura, y descubrió que el temporizador continuaba contando un tiempo que para él se volvía vital—. Maldita sea, ¡¿quién es?! —gritó de nuevo al auricular.

La respiración se mantuvo algunos segundos más mientras Bowring dejaba caer su mirada al vacío cuando, de repente, el pitido intermitente de que la llamada había finalizado perforó su inquietud. Miró el móvil algo aturdido: la llamada había durado siete segundos, y se dio cuenta de que no tenía tiempo que perder.

Con rabia, entró en el ascensor y bajó hasta el sótano –1. Al abrirse las puertas, se cercioró de que estaba en la planta adecuada. No solía bajar a las cloacas, odiaba los espacios cerrados desde que siendo adolescente se cayó en un pozo cuando hacía senderismo por Vermont, Massachusetts. Aquella experiencia volvía a su mente de cuando en cuando, y era algo de lo que evitaba hablar en las entrevistas periódicas que tenían todos los agentes con la psicóloga del departamento. Observó que el pasillo estaba bastante más oscuro que cuando había estado esa misma mañana. En aquella zona del edificio los pasillos eran más estrechos y las ventanas con luz exterior brillaban por su ausencia. Salió del ascensor con una seguridad manifiesta, fruto del ímpetu de descubrir el destino de Katelyn y de encontrar respuesta a todas las preguntas que se le agolpaban en la cabeza, pero en su interior ya habían comenzado a despertarse los temores de su infancia y a ocupar las sombras que tenía frente a él.

Caminó con paso firme por el corredor, prestando más atención que durante la mañana a las salas vacías a ambos lados, hasta que se encontró con un agente de quien no recordaba el nombre.

—Oye, tú —dijo condescendiente—, ¿sigue en la misma sala?

—¿Para qué la íbamos a mover? —respondió con el mismo tono que había empleado Bowring.

El inspector levantó la vista hacia las profundidades del pasillo y, a pesar de estar flanqueada por infinidad de puertas a ambos lados, ahora solo veía una. Observaba la luz encendida que traspasaba como una neblina el cristal del ventanuco mientras se llenaba del coraje necesario para atravesarla sin piedad. Tras ella se encontrarían las respuestas a sus preguntas o, tal vez, un nuevo callejón sin salida.

«Piensa en Katelyn. No cometas los mismos errores», se dijo al tiempo que apretaba con fuerza la nota que había encontrado en la boca de Susan Atkins. Sin dudarlo un segundo más, abrió de golpe, empujando la puerta con rabia y estampándola contra la pared.

La joven estaba sentada en una silla y cuando Bowring la abrió, sonrió. Seguía con el vestido de flores amarillas, y se insinuaban unos delicados muslos blancos sobre los que apoyaba sus manos esposadas.

—Inspector Bowring —le susurró—. Justo en el momento preciso.

—Ya me estás diciendo qué sabes de Katelyn —aseveró con la voz llena de ira.

—¿Dónde están sus modales, inspector? —inquirió con dulzura—. ¿Acaso no le han enseñado que hay que saludar?

—No existen los modales con una asesina. Has matado a Susan Atkins. ¿Crees que estás en disposición de exigir educación?

—Permítame que le corrija, inspector. No he asesinado a Susan Atkins. No he asesinado a nadie. Es más, dudo que pueda vincularme con ella.

—La mera existencia de la nota ya te vincula con ella.

—¿Eso es lo que piensa? ¿Y la cadena de custodia? Al parecer se han estado pasando esa nota sin considerar siquiera que fuese una prueba. No creo que le sirva, inspector.

Bowring se quedó petrificado. Tenía razón. Había manoseado la nota y, antes de quedársela, seguramente otros agentes del FBI la habrían inspeccionado con desdén.

—Tal vez con la nota no llegásemos a ningún sitio, pero has mencionado a Susan Atkins. Sabías de su muerte. Eso te inculpa directamente —aseveró Bowring, intentando encontrar una salida.

—Imagine lo siguiente, inspector Bowring. Imagínelo conmigo...

—¡No tengo tiempo para juegos! —gritó, enseñándole la nota que había encontrado en la boca de Susan Atkins—. ¿Dónde diablos está Katelyn?

—Usted se levanta una mañana y pone la televisión. Como cada día, ve el parte meteorológico, y hoy, por ejemplo, un 14 de diciembre, la predicción dice que hará un día soleado y radiante. Las noticias de la NBC no suelen fallar, así que sale de casa con un abrigo de entretiempo. De camino al coche se encuentra con su vecino y este le comenta...

—¡Basta ya! —chilló—. ¿Cómo... sabes...?

—... le comenta que va a llover. Que lo siente en los huesos de su rodilla izquierda. Que él presiente la lluvia antes de que se produzca.

Bowring se calló al instante y la observó asombrado.

—Es... imposible —susurró.

—Usted, por la conversación con su vecino, a pesar de que hace una mañana espléndida, vuelve a su casa, coge su gabardina y, sin querer, golpea un pequeño jarrón azul del mueble de la entrada que acaba rompiéndose en mil pedazos. Unas horas más tarde, al salir de nuestro primer encuentro esta mañana, se pone la gabardina sin saber siquiera que una ligera llovizna ya le acechaba. Sale a la calle y, de camino a su encuentro con Susan Atkins, comienza a llover, confirmando el presagio de su vecino.

El corazón de Bowring estaba a punto de estallar. La joven acababa de describir lo que le había ocurrido esa mañana con la precisión de un cirujano, dejándolo boquiabierto y pensando que aquello era imposible.

—Y ahora dígame, inspector, ¿culparía a su vecino por la lluvia?

Capítulo 22
Jacob

Nueva York, 14 de diciembre de 2014

—¡No puede ser! ¡No! —grito.

Me queman las entrañas mientras Steven resopla y susurra palabras para sí mismo. Me llevo las manos a la boca y las lágrimas no dudan en asaltarme las mejillas. La he perdido para siempre. Esta vez no hay vuelta atrás. Ha desaparecido. Amanda ha desaparecido y mi alma con ella. Siento un agujero inmenso en mi interior, un nudo incontenible en la garganta y el corazón golpeando las paredes de mi pecho.

Atravieso la puerta del quirófano buscando algo que confirme que estoy equivocado, pero tras entrar en una sala más vacía que mi vida sin ella, comienzan a flaquearme las piernas.

—¡Jacob! —grita Steven agarrándome del brazo con su mano recia, sacándome de mi martirio interno—. ¿Dónde está Amanda? ¡¿Dónde está?!

—¡No lo sé! Estaba aquí. La trajeron al quirófano.

—¿Viste cómo entraba?

—¡Por supuesto que sí! —Su pregunta me enfada. ¿Acaso desconfía de mí?

Ambos nos callamos durante un segundo y en mi mente se forma la macabra idea de que quizá haya muerto en la operación. Sin duda, podrían haberla trasladado a otra sección del hospital, pero el único camino que conecta el quirófano con el resto del centro pasa por el pasillo en donde yo la esperaba. Es imposible.

—Han sido ellos —asevera Steven sin dudarlo—. Los Siete. No tengo la menor duda.

Steven comienza a caminar de un lado a otro buscando por dónde han podido llevársela. Sale al pasillo y lo sigo como puedo. Es increíble la fortaleza y la rabia que desprende. Los grilletes de sus pies no le dejan apenas moverse, pero son insuficientes para contener el coraje que transmite. Se pierde en uno de los cuartuchos de material médico que hay junto al quirófano. Yo no tengo fuerzas ni para moverme. La visión fantasmal del quirófano vacío me ha bloqueado. De repente, se dirige con decisión hacia el montacargas y aporrea el botón de llamada, pero no hace nada. Necesita una tarjeta de personal sanitario para activarse. Steven vuelve tras sus pasos y me agarra por los hombros, zarandeándome.

—Jacob, despierta, joder. Tienes que hacer algo.

Suspiro y aprieto la mandíbula ante su comentario. En el fondo, aunque en estos momentos esté destrozado, sé que mi vida no significa nada si no me pongo a buscarla. No podría vivir sabiendo que la han atrapado y yo no estoy intentando salvarla. No sabría vivir si no es con ella. Nadie que no haya estado en mi lugar entendería mi amor por Amanda ni sería capaz de comprender la evolución de mi pálpito interno hacia sus labios y su sonrisa.

—Escúchame, Jacob. Tienes que encontrarla antes de que sea demasiado tarde. ¿Entiendes? Se la han llevado. Cada minuto que pierdes aquí es un minuto que ellos se alejan con ella.

—Tienes razón, joder. Tienes razón.

Respiro hondo y trato de repasar todo lo que ha ocurrido desde que llegué al hospital. Mi memoria rescata a todos los médicos y enfermeros que han transitado el pasillo y, sin saber por qué, en mi mente solo identifico la estúpida cara del enfermero de los zuecos de plástico. Su rostro, cubierto por la mascarilla, aparece en todas las personas que logro formar en mi recuerdo, como un parásito que se hubiese apoderado de mi memoria: un doctor calvo, una enfermera rubia y otra morena, un celador de mantenimiento. Por Dios, ¿qué me pasa?

—Escúchame, Jacob —me grita Steven, sacándome de mi pesadilla mental—. Tenemos poco tiempo antes de que me lleven de nuevo a la prisión. Busca a Amanda. Búscala. Por favor..., búscala. —Se derrumba. Su voz se rompe en mil pedazos, en un reflejo de lo que ocurre en nuestros corazones. Sus ojos no tardan en perderse entre lágrimas que se precipitan por las arrugas de su cara.

—Voy a encontrarla, Steven. No he luchado todos estos años por recuperarla para que fuese en vano.

Me doy cuenta de que también estoy llorando y me paso la mano por el rostro para limpiarme las lágrimas.

—Piensa, Jacob. Necesitamos algo por lo que empezar. Rápido. ¿Alguien os ha vigilado? ¿Os han enviado alguna nota? ¿Alguien se ha comportado con vosotros de manera sospechosa?

—No lo sé —respondo—. Hemos salido lo justo para evitar el acoso de la prensa. Tal vez...

—¿Algún paquete con flores amarillas?

—No. ¿Qué es eso?

—¿Alguna visita extraña? ¿Llamadas silenciosas con respiraciones al otro lado de la línea?

—¡Sí! ¡Hubo una llamada! —El corazón casi se me sale del pecho al recordarla.

—¿Qué llamada? ¿Qué decía?

—¡No lo sé! Una mujer llamó y se quedó callada unos segundos al otro lado de la línea.

—¡¿Qué dijo?!

—Que..., que pronto iba a terminar todo.

—¿Qué más?

—Nada más. Colgó tras esas palabras.

—Recuerda, Jacob. Esto es importante. ¿Había algún símbolo en la casa?

Tras su pregunta, vuelve a mi mente la imponente espiral dibujada en nuestro salón. La había olvidado por completo. Pintada en negro sobre la pared color marfil, pasando por encima de cuadros, lámparas e interruptores, dinamitando, con sus sinuosas nueve aspas, toda mi existencia.

—Sí... En la pared del salón. Como el de vuestro cobertizo en Salt Lake antes de desaparecer Amanda, pero distinto. En este las líneas son curvas, formando una espiral.

—Está bien. Está bien. —Hace además de recordar y continúa—: No pierdas tiempo. Tienes que encontrarla, Jacob.

—Avisaré a la policía.

—¡Ni hablar! —grita—. ¿Estás loco? Si avisas a la policía no te creerán. ¿Has olvidado lo que piensan de ti? ¿Has olvidado cuál es la primera impresión que causaste? Creerán que has sido tú el que se ha llevado a Amanda.

—Pero ¡mucha gente ha visto que la he traído al hospital!

—Jacob, escúchame. Fui abogado. Te detendrán y te interrogarán durante horas, incluso días. Mandarán a varios agentes a comprobar tu coartada. Tendrán que encontrar a las personas que dices que te han visto en una ciudad de nueve millones de habitantes. Tardarán una semana en comprobar que lo que cuentas es verdad y, para entonces, será demasiado tarde. Amanda habrá desaparecido para siempre.

No respondo. Tiene razón. Mi imagen recorrió el mundo portando la cabeza de Jennifer Trause. Aunque se me exculpó por lo sucedido, aún vuela sobre mí la sombra de la duda.

—Si lo hago yo, ocurrirá lo mismo. Soy el preso más mediático del planeta y aún llevo los grilletes. Jacob, por favor. La policía no hará nada. Nunca hace nada. Tienes que encargarte tú.

En su manera de ver el mundo pueden apreciarse las cicatrices que dejaron en su vida las desapariciones de Amanda y Carla.

—¿Y por dónde empiezo? No tengo nada.
—Hay alguien que quizá sí sepa algo —dice.
—¿Quién?
—El doctor Jesse Jenkins.

Capítulo 23
Carla

Lugar desconocido, nueve años antes

Carla se giró y vio que una silueta oscura la observaba desde el arco de la puerta. La luz de la vela iluminaba su túnica negra, que indicaba su estatus superior en la comunidad, por lo que Carla, pese a no saber de quién se trataba, se lamentó por haberse metido en líos.

—Lo siento, hermana. Me he perdido —susurró Carla con el corazón acelerado.

La silueta avanzó un par de pasos y dejó que la luz empapara también su rostro. Era Bella, la mismísima fundadora de la comunidad. El corazón de Carla se paró durante un microsegundo puesto que solo había preparado coartadas simples para contentar a los numerarios si la descubrían. Su «me he perdido» podría haber sido suficiente para ellos, pero sabía que ninguna argucia funcionaría con Bella. Había tenido suerte zafándose de Nous en su aposento, pero no correría la misma con Bella. Según la comunidad, Bella poseía el Don de la Vida, que consistía en ver el pasado y el futuro de las personas con la misma nitidez que el presente, y eso le permitía conocer a cualquiera con un simple vistazo. Todos sus errores y aciertos del pasado, y todos sus futuros errores y aciertos. La vida de una persona era como un libro abierto para Bella, escrito en pequeños capítulos salpicados con los acontecimientos más importantes de su existencia. Carla tenía entendido que el don de Bella solo funcionaba si se encontraba a solas con la persona y esta le aguantaba la mirada durante algunos segundos. Nadie sabía cuántos segundos eran necesarios, pero lo que cualquier numerario tenía claro es que cuanto menos tiempo la mirasen a los ojos, menos posibilidades tendrían de ser castigados por los errores que aún no habían cometido. Recibir un castigo por algo que habías hecho era simple justicia, pero por algo que aún no habías llegado a hacer se consideraba un acto divino.

Decían, aunque nadie estaba seguro, que era un poder muy distinto del que tenía Laura. Su alcance era corto, requería de contacto visual y dependía de la fortaleza espiritual de la persona de quien pretendiese ver su futuro. Del poder de Laura, en cambio, al que llamaban el Don de la Salvación, se decía que le permitía ver en sueños acontecimientos críticos que iban a producirse y conocer al responsable, siempre que fuese una mujer. Si iba a haber una fuga de gas en un edificio en Chicago que lo haría volar en mil pedazos, Laura soñaba con la universitaria que se despistaría hablando por el móvil y saldría de casa dejando el gas encendido. En cambio, si fuese a ocurrir un accidente de tren en París en el que sucumbirían doscientas por culpa de un maquinista que no había respetado sus horas de sueño, Laura no tendría noticia del evento hasta que lo anunciasen en los periódicos. Solo veía los eventos mortales vinculados a mujeres, y eran ellas quienes soportaban el peso de sus notas de muerte. Laura era el fatídico pilar sobre el que se edificó la comunidad.

Carla había crecido rodeada de la magia de los dones. Muchas de sus clases se habían centrado en convencerla de que existían personas con la capacidad de ver más allá de la primera capa que recubría el mundo, de que la mente no era más que un receptor de los distintos niveles del universo y de que el mundo real solo era una mota de polvo levitando a merced de la brisa del destino.

Así que, si era cierto lo que decían del don de Bella, Carla ya le habría enseñado toda su existencia.

—Te repito la pregunta: ¿qué haces aquí? —dijo Bella, cuya voz rebotó en las piedras empapadas de vida y humedad.

Carla agachó la mirada hacia los charcos que Bella pisaba en un intento de alejar la vista de aquellos portentosos ojos oscuros.

—Hermana Bella, disculpe mi ignorancia, por favor —dijo Carla con voz delicada—. No sabe qué estúpida me siento por haber venido a buscarla aquí abajo para avisarla de la llegada de Laura.

—Hija, supongo que sabrás que siempre soy la primera a la que informan cuando algo así sucede, ¿verdad?

—Por supuesto, hermana Bella. ¡Qué estúpida soy! Me alegré tanto de la noticia que me ilusioné y quise contárselo yo misma.

Bella observó en Carla el temor que acostumbraba a percibir en todos los miembros de la comunidad (miradas esquivas, conversaciones llenas de miedo, voces temblorosas a punto de romper a llorar) y levantó ligeramente la comisura de los labios.

—Por lo que veo, te has creído esas historias que cuentan de mí, como que vivo en las profundidades del monasterio.

—Qué idiota soy, hermana. Lo siento, de verdad que lo siento.

—¿Quién viviría aquí abajo? Pero dime, ¿cuál de las historias te has creído?

—He oído rumores —respondió Carla, avergonzada—, de que usted se alimenta de soledad.

Bella sonrió.

—La soledad no te alimenta, hija, la soledad se alimenta de ti. Crece con cada minuto que pasas con ella, se agarra a tus inseguridades, te hace ver cosas que no existen y, cuando te das cuenta y quieres escapar de ella, ya te ha invadido para siempre.

Carla se sintió reconfortada por el hecho de que Bella no la reprendiese. En realidad, y ahora que lo pensaba, no la conocía en absoluto. La impresión que tenía de ella había sido creada a partir de rumores y de susurros al viento lanzados entre los surcos del huerto, por lo que, al escucharla hablar, con su tono melodioso y su entonación maternal, comenzó a pensar que tal vez todo estaba en su imaginación. Todas las historias que había oído sobre ella podían ser inventadas: la que decía que Bella era el destino personificado, la que contaba que podía rodearte con sus delgados brazos y enseñarte tu futuro, o incluso la que insinuaba que podía susurrarte y enviarte al olvido. Había historias sobre Bella muy disparatadas que nadie se creía, pero que igualmente levantaban un suave velo de magia en torno a ella: que podía convertirte en una cucaracha con solo darte la mano, o hipnotizarte y hacerte bailar durante días hasta que murieses de cansancio.

—No sabe cuánto siento haber venido hasta aquí —musitó Carla al tiempo que levantaba la mirada de los pies a la cintura de Bella.

—No tienes que preocuparte, hija. Tarde o temprano había que enseñarte este sitio. Al fin y al cabo, eres la hermana más especial de todas.

—¿Qué? ¿Yo, especial? —simuló Carla, contenta de que la conversación no derivase en algún posible castigo.

—No solo eres especial, hija, sino clave para toda la historia. Sin ti, nada de lo que hacemos tiene sentido. Cuando Laura ya no esté, tú serás nuestra líder. ¿Lo entiendes?

Carla permaneció en silencio intentando descifrar si en aquellas palabras se escondía una trampa para que bajase la guardia.

—Es más, llevo años pensando cuándo sería el momento oportuno para contarte en profundidad nuestra labor y la importancia de nuestra existencia, y siempre he creído que el momento se mostraría por sí solo. Y parece que así ha sido.

—¿Qué es este sitio? —inquirió Carla, liderada por su eterna curiosidad.

—¿De verdad quieres saberlo? —susurró, mostrando en su rostro un aire de alegría contenida que Carla no pudo ver.

—Me muero por saberlo, hermana. Me parece un sitio mágico. Todas esas palabras, todas esas frases. Es lo más mágico que he visto nunca —dijo Carla mirando a su alrededor, maravillada, girando sobre sí misma mientras se liberaba una sonrisa entre sus labios.

Al terminar de girar y volver a estabilizar su cuerpo danzante en dirección al de Bella, bajó instintivamente la vista de nuevo hacia sus pies.

—Si quieres saber de qué se trata, acércate —dijo Bella en tono autoritario.

—¿A ti? Pero...

Carla sabía que estaba perdida. La miraría a los ojos y le entregaría su existencia: todo cuanto ella quisiera saber sobre su pasado, sus dudas con respecto a la comunidad, el descubrimiento de la nota en la librería, que había escrito sus pensamientos y se los había ocultado a propósito a Nous.

—Acércate y mírame, hija —repitió Bella.

Carla, sin poder crear una escapatoria válida, se resignó. Trató de pensar en algo que la salvase, pero su mente era incapaz de procesar más mentiras. No estaba acostumbrada, se había criado con la transparencia más ferviente de una comunidad en la que no existían los secretos, y las únicas capas traslúcidas de mentiras o de su personalidad que había conseguido interponer habían sido levantadas con la facilidad de la mejor de las madres. Tragó saliva, cerró los ojos y se aproximó insegura. Cuando sintió que estaba apenas a medio metro de ella, respiró hondo, levantó la cabeza y abrió los ojos frente a Bella.

Capítulo 24
Steven

Nueva York, 14 de diciembre de 2014

Cuando estaba a punto de salir del quirófano y dejar atrás a Steven, Jacob se detuvo y se volvió hacia él. Lo miró con sus portentosos ojos azules e hizo un ademán con la cabeza en una especie de despedida que quizá fuese para siempre. Steven le devolvió el gesto, y lo siguió con la vista hasta que se perdió tras la puerta danzante.

Steven seguía con las esposas y los grilletes en los pies, y se quedó en el quirófano durante algunos minutos esperando a que apareciesen los guardias y lo llevasen de vuelta a su celda en Rikers Island.

Al observar el instrumental del quirófano (mesa de operaciones, armarios y estantes de metal, carro con bisturís) sintió que Amanda había estado en esa misma sala minutos u horas antes que él, y que aún flotaba el inconfundible aroma del amor familiar. Acarició la camilla con una mano y sus dedos ásperos apenas sintieron la suavidad de la sábana de algodón que la recubría. El vacío y el silencio del quirófano se trasladaron a su corazón, y entonces supo que no podía quedarse de brazos cruzados dentro de la prisión mientras su hija desaparecía para siempre.

Había sido una suerte que Amanda siguiese con vida después de tantos años hasta que finalmente la recuperaron. Pero ahora su pequeña, como él siempre la veía en su corazón, podría no tener la misma fortuna. Aún estaba a tiempo. Si corría y lograba escapar de los guardias que estaban en la sala de espera tal vez consiguiese unirse a Jacob en su búsqueda. Huir con él y luchar juntos por Amanda. La idea se le antojó tentadora, puesto que sabía que Jacob compartía su amor inquebrantable por ella. Lo había visto en sus ojos y en la manera en que vibraba cuando hablaba de ella. Pero Steven sabía que él trabajaba mejor solo. Se había pasado diecisiete años viviendo en cabañas de bosque apartadas del mundo y tenía claro que, si quería encontrar a su hija, tenía que ser a su manera.

El pulso se le aceleró al contemplar la posibilidad de huir. Sin dudarlo un segundo más, se acercó a una de las paredes del fondo y comenzó a rebuscar entre los estantes algo que pudiese utilizar para romper los grilletes, pero solo encontró tubos, jeringuillas y paquetes de gasas sin abrir. Oyó a lo lejos el sonido de unos pasos acercándose hacia donde él estaba, y reconoció el repiqueteo de los zapatos de los guardias de Rikers Island que lo habían trasladado al hospital. Se lanzó hacia uno de los armarios de metal haciendo sonar bruscamente sus grilletes cuando intentó caminar más rápido de la cuenta.

De repente, los guardias entraron en el quirófano con las armas en alto y jadeando.

—¡No puede ser! —gritó uno de ellos, sorprendido al encontrárselo vacío—. ¡Se ha escapado!

—Entró en esta zona desde la sala de espera.

—Avisa a los demás. ¡Hay que encontrarlo!

Steven contuvo la respiración y permaneció inmóvil dentro del armario de metal. Cualquier gesto haría sonar los grilletes de sus pies como el cascabel de un felino.

—No es posible..., no hay otro sitio por donde salir —dijo el primer guardia acercándose al armario donde estaba Steven, quien apretó los puños preparándose para empujar la puerta del armario.

Steven escuchó que los pasos se detenían justo enfrente del armario. Su corazón se apoderó de él durante unos segundos y estuvo a punto de abrir de golpe para tirarlo al suelo y huir corriendo. Pero decidió que no. Que era imposible una huida con los grilletes en los pies y toda la ciudad buscándolo. Contuvo la respiración y visualizó el único recuerdo que con el paso de los años había conseguido hacerlo feliz momentáneamente: la última noche que se sintió en familia.

Sucedió dieciocho años atrás, en Salt Lake. Estaban los cuatro sentados en el porche de una majestuosa casa blanca con grandes ventanales azules. Habían pedido pizzas, se hacían bromas e incluso, después de la cena, se quedaron a la luz tenue del porche durante horas jugando a adoptar personalidades inventadas. Lo pasaron tan bien aquella noche que a Steven se le quedó grabado para siempre.

—Vámonos de aquí —gritó el guardia rubio desde la puerta del quirófano—. Tenemos que encontrarlo como sea o se nos caerá el pelo.

Steven suspiró aliviado.

—Un segundo, déjame mirar aquí —respondió el que se encontraba frente al armario al tiempo que se acercaba con cuidado.

De repente, Steven empujó con fuerza la puerta desde dentro y golpeó al guardia en la cabeza. Este cayó al suelo inconsciente. El otro se quedó inmóvil. Steven lo miró con los ojos cargados de ira y fue hacia él tan rápido como que le permitían los grilletes.

Cuando estaba a menos de un metro, a punto de abalanzarse sobre él antes de que pudiese pedir ayuda, el guardia sonrió, estirando los labios hasta los límites de su cara sin mostrar los dientes, al mismo tiempo que corregía su postura y adoptaba una actitud tranquila. Era una pose enigmática, parecía el muñeco de un ventrílocuo, y daba la sensación de que en cualquier momento alguien aparecería por detrás para crearle una voz estridente. Steven se sorprendió tanto que interrumpió su carrera hacia él.

—Hola, señor Maslow —dijo en un tono que parecía distinto al que tenía cuando daba órdenes a su compañero—. No esperábamos menos de usted.

Steven se quedó petrificado. No porque pronunciase su nombre, sino porque parecía una persona completamente distinta. Lo había visto en Rikers Island con su pelo rubio bien peinado, y tenía una actitud servicial e incluso era algo patoso. Solía encargarse de vigilar la cantina y era raro el día que no se tropezaba con algo y sus compañeros le gastaban una broma. Era, por así decirlo, el objeto de todas las burlas, tanto por parte de los presos como del resto de funcionarios, así que para Steven, que había pensado que podría con él sin mucha resistencia, el cambio de comportamiento lo dejó descolocado.

—Señor Maslow —dijo al tiempo que tiraba algo sobre la mesa de operaciones—, aquí tiene las llaves de los grilletes y las esposas. —Se llevó las manos a la espalda e hizo una especie de reverencia con la cabeza.

Steven no entendía nada. Creía que le iba a ser imposible deshacerse de los grilletes, pero no se lo pensó demasiado. Deprisa, y sin apartar la vista de él, agarró las llaves y se liberó de pies y manos. El guardia dio unos pasos hacia atrás, dejando la puerta del quirófano libre, y con una mano le señaló la puerta con gesto tranquilo.

—Vaya hasta el final del pasillo. Atraviese la sala de espera y gire a la izquierda. Al final está el acceso a la zona de urgencias. A la derecha hay una puerta doble por la que se accede al paritorio. Crúcela y atraviese la sala de neonatos y luego la de incubadoras. Baje la escalera que hay al final del siguiente pasillo. Dos plantas más abajo verá una caja de extintores. Sobre ella encontrará escondidas unas llaves. Salga por la puerta que se encontrará cuando llegue abajo del todo y sabrá qué tiene que hacer.

Steven se dio cuenta de que ese hombre formaba parte de la comunidad. Muchas veces había recibido indicaciones sobre los raptos que debía llevar a cabo en sobres entregados por personas que nunca llegó a imaginarse. Ocultaban su identidad perfectamente dentro de su propia vida. Era un doble fondo tan bien construido que hubiera sido imposible identificarlo como tal en su vida normal.

No lo dudó y aceleró sus pasos. No quería desaprovechar la oportunidad de escapar y ayudar a Jacob a encontrar a Amanda y, cuando estaba a punto de atravesar la puerta, escuchó la confirmación de sus peores temores:

—*Fatum est scriptum*, Steven.

Capítulo 25
Bowring

Nueva York, 14 de diciembre de 2014

Bowring estaba inquieto frente a la joven. No comprendía cómo era posible que ella supiese todo lo que le había sucedido durante el día. La conversación con su vecino, el incidente con el jarrón. Era imposible.

—¡¿Cómo sabes todo eso?! —vociferó.

La joven sonrió y negó con la cabeza.

—Veo que la ha encontrado —preguntó.

—¿Qué?

—La nota de Katelyn. Veo que la tiene. Es usted un tipo… *brillante.*

Bowring bajó la mirada y miró que la nota se estaba deshaciendo entre sus dedos.

—Susan Atkins sin duda era una chica especial —continuó—. Pero tenía su destino. Ella lo ha contado muchas veces en televisión. Su lucha por la supervivencia bajo el frío de Canadá y el amor que creció en su interior por su captor. Lo llaman... ¿Cómo es? Sí, eso es. El síndrome de Estocolmo. Es curioso cómo funciona la mente. Hace lo que sea por sobrevivir. El amor es tan mágico que si estás a punto de morir, aparece de la nada para que encuentres un motivo por el que vivir. Aunque sea hacia la persona que está a punto de matarte.

—Confiesa de una vez. ¿Has asesinado tú a Susan Atkins?

—¡Oh, Dios santo, no! Sigue usted muy perdido. Quiere comprenderlo todo demasiado pronto. No conseguirá más respuestas de mí. Conecte los hilos, inspector. Tiene muchas más pistas de las que cree. Si no se rinde, encontrará el camino más pronto de lo que piensa.

—¡Ya está bien de juegos! —gritó Bowring. Todas las dudas que tenía sobre la chica estaban explotando al unísono en su interior—. No hay ningún camino. Solo una pobre chica asesinada de la manera más macabra posible. Y eres la única sospechosa de su muerte. La asesinaron anoche, horas antes de que aparecieses aquí. Las horas encajan. ¿Cuál es tu coartada? ¿Qué hiciste anoche antes de entregarte?

—Sus horas también encajan, inspector. Dígame, ¿qué hizo anoche? ¿Acaso no podría ser usted también sospechoso? ¿Qué nos distingue a usted y a mí, aparte de que yo sí conozco la verdad?

—Déjate de estupideces. Anoche estuve en casa. Lo que nos distingue es que yo nunca asesinaría a nadie. Me hice agente del FBI para detener a gente como tú.

—No se infravalore, inspector. Usted es como todo el mundo. Llegado el momento, con las condiciones adecuadas, al límite de su mente, todo el mundo apretaría el gatillo.

Bowring permaneció en silencio. Él nunca había tenido que disparar para detener a ningún sospechoso. Había conseguido ascender gracias a una carrera plana y constante, sin sobresaltos, sin pisotear a nadie y haciendo siempre lo correcto. A su alrededor había visto estrellas fugaces en el cuerpo que crecían gracias a la resolución de casos clave: la detención de un asesino en serie, el cierre de un caso mediático, pero el brillo del éxito siempre desaparecía a los pocos meses y se difuminaba con la misma rapidez con la que había surgido.

—Si lo que quiere es encontrar a Katelyn, le aseguro que el tiempo juega en su contra, inspector. Debe apresurarse. El tiempo la está matando.

—¿Está viva? ¿Katelyn Goldman está viva? Dios santo, ¿dónde está?

—No lo sé, inspector. Sé que debe ponerse en marcha. Ahora. Corra. Usted sabe dónde buscar. No desaproveche la oportunidad de salvar a Katelyn.

Aquella última frase explotó con fuerza dentro del corazón de Bowring. Significaba que tal vez pudiera hacer algo por esa chica que tanto significaba para él y a la que, en realidad, apenas conocía.

Estaba desconcertado. Sabía que no tenía ninguna pista para seguir avanzando en el caso de Katelyn. Lo único nuevo era la irrupción de aquella joven tan enigmática y que parecía saber demasiado. En su casa había llegado a tener una copia del dosier descriptivo del expediente de Katelyn. Se lo había llevado para releerlo una y otra vez por si tenía alguno de esos momentos de lucidez en los que el culpable se dibujaba de la nada en la mente del investigador, pero, por más que lo había intentado, por más horas que había dedicado a releer los informes y las declaraciones, a remirar las fotografías y las grabaciones de las cámaras de seguridad, nada se había dibujado en su mente. Tenía toda la información en una caja de cartón que vagaba de vez en cuando de la sala de archivos del FBI a su casa y de su casa a la sala de archivos. Había noches que se acostaba pensando que al día siguiente tal vez conseguiría dar un paso diminuto para encontrarla, pero tales avances nunca sucedían. Poco a poco, Bowring perdió la esperanza de salvar a Katelyn, y un día, hacía algunos meses, tuvo un arrebato de frustración y acabó tirando a la basura toda la información que tenía del caso. Esa misma noche volvió al cubo de la basura para recuperarla, pero el servicio de recogidas ya había pasado por su casa y se encontró el cubo vacío.

De repente, un par de golpecitos sonaron en la puerta. Bowring volvió la cabeza y vio a Leonard asomarse:

—Jefe, menos mal que le encuentro. Ha llegado un paquete para usted —dijo mientras mostraba una caja de cartón con varios sellos de correos.

La joven sonrió levemente al observar a Leonard entregarle el paquete a Bowring. Leonard la miró de reojo, como si intentase apartar la vista de aquellos ojos oscuros que parecían querer penetrar en el fondo de su alma.

—¿Un paquete? ¿No puede esperar?

—Parece que es urgente, jefe.

—Dios santo, ¿no ves que estoy ocupado, Leonard?

—Lo sé, lo sé. Pero el mensajero ha dicho que era de vital importancia que lo abriese cuanto antes. Pensé abrirlo yo mismo, pero no me parecía correcto.

—Debería abrirlo, inspector Bowring —intervino la joven con una voz dulce que flotó por toda la habitación.

Bowring volvió la vista hacia ella y comprendió que el contenido podría ser importante para el caso.

Observó el paquete. Tenía sellos de varias zonas del país. Quebec, San Francisco, Nuevo México, Nevada y Nueva York. Era imposible que un paquete recorriese ese itinerario para llegar a Nueva York. O bien era un paquete perdido que había ido pasando de oficina en oficina, o bien alguien había estado enviándose el paquete de una punta a otra para despistar y dificultar su seguimiento. Sin duda era enigmático, pero su corazón le pedía respuestas y aquella caja parecía tener alguna.

Bowring se levantó y se dirigió hacia Leonard, que aún sostenía el paquete entre las manos.

—Jefe, tenga cuidado —dijo al tiempo que bajaba la caja y la apoyaba en el suelo.

—Tranquilo, no hay una bomba ni nada por el estilo. Lo habrían detectado los controles de seguridad de la entrada.

Leonard no respondió y dio tres pasos hacia atrás, por si acaso. Bowring se agachó ante la atenta mirada de la joven, que observaba la escena con una sonrisa tranquila dibujada en los labios. Bowring se sacó un juego de llaves del bolsillo del pantalón y clavó una en la cinta adhesiva que mantenía cerradas las solapas de la caja. Arrastró la llave a lo largo del paquete, rompiendo la cinta con el gesto, y levantó una de las tapas. Al ver lo que era, cogió la caja y la volcó sobre el suelo.

Un montón de folios y fotografías se desparramaron encima de los pies de Bowring. Leonard miraba incrédulo al inspector. La joven sonrió al ver a Bowring perder los nervios. Este seguía agitando la caja para cerciorarse de que no quedaba nada en el interior.

—No puede ser —susurraba el inspector mientras empezaba a esparcir los papeles por el suelo y se arrodillaba para verlos mejor—. No puede ser.

—¿Qué es eso, jefe? —inquirió Leonard intentando comprender la desesperación de Bowring.

—¡No puede ser! —gritó.

—¿Jefe? —Leonard se acercó y le tocó el hombro para que saliese de su momentánea obsesión y volviera a levantarse—. ¿Qué pasa? ¿Qué papeles son esos?

—Es la copia del expediente de Katelyn. Los papeles que tiré hace unos meses.

Capítulo 26
Jacob

Nueva York, 14 de diciembre de 2014

Salgo deprisa del hospital, que se ha convertido en un hervidero de policías. Una muchedumbre se ha amotinado en la puerta. Tienen que haberse enterado de que Steven y yo estábamos aquí. Hay un cordón policial que intenta espantar a los curiosos, pero lo único que consigue es atraer más moscas en busca de nuestros cadáveres. Observo a lo lejos que mi coche sigue en mitad de la calle, ahora sobre una grúa, que arranca y se aleja con él. También veo en doble fila un furgón azul oscuro, con un vinilo que reza «Prisión de Rikers Island». Deduzco que es en el que han trasladado a Steven. Miro a ambos lados para ver cuál es el camino más corto para llegar al centro psiquiátrico cuando un chico trajeado que camina por la acera se me acerca:

—Oye, te veo perdido. ¿Necesitas algo? Me conozco esta ciudad como la palma de mi mano.

No tengo tiempo para responderle e ignoro su pregunta.

—¡Oye! —grita mientras me alejo hacia el norte para doblar la esquina del hospital—. ¡Valiente desagradecido!

El Instituto Psiquiátrico de Nueva York se encuentra justo detrás del hospital en el que estoy, en Riverside Drive, así que no está a más de dos minutos caminando. Me doy cuenta de que sigo descalzo y el vendaje de mi pie derecho se ensucia con el suelo de Nueva York. Me da igual, aunque descubro que tengo que cojear ligeramente porque el dolor me da punzadas a cada paso. Algunas personas me observan, pero tengo tan claro adónde voy que ni siquiera pienso en eso. Una chica me ha sacado una foto con el móvil y cree que no me he dado cuenta. Ya me imagino el revuelo en cuanto la suba a las redes, pero a quién le importa.

Doblo la siguiente esquina y vislumbro la puerta del Instituto Psiquiátrico de Nueva York. Podría haber llegado hasta el instituto desde el interior del hospital, a través de un puente que lo conecta con el resto de las instalaciones sanitarias, pero las tripas del hospital son un laberinto, y solo si trabajas allí eres capaz de descubrir los intrincados atajos para llegar a cualquier sitio. Subo el par de escalones que hay frente a las puertas mecánicas y, tras esperar un segundo a que estas se deslicen y me dejen pasar, vislumbro el brillante interior de esta jaula en la que luchan por rescatar mentes de las profundidades de la locura.

Hay dos recepcionistas en el mostrador que me miran sonrientes. Una es morena y la otra rubia. La morena está serena, y en su mirada y sus incipientes arrugas se notan los años de experiencia; la rubia tiene el pelo alborotado, el maquillaje mal extendido, y sus ojos saltones y el pintalabios algo corrido en el labio inferior indican que algo no encaja en ella. Lleva una pequeña placa negra con letras blancas en el pecho: «Estrella». La morena no lleva identificación.

—¡Dios santo! —chilla la rubia con voz estridente y marcada por una leve afonía—. ¡Estás hecho un desastre!

—Esto... sí... he tenido un... un percance.

—¡Vaya! —añade con una sonrisa—. ¿Has visto qué guapo? —susurra, dirigiéndose a su compañera morena.

—Buenas... rellena esto y estará todo listo para tu ingreso —dice la morena, casi por encima de la voz de su compañera.

—¿Ingreso? —respondo casi de un grito—. No, no. Vengo... vengo a visitar a alguien—. Jadeo unos segundos, asustado, y apoyo una mano en el mostrador. Me miran extrañadas, pero la morena levanta los hombros y resopla, como si estuviese acostumbrada a ver cosas peores.

—Disculpad mi aspecto… de verdad… vengo a… a ver a un amigo.

—¡Vaya hombre! —chilla la rubia al tiempo que se incorpora y me sonríe de oreja a oreja pero sin mostrar los dientes—. ¡Qué guapetón! ¡No suele visitarnos nadie como tú!

—No le haga caso —añade la morena sin mostrar ninguna emoción—. Terapia de inmersión. Nos acompaña en nuestras tareas por si se aprecia alguna mejoría —susurra mientras se cubre la boca como si me contase un secreto.

Miro de nuevo a la rubia y veo que en la muñeca lleva una pulsera del centro. Leo que pone «personalidad múltiple», justo bajo el nombre «Hannah Sachs». Debe de ser el verdadero.

—Vengo a ver a un amigo —repito, con la voz algo temblorosa, pero más decidido que antes, como en un intento de hacer que no se fijen más en mi ropa manchada de sangre. Me enerva tener que referirme al doctor Jenkins como si fuese mi amigo.

—Solo se permiten visitas de familiares —me responde la morena—. ¿Seguro que no vienes por un ingreso voluntario?

—¡Seguro! Vengo a ver a un viejo amigo.

—Nada de amigos, guapo. Aquí nadie es amigo de nadie —añade la rubia, y se recoloca el pelo detrás de la oreja—. ¿Acaso no sabes qué es esto? Es un hospital para locos. Este sería el último lugar del mundo en el que tendría algún amigo.

—¿Un amigo? Me refería a mi suegra, Kate Maslow. Uno nunca sabe cómo referirse a una suegra. En cierto modo somos familia. Le estoy preparando una sorpresa a mi chica.

—¿Kate Maslow, dices? —pregunta la morena.

—Salgo con Amanda Maslow, su hija. —Es la primera vez que digo en voz alta que Amanda es mi novia y un redoble de emociones me retumba en el estómago—. Verás, se acerca el cumpleaños de Amanda y quiero contarle que vamos a preparar una fiesta sorpresa. Aunque sea aquí. Sé que algo así la ayudará.

Se me quedan mirando unos segundos, con el ceño fruncido, y finalmente la morena se vuelve hacia la rubia y le hace un ademán con la cabeza.

—Firma aquí y pon tu nombre y tus apellidos —dice la rubia mientras me entrega la hoja de visitas—. Y aquí el número de teléfono —añade, sacando un post-it amarillo y pegándolo sobre el mostrador.

A la morena se le escapa un pequeño resoplido y me mira negando con la cabeza.

—Tengo novia. Ya he dicho que vengo a ver a mi suegra. Supongo que no estaría bien.

—Pues te doy mi número. Para cuando os peleéis —dice agarrando un bolígrafo y garabateando un puñado de números que dudo que sean correctos.

Yo nunca me pelearía con Amanda. Y aunque lo hiciéramos, estoy seguro de que ambos cederíamos a los pocos minutos y acabaríamos fundiéndonos en un abrazo de esos que roban el alma.

—Sé escuchar muy bien. La doctora Parker dice que podría ser psiquiatra si no estuviese loca.

—Bueno, hace falta estar un poco loco para entrar en la cabeza de quien lo está —añado con una sonrisa.

Me devuelve la sonrisa, y parece que al darle la razón hubiese abierto algún lugar secreto de su personalidad. Le noto un tic en la mano derecha que se repite cada pocos segundos, como si fuese un ligero metrónomo marcando el ritmo de sus emociones.

Me mata estar perdiendo tanto tiempo en estos momentos. La vida de Amanda está en peligro, aún no sé dónde está, y estoy intentando mantener las apariencias para conseguir hablar con la única persona que puede ayudarme a encontrarla.

—Yo te guiaré —añade la rubia, que da un respingo en la silla y sale de detrás del mostrador—. Lo llevo yo, ¿vale? —pregunta a la morena.

—Sabes que no puedo dejarte sola, Estrella.

—No voy sola. Voy con él —añade con tono irónico—. Nunca he ido tan bien acompañada.

Termino de firmar en la hoja de visitas y al darme la vuelta tengo a la rubia a mi lado mirándome con los ojos como platos, con una sonrisa de oreja a oreja.

La recepcionista morena chasquea la lengua contra el paladar.

—Está bien. En dos minutos te quiero de vuelta. Lo acompañas hasta la puerta de la señora Maslow y te vienes enseguida.

—Me sobrará un minuto... —responde mientras mete su brazo por mi codo, como si fuésemos al altar, y me agarra con fuerza. Luego se gira hacia su compañera con un guiño burlón y añade—: Tal vez me falten veinte.

—Pórtate bien —bufó.

Al comenzar nuestro paseo nupcial por el largo pasillo que se esconde tras una de las puertas laterales, me fijo en la luz fluorescente que ilumina todo el corredor. Está repleto de puertas a ambos lados y no hay sillas por ninguna parte; no hay macetas ni cuadros; en el aire flota el aroma de la tristeza. Cuando vine hace unas semanas con Amanda a visitar a su madre, me pareció que todo tenía más vida. La luz era otra, algo más cálida, aunque puede que me lo esté imaginando. Supongo que ha cambiado mi percepción por lo que pasó con Kate en nuestra visita. La verdad es que tengo que encontrar al doctor Jenkins cuanto antes. Bueno, exdoctor Jenkins. Después de lo que ocurrió, creo que ni siquiera él se reconoce.

—¿Me presentas a los demás?

A Estrella, o Hannah en realidad, le sorprende mi pregunta. Cuando hemos accedido al pasillo se ha quedado callada, casi sin gesticular y temblorosa, como si estuviésemos en una primera cita. La confianza que mostraba en la recepción se ha desinflado ante la visión de todas estas puertas de metal. Este no es lugar para escapar de la locura. Me fijo en que no para de mirarme mis pies descalzos, con interés, pero cuando se da cuenta de que la estoy viendo, levanta la cabeza y mira al frente, intentando disimular.

—¿A los demás? Aquí no hay demás. Aquí una siempre está sola —dice casi susurrando—. Aunque estés rodeada de gente, cada uno vive en su propio mundo y no entra en el de los demás.

Por un segundo la noto más lúcida que a mí mismo.

—Me refiero a saber sus nombres, quiénes son y por qué están aquí —digo para que me desvele dónde puede estar el doctor Jenkins.

—Ah, bueno, te refieres a su ficha. Tienes suerte. Como estoy en recepción me sé las fichas de todos, al menos lo que el psiquiatra ha escrito en ellas. Luego siempre está la verdad. El motivo real por el que están ingresados y que no le cuentan a nadie. Ese doble fondo que todos tenemos, en el que escondemos nuestros secretos y nadie es capaz de encontrar. —Parece que va cogiendo confianza—. Ese de ahí —dice señalando una de las puertas hacia la mitad del pasillo— es Benjamin Franklin. Al menos eso dice él. Está tarumba, ¿verdad? ¿Cómo va a ser Benjamin Franklin? Pues bien, un día, hablando con él —se me acerca al oído, casi susurrando—, me contó que en realidad era Richard Nixon, pero que no quería contárselo a nadie porque desde que decía que era Benjamin Franklin caía más simpático.

—Entiendo. —No tengo ni idea de adónde quiere llegar.

—El muy loco esconde su verdadera identidad para caer mejor. Aunque, bueno, eso lo hace todo el mundo.

—Pero es imposible que sea Richard Nixon o Benjamin Franklin.

—Aquí cada uno puede ser quien quiera. Si te apetece levantarte una mañana diciendo que eres una gallina, pues lo haces. Nadie te va a llamar loco. Al contrario.

—Tienes razón.

—Luego están los que se inventan historias para estar aquí. Se vive muy bien, ¿sabes?

—¿Muy bien?

—Te hacen la cama, te preparan la comida, te dan una combinación de drogas que difícilmente encontrarías en la calle. Tienes charlas casi todos los días con psiquiatras y psicólogos que se interesan por tu vida, por tus emociones o por tus crecientes ganas de suicidarte. Te hacen preguntas íntimas, e incluso puede que te cuenten sus propios secretos para ver si acabas contándoles los tuyos. Es una relación bonita. Tú me das y yo te doy. Aunque lo que te devuelva no tenga ningún sentido. Hay quienes incluso acaban emparejándose aquí. El año pasado celebramos una boda en la sala de descanso. Una esquizofrénica se casó con una de las voces que oía. Es bonito a su manera. Un mundo perfecto creado para locos.

—Pues tiene su lógica —respondo.

Creo que empieza a caerme bien. Me sorprende su manera de argumentar. En un primer momento pensé que era una persona de lo más inestable, pero al escucharla hablar con tanto cariño del centro tengo la sensación de que este lugar es más mágico de lo que parece.

—Hemos llegado —dice señalando la puerta abierta que tengo a mi derecha.

Miro el cartelito que hay a la entrada y leo: «67 - Kate Maslow».

Capítulo 27
Carla

Lugar desconocido, nueve años antes

Carla le mantuvo la mirada a Bella. La luz de la vela, que flotaba por toda la habitación, iluminaba el rostro de ambas con una suave ondulación y apenas dejaba ver lo que se perdía por las profundidades de sus ojos. Bella respiró hondo, en silencio, mientras observaba a Carla. Se encontraban frente a frente, a escasos treinta centímetros, y Carla no sabía qué hacer. Su cuerpo era un revoltijo de emociones, su estómago temblaba más y más cada segundo que pasaba mirando el vacío absoluto de los ojos de Bella y, por un momento, pensó que tal vez ya era tarde. Si los rumores eran ciertos, ya estaba perdida.

Carla luchó unos instantes en su interior. Se imaginó corriendo escaleras arriba y volviendo a su aposento antes de que Bella pudiese descubrir algo de ella. Se imaginó, incluso, escapando de la comunidad. Hacía años que un pensamiento así no se colaba por las rendijas de su imaginación, pero esas imágenes siempre se desvanecían al pensar qué habría más allá si conseguía traspasar aquellos muros. Desconocía dónde estaba el monasterio. Si tuviese que ubicarlo en un mapa de Estados Unidos, tendría serias dificultades incluso para determinar una zona donde situarlo. Podría incluso no estar en su país, sino en cualquier otra parte. La única pista que tenía era la suave brisa que, muy de vez en cuando, en primavera, portaba un aroma a lavanda que le resultaba demasiado familiar. A veces, muy esporádicamente, en aquella brisa percibía el olor a sal, y entonces fantaseaba con que sonaban las olas rompiendo contra las rocas de la costa. Podría incluso estar rodeada de mar por todas partes, en alguna isla perdida en mitad del océano, lo suficientemente extensa como para que el sonido de las olas solo lo pudiese portar el viento. Si conseguía salir, tal vez descubriera que en realidad no tenía escapatoria y la atraparían enseguida y la entregarían al destino. Cuanto más pensaba en dónde podría estar ubicado el monasterio, más claro tenía que era imposible saberlo.

De repente, Carla se dio cuenta de que algo en Bella estaba cambiando. Había dejado de mirarla intensamente y una sonrisa leve, maternal, cambió su gesto serio por una cara amable.

—Eres una chica estupenda, Carla —dijo al tiempo que asentía con aprobación.

Carla no entendía nada. «¿Qué habrá visto en mí?», se preguntó. Si tenía el don, habría visto en ella que había quebrantado varias normas en una sola mañana; esconder la nota y mentir a Nous ya le costaría varios meses de castigo, incluso la expulsión. Comenzó a pensar que había visto casos peores, en los que por una sola mentira habían expulsado a varios miembros de la comunidad. A quien la cometió y a quienes la recibieron y no fueron capaces de detectarla. Poco a poco Carla se fue temiendo lo peor.

—No tendría que haberle men... —dijo Carla en un impulso, a punto de arrodillarse y suplicar con todas sus fuerzas que lo sentía.

—Entonces ¿quieres que te cuente qué es este sitio? —interrumpió Bella.

Carla se quedó de piedra. Dudó durante unos segundos si había escuchado bien las palabras de Bella y se trabó al responder.

—Eh..., eh... ¡Sí, por favor! —dijo, aliviada y con el corazón retumbando en su pecho.

Bella levantó la vista hacia el techo. Lanzó una mirada hacia las paredes de los lados y agarró el candelero que estaba sobre la mesa. Los pasos de Bella chapotearon sobre los charcos que había en el suelo. Se acercó a una de las paredes y la acarició, sintiendo el surco que marcaban las frases en cada piedra.

—Es una historia que está desordenada —añadió Bella—. Nadie de la comunidad es capaz de entender qué es lo que cuenta. Está todo tan intrincado, con tantas piezas, que es un auténtico puzle que nos ha traído de cabeza durante muchos años. Es imposible resolverlo.

—¿Una historia desordenada?

—Sí. Si te fijas en las frases por separado, cada una cuenta su pequeña historia. Pero creemos que todas las frases juntas podrían significar algo mucho mayor. Es como si cogieras un libro, lo trocearas en pequeños bloques de palabras y los entremezclases unos con otros. La historia perdería su sentido y lo que fuese que contase el libro se perdería para siempre.

—Pero... ¿quién escribió todas esas frases?

Bella fijó su mirada en Carla y sonrió levemente.

—Las escribí yo.

—¿Tú? Pero... entonces tú sí sabes qué cuenta la historia.

—Hace muchos años, mucho antes de que la comunidad fuese lo que es hoy, este monasterio era una especie de convento de clausura que acogía monjas que se dedicaban a la fe de Dios. Yo tenía apenas siete años cuando mis padres me abandonaron frente a los portones. Estaba empapada y tiritando de frío, no sabía dónde estaba ni adónde habían ido mis padres. Estuve llorando durante horas en la puerta, hasta que una de las hermanas me recogió. Dicen que esa misma noche casi muero por la fiebre. Estuve horas por encima de los cuarenta grados. Las monjas rezaron a Dios para que me acogiese lo antes posible. Algunas hermanas cuentan que era doloroso verme agonizar y sudar de aquella manera. Me prepararon una habitación oscura en las profundidades del convento para que muriese en paz arropada por los rezos de varias hermanas. Era esta misma sala. Antes no calaba tanto la humedad aquí. Parecía que no iba a tardar mucho en desfallecer cuando, de pronto, dicen que me incorporé, callada y sin mirar a nadie, y comencé a escribir frases inconexas que se agolpaban en mi mente en unos papeles que estaban sobre esa misma mesa que ves ahí. Pensaron que era un delirio previo a la muerte, y me dejaron durante horas, dándome folios y plumas para que siguiera escribiendo.

—Pero... ¡eso es imposible! Con esa edad no podías escribir así. Hay palabras cuyo significado seguramente no conocías, y frases que incluso parecen escritas en otros idiomas.

—Seguí escribiendo durante días. No dormía, no hablaba y apenas comía. Las hermanas se dividieron en dos grupos: las que creían que tal vez Dios había entrado en mi diminuto cuerpo para dejar un mensaje importante para la humanidad, y las que pensaban que esto poco tenía que ver con Dios. Muchas abandonaron la comunidad, hasta el punto de que solo se quedaron las que veían algo milagroso en lo que estaba ocurriendo. Comenzaron a sorprenderse de la inexplicable ausencia de hambre y de sueño, cada vez más creciente, y empezaron a venir en turnos a rezar en la puerta de esta sala. Un día se olvidaron de reponer las plumas y los folios, y dicen que cuando volvieron yo estaba agachada junto a la pared, arañando las piedras con la punta de una pluma. Había comenzado a garabatear frases en cada una de ellas, tal y como las ves ahora, y dudaron sobre qué hacer. No entendían que yo, con la fuerza que tenía en esos momentos, pudiese rasgar las duras piedras. Yo no recuerdo nada de todo eso. Simplemente terminé de escribir todas y cada una de las piedras y me desmayé. Cuando desperté varias semanas después, las hermanas me habían llevado al ala norte, donde está tu aposento, y ya se estaba gestando lo que hoy es la comunidad.

—Entonces... es verdad que tú creaste la comunidad.

—¿Yo? Yo era una cría. La comunidad surgió por sí sola. No es la primera vez que la gente se congrega en torno a algo milagroso. Hay ejemplos en todas las culturas. Mira Fátima, Lourdes, Knock, Guadalupe o Cochabamba. Un hecho inexplicable ha hecho que se conviertan en el centro del peregrinaje de sus creyentes. En nuestro caso, una historia indescifrable fue el germen de algo que aún no terminamos de comprender.

—Entiendo. Pero... en realidad, ¿qué podría ser?

—Tal vez sea la voz directa de Dios contando algo importante para la humanidad lo que esté escrito en esas piedras, o tal vez sea la imaginación de una cría con delirios que jugó durante días a volver a todo el mundo en contra de su propio dogma.

Carla se calló. Aquella última frase se le quedó grabada. «La imaginación de una cría con delirios que jugó durante días a volver a todo el mundo en contra de su propio dogma», se repitió a sí misma.

—¿Y qué tiene que ver conmigo? ¿Por qué es tan importante que yo sepa su significado? —incidió Carla.

—¿Ves cuántas palabras hay escritas en estas piedras?

—Sí. Podrían ser cientos de miles.

Carla miró de nuevo por todas partes. Cuanto más se fijaba, veía que los muros estaban formados por más y más piedras. Había zonas en las que eran diminutas, por lo que en apenas un metro cuadrado de pared podría haber miles de piedras. Otras zonas, en cambio, eran de piedras de cuarenta o cincuenta centímetros, pero aun así contenían fragmentos escritos, salpicados en todas direcciones.

—Pues de todas las frases que hay aquí, en ninguna aparece un nombre. No hay un solo personaje, nadie sabe a quién se refieren. No hay diálogos, ni pistas que nos hagan saber de qué se trata.

—Es impresionante —se emocionó Carla. Su corazón parecía pequeño ante la magnitud que estaba adquiriendo aquella sala—. Ningún nombre en todas estas frases.

—Agáchate y lee eso.

Bella hizo aspavientos con la mano y señaló uno de los rincones.

Carla tragó saliva y se agachó. No acababa de confiar del todo en Bella, aún se sentía en guardia como para darle la espalda, pero tenía pocas alternativas.

—Lee en voz alta lo que hay escrito en esa piedra de ahí. La que tiene forma ovalada.

Carla entrecerró los ojos. Apenas había luz para leer ese pedacito de la historia, pero se esforzó para no hacer perder un segundo más a Bella: «Y se dio cuenta de que lo amaba con todas sus fuerzas. Carla se había enamorado y perdido para siempre en su mirada».

—Tu nombre es el único que aparece en toda la historia.

Capítulo 28
Steven

Nueva York, 14 de diciembre de 2014

Steven siguió cada uno de los pasos que le indicó el supuesto guardia. Llegó al final del pasillo que había al salir del quirófano, atravesó la sala de espera, que ahora estaba vacía, sin ninguna jauría deseando acabar con él, y giró a la izquierda pasando por delante de los mostradores de admisión. Accedió a la zona de urgencias, que era un hervidero de médicos y enfermeros corriendo en todas direcciones. Nada más entrar escuchó, entre la infinidad de sonidos que emanaban en todas direcciones (pitidos de monitores, ruedas de camillas chirriando, algún que otro sollozo de dolor), el llanto de un bebé. El paritorio se encontraba cerca, como le había indicado el guardia, y flotaba en el aire el aroma de las nuevas vidas. Se cruzó con un par de matronas que le sonrieron. Apenas se percataron de que llevaba la ropa de la prisión de Rikers Island, un mono marrón de manga larga con el número de interno impreso en la espalda. Steven continuó por el pasillo y se encontró de repente en la unidad de neonatos, con varias decenas de incubadoras. Al verlas, se acordó de cuando nació su hija Carla. El parto se complicó, alargándose hasta que a Kate apenas le quedaban fuerzas para seguir empujando, y cuando por fin nació, la pequeña pasó varios días en la incubadora, con oxígeno, mientras una extenuada Kate y él permanecían junto a ella durante cada uno de los minutos que duró aquel susto.

Aún recordaba la mirada de preocupación de uno de los pediatras la primera noche, mientras le contaba que su hija se encontraba más cerca de la muerte de lo que él podría llegar a asumir. Kate fue muy fuerte durante todo el proceso. Estaba exhausta por el parto, apenas le quedaban fuerzas para andar o permanecer de pie, pero luchó cada segundo y exprimió tanto su corazón por ella que Steven no se apartó de Kate ni un instante, maravillado ante lo mágico que era ver a su esposa querer de ese modo a su pequeña. A los pocos días de estar en la unidad de neonatos, el cuerpecito de Carla comenzó a dar pasos agigantados hacia la vida. Respiraba cada vez mejor, se movía con más fuerza y mamaba con tal ímpetu que empezó a ganar peso y energía con cada una de las tomas. Cuando por fin le dieron el alta a Carla y consiguieron salir de aquella sala, se juraron pasar página y olvidar esos fatídicos momentos en los que podrían haber perdido el fruto de sus entrañas.

Steven lo había conseguido hasta ese instante. Había tapado todo lo que pasó cuando nació Carla llenando los huecos de su memoria con su trabajo como abogado, con obligaciones y tareas, manteniendo su mente ocupada con mil cosas en las que pensar. Pero aquella visión de las incubadoras lo catapultó de nuevo a aquel momento. Se le ocurrió que si pudiese dar marcha atrás, no se perdería esos años, desde que comenzó a dar sus primeros pasos con apenas un año hasta el fatídico día en que, por culpa de su desesperación por recuperar a Amanda, la atropelló él mismo, haciendo que estuviese al alcance de los Siete en el hospital. Una lágrima se escapó de uno de sus ojos marrones.

Cuando llegó al otro lado de la sala de incubadoras, salió por una puerta de metal marrón y se encontró con una escalera que conectaba todas las plantas. Bajó saltando los escalones de dos en dos y vio la caja roja del extintor. Levantó el brazo y hurgó por encima de ella, palpando con sus manos gruesas y ásperas el metal cubierto de polvo. Cerca de la pared notó algo y escuchó un tintineo de metal. Eran unas llaves. El corazón le latió con fuerza. Ya había tenido aquellas llaves en su mano otras veces.

Sin pensarlo demasiado, con un nudo en el pecho que iba creciendo por momentos porque ya sabía qué se iba a encontrar, siguió bajando. La intermitente luz de los fluorescentes iluminaba cada una de las plantas de la escalera, y a medida que bajaba más parecían a punto de fundirse. Cuando llegó a la última planta del sótano se fijó en el cartel de la única puerta que tenía ante él: «9–».

—¿La novena planta? Es imposible, no he bajado tanto.

Se fijó de nuevo en el número y comprendió que se encontraba en el sótano 6. El cartel se había descolgado, volteándose y mostrando aquel número que siempre estaba presente con aquella hermandad de los horrores.

Atravesó la puerta y se encontró en un pasillo estrecho iluminado con luz blanca que giraba a la izquierda a los pocos metros. Sabía que estaba cerca de la salida y ya se imaginaba recuperando su libertad para luchar de nuevo por Amanda. Siguió caminando y, cuando dobló a la izquierda, se paró en seco.

En mitad del pasillo, frente a él y a escasos cuatro o cinco metros, una mujer encapuchada, ataviada con una túnica negra, lo esperaba con expresión serena. Steven no sabía qué hacer. Nunca había tenido contacto directo con ningún interno de la comunidad. Por lo que sabía, los miembros de la comunidad se organizaban en grupos según la tarea que tuviesen encomendada. «Los Siete» eran los miembros elegidos para llevar a cabo el objetivo final de la comunidad: asesinar a las mujeres designadas por Laura. Pero la comunidad era mucho más grande. Estaban los «Fervores», adeptos serviciales que estarían dispuestos a dar su vida si se lo pidiesen, y eran los encargados de realizar las tareas más peligrosas. Estaban también los «Ocultos», miembros infiltrados entre la sociedad que ayudaban a la comunidad a que sus secuestros fuesen imposibles de rastrear; eliminaban pistas y creaban otras, haciendo que las investigaciones no avanzasen lo más mínimo. Estaban los «Entregados», personas como Steven, inocentes colaterales, almas robadas que se habían entregado a la causa forzados por cualquier tipo de chantaje. Luego, como si fuesen un rumor, inexistentes, y más herméticos que cualquiera del resto de los grupos, estaban los miembros internos de la comunidad. Eran los más especiales. Aquellos a los que el destino había tocado para cambiarlo todo. Todo eso, la existencia de los grupos y el vasto alcance de la comunidad, no era más que una teoría que él se había ido construyendo con retazos de conversaciones que había captado de los Siete cuando les llevaba a alguna víctima. No tenía ninguna certeza de que fuese verdad, pero ver aquella silueta negra delante de él hizo que su corazón comenzase a latir con fuerza.

Steven se quedó mirándola. Apenas podía verle el rostro, oculto bajo las sombras de la capucha, pero supo al instante que se trataba de una mujer. Medía un metro sesenta, tenía las manos entrelazadas y una cuerda marrón le rodeaba la cintura. Steven respiró hondo y corrigió su postura. La silueta seguía inmóvil.

—¿Qué diablos le habéis hecho a Amanda? —dijo Steven.

La figura permaneció impasible ante la pregunta de Steven.

—¿Qué queréis ahora? ¿Qué más queréis? ¿No habéis tenido suficiente?

—La historia se ha reescrito, Steven. Todos los caminos que llevaban a la salvación han desaparecido. Nuestra única vía, nuestro único final, requiere que participes una última vez. Es importante. Solo tú puedes hacerlo. El mundo te necesita a ti, Steven Maslow.

—El mundo se puede ir a la mierda. ¿Comprendes? Sin mi familia, lo he perdido todo. Mi mujer ya nunca será la misma, Amanda ha vivido una vida y una realidad que no eran suyas, y nunca me devolvisteis a Carla. ¿Comprendes cuánto daño me habéis hecho? ¿Lo comprendes? ¿Tenéis idea de lo que significa perder lo que más quieres en el mundo y destrozar la vida de tantísimas familias, simplemente para mantener viva la esperanza de recuperarlas? El mundo entero puede volar en mil pedazos. Me da igual. Lo único que quiero saber es dónde diablos enterrasteis a Carla y dónde habéis llevado a Amanda.

—¿Enterrarla?

—¿Para qué la queríais? La atropellé a más de cien kilómetros por hora. Estaba a punto de morir. Los médicos dijeron que no sobreviviría. Cuando desapareció, recé pidiendo un milagro para que volviese con nosotros. Cuando os conocí, cuando descubrí lo que hacíais y conforme pasaba el tiempo, mis rezos solo suplicaban que hubiese muerto para que nunca llegase a conoceros. Sois lo peor que le ha pasado a la humanidad.

La figura guardó silencio unos instantes.

—Al cruzar esa puerta encontrarás lo que necesitas para cambiarlo todo, Steven.

—No has entendido nada, ¿verdad?

Steven echó a andar, pasó junto a la figura, evitándola, y se acercó a la puerta.

—No soy uno de vosotros, ¿comprendes? No os debo nada.

Steven abrió la puerta dándole la espalda a la figura. Cuando estaba a punto de salir, la figura añadió:

—Carla está viva, Steven.

Capítulo 29
Amanda

La llovizna comenzó a calar la lona verde que cubría la fosa donde se encontraba Amanda. Se despertó al sentir cómo las frías gotas le golpeaban intermitentes en la boca. Abrió los ojos y miró hacia arriba para comprobar que se había formado una balsa sobre la lona y esta estaba a punto de ceder. Hacía frío y las gotas que se colaban parecían convertirse en hielo durante la caída. Amanda estaba rodeada de tierra y hojas húmedas, y se escuchaba de fondo el abrumador sonido del bosque empapándose de vigorosa vitalidad. No sabía dónde se encontraba, lo último que recordaba era estar abrazada a Jacob por la noche y, de repente, sintió una punzaba ardiente en el estómago.

Tenía el abdomen vendado y los brazos manchados de tierra. No sabía cuánto tiempo había estado inconsciente, pero estaba anocheciendo, lo que significaba que por lo menos había pasado un día completo. Si así era, aún cabía la posibilidad de que estuviera en alguna parte del país. De repente, le vinieron a la mente imágenes borrosas de haber estado en el maletero de alguna camioneta cuya vibración aún sentía en las manos. Recordó también cómo, durante el trayecto, la camioneta paraba de vez en cuando unos minutos para rociarle la boca con agua. Eran visiones traslúcidas, que podrían ser delirios por estar cerca de la muerte, pero eran los únicos pilares de los que disponía para comprender lo que ocurría.

Recordó también un aroma que la acompañó todo el tiempo que estuvo dentro del maletero. Era un aire perfumado de vainilla y ámbar gris que se hacía más intenso cada vez que le mojaban los labios. Sin quererlo, a Amanda ese perfume se le metió dentro, y ahora no dejaba de olerlo ni estando rodeada de húmedos pinos grises y rojos, de corteza de árbol empapada en resina.

Tenía la cara y el pelo manchados de tierra y no se atrevía a levantarse para no abrir la herida que sentía bajo las vendas. Miraba hacia la lona que tenía a unos metros sobre su cabeza con miedo, puesto que desde que recuperó su vida había temido que algún día volvieran a atraparla. De repente, la imagen de Jacob conduciendo hacia el hospital para salvarla se formó en su mente. Lo veía agarrar el volante con fuerza, mirar colérico hacia la calle, volver la vista hacia ella y decirle que la quería. Para ella, era mágico cómo Jacob se transformaba para protegerla. Había tal contraste entre la mirada que le lanzaba al mundo mientras conducía y la que le dedicaba a ella, que Amanda comprendió que si algún día moría tenía que ser a su lado.

Poco a poco se incorporó, apoyándose sobre la pared de tierra de la fosa, y respiró hondo para soportar la quemazón que sentía en el vientre. Gimió al sentir una punzada bajo las vendas. Le pareció que los puntos que debía tener estaban a punto de desgarrarle la piel. Estuvo unos minutos agachada, conteniendo el ritmo de su corazón y asimilando que, si quería sobrevivir, debía hacer los movimientos con más calma. Tocó las paredes y comenzó a analizar la profundidad de la fosa. Debía de tener unos cinco o seis metros. Según el entrenamiento que había tenido en el FBI, puede que tuviera alguna posibilidad de trepar agarrándose a las raíces de los árboles que sobresalían de las paredes. Se aferró a un par de ellas e intentó auparse para apoyar un pie en la pared, pero el abdomen le ardió bajo las vendas, haciéndola soltar ambas manos de las raíces a la vez que dio un grito desesperado de dolor.

Se agachó jadeando, con una mano sujetándose el abdomen, cuando de pronto el olor a vainilla y ámbar gris perforó su nariz. Amanda supo al instante lo que significaba: quien la había secuestrado andaba cerca. No le dio tiempo a asustarse. A los pocos segundos se oyeron pasos por encima de su cabeza que se acercaban hasta donde ella estaba. Eran pasos firmes, golpeando el suelo con fuerza con un ritmo constante, y se detuvieron junto al borde de la fosa.

Amanda distinguió una sombra a través de la lona y su corazón se aceleró.

«Ojalá pudiera deciros una última vez cuánto os quiero», dijo para sí entre lágrimas, como si pudiese hablar con Jacob y con su familia. Se sentía demasiado cansada y aturdida como para considerar siquiera una pelea cuerpo a cuerpo. En el FBI contaba con varias horas a la semana de entrenamiento de lucha, pero sabía que no era su punto fuerte, y menos aún con una herida profunda en el vientre. Si plantaba cara a su secuestrador en ese estado, no tendría nada que hacer.

Sin saber por qué, se acordó de la última vez que vio a su madre en Nueva York: la visitó junto a Jacob en el centro psiquiátrico de la ciudad, donde la habían internado varios años antes porque intentó quitarse la vida tras perder a sus dos hijas.

Amanda, conteniendo la ilusión, esperó unos minutos antes de cruzar la puerta de la habitación de su madre, observándola. Estaba sentada de espaldas, trabajando muy concentrada en algo. Habían sido tantos años sin ella que aquel momento permanecería para siempre en su recuerdo. Tenía el pelo recogido en una coleta y se había subido las mangas de la camisa del uniforme del centro. Aquella imagen de su madre le sonaba de algo, pero no consiguió fijarla en ningún momento concreto. Con el corazón rogándole que lo hiciera, reunió el valor suficiente para entrar en la habitación y, tras dos pasos, levantó la vista y miró a su alrededor.

Las paredes de la habitación de Kate estaban llenas de miles de pulseras de bolitas, de todos los colores y tamaños, colgadas en pequeñas chinchetas, y brillaban con infinitos reflejos con la luz que entraba por la ventana. Había pulseras con cuentas transparentes y opacas, con brillos y sin ellos, con cadenas de oro, de plata, de hilos finos y gruesos. La habitación completa era un muestrario de pulseras, dispuestas y fabricadas con el esmero de los mejores orfebres y con el amor de una madre anclada a un único recuerdo. Si cada cuenta de cada una de las pulseras tuviese algún significado, sería el número de veces que Kate había suspirado y soñado con volver a ver a sus hijas.

—¿Mamá? —dijo entonces Amanda, con el rostro cubierto de lágrimas.

Kate dejó de trabajar en la pulsera que estaba montando en ese instante y sus diminutas bolas rodaron por el suelo, algunas de las cuales se detuvieron a los pies de Amanda. Tras varios segundos, se dio la vuelta y la miró extrañada.

Permaneció unos instantes observándola, seria y algo inquieta, y Amanda creyó reconocer a su madre en aquella mirada. Había pasado mucho tiempo, la piel de Kate se había arrugado y sus ojeras se habían marcado profundamente, pero sus ojos eran los mismos y mostraban el instinto protector que ella recordaba. De pronto Kate se volvió indiferente, cogió un puñado de bolitas de una de las cajas de plástico que tenía sobre la mesa y continuó trabajando en la pulsera, dejando a Amanda bloqueada y con el dolor ardiente de un corazón roto.

—Mamá, soy yo —susurró Amanda acercándose a Kate.

Amanda no sabía cómo comportarse, pero le dolía tanto verla así que no dudó en dejarse llevar. La abrazó por la espalda, rodeándola con sus brazos y apretando su cara contra el hombro de Kate, en un intento de rescatarla del olvido y que la reconociese. Estuvo reconfortándola así unos segundos, hasta que Kate pronunció las palabras que le partirían el alma a Amanda:

—Tengo que terminar esta pulsera para cuando vuelvan mis hijas.

—¿Tus hijas? Soy Amanda, mamá —le susurró al oído con desesperación—. Tu hija. Ya estoy aquí. He vuelto.

Kate se quedó inmóvil durante un momento en el que pareció que había recuperado la sensatez, pero a los pocos segundos comenzó a gritar:

—¡No me toques! ¡No me toques! ¡Tú no eres mi hija!

El recuerdo la conmocionó y le cayó una lágrima que se paró a mitad de su mejilla convertida en escarcha. Amanda miró hacia arriba al tiempo que se presionaba el abdomen con una mano. La silueta continuaba al otro lado de la lona mientras ella se esperaba lo peor. Tras unos instantes, la lona se abrió y vio el rostro de su captor.

Capítulo 30
Bowring

Nueva York, 14 de diciembre de 2014

Bowring no se lo creía. Tenía ante él el expediente del caso de Katelyn Goldman. Estaba arrodillado a los pies de Leonard y respiraba profundamente, intentando tranquilizarse. La joven hizo un ademán con la cabeza y frunció los labios. Parecía que lamentaba lo que estaba ocurriendo. Ver el dolor de Bowring al rememorar la desaparición de Katelyn parecía afectarle.

Bowring trató de incorporarse pero sintió un mareo. Nada parecía encajar. El caso, que había empezado como un mero trámite, crecía a cada minuto apoderándose de todos sus pensamientos y recuerdos, conquistando su pecho hasta dejarlo sin aliento. Apoyó la mano sobre el zapato de Leonard, que no tardó en agacharse para ayudarlo a levantarse.

—¿Se encuentra bien, jefe? —dijo Leonard mientras lo sujetaba por el codo.

Poco a poco, Bowring consiguió sobreponerse. Se frotó la mano contra la gabardina, limpiándose el barro oscuro que tenía el zapato de Leonard.

—¿Tienes algo que ver? —dijo mirando a la joven.

—Si le dijera que sí, ¿de qué le serviría?

Bowring se contuvo. Sentía que estaba jugando con él. Sabía perfectamente que ella era responsable de todo cuanto había ocurrido ese día, pero era incapaz de establecer la conexión.

—Sabes que robar un expediente policial se considera obstrucción a la justicia, ¿verdad?

—¿Robar? —La joven se jactó—. Pero si lo tiene ahí, esparcido por el suelo. ¿A qué se refiere? Esa caja tenía que llegarle en el momento oportuno, inspector.

—¿Oportuno?

—Ahora que parece que va a reabrirse el caso de Katelyn, necesitará ese expediente, ¿no es así? —añadió.

Bowring no respondió.

La joven miró a Leonard y luego volvió la vista hacia Bowring.

—Si no me equivoco, usted ha tenido que analizar todas esas pruebas infinidad de veces. ¿No es el caso que más le obsesiona? Todos los inspectores tienen uno. El suyo es el de Katelyn. ¿Y si le digo que tiene la posibilidad de analizarlo una vez más? Tal vez sea la última antes de que todo termine.

Leonard y Bowring se miraron. El inspector aún estaba aturdido y la ansiedad le estaba atrapando el pecho.

—Hágalo, inspector. Dese una última oportunidad para salvarla. Tal vez nada haya cambiado en usted. Tal vez todo haya cambiado. En estos momentos usted no es el mismo que cuando inició la investigación. Nadie es el mismo al terminar una historia. Ni siquiera es el mismo dos días seguidos. Tal vez encuentre ahora algo que no vio en el pasado. Los casos cerrados nunca mueren del todo.

—Necesito salir de aquí —dijo Bowring, y dio varios pasos hacia atrás, apoyando su espalda contra la pared—. No me encuentro bien.

—Jefe, creo que será mejor que se siente.

—Eso, inspector, es vértigo —incidió la joven—. La verdad siempre se encuentra en la última planta para que salte al vacío detrás de ella.

Aquella frase retumbó en las profundidades de Bowring. Él siempre había sido una persona fría y analítica. No se había dejado llevar nunca por las emociones. Su vida había transcurrido sin sobresaltos, dando pequeños pasos en la dirección correcta, siempre acertado, tranquilo. Cuando estaba en el instituto, siempre entregaba los trabajos a tiempo, nunca se saltaba una clase y no iba a fiestas. Era un alumno aplicado y algo solitario, aunque tenía varios compañeros con los que de vez en cuando se sentaba en el almuerzo. Fue en aquella época cuando se aficionó a leer y analizar expedientes de casos policiales. Esperaba a que se abriesen los sumarios de los procesos que estaban candentes en los medios de comunicación para pedir una copia en los juzgados. Se había convertido en uno de sus hobbies favoritos y, entre tardes de estudio y soledad, se dedicaba a montar teorías sobre culpables, móviles y cómplices que parecían encajar mejor en los casos que las resoluciones a las que llegaba la policía de Nueva York. Con apenas diecinueve años empezó a estudiar Criminología, y se metió de lleno en el análisis del sumario de la muerte de Lynda Morgan, de la desaparición de Oliver Laplace y del extraño caso de suicidio de Loly Haze. En todos llegó a la misma conclusión que la policía criminal de Nueva York. Nada parecía encajar en ninguno de ellos, hasta que una pista insignificante, que había pasado inadvertida para todo el mundo, perdida entre un montón de papeles, era colocada por Bowring en el contexto preciso para que toda la historia adquiriera una nueva dimensión. Era tan poco emocional que su vida había ido acumulando años en solitario. Había tenido alguna pareja, pero nada que durase más allá de un par de desayunos. Nada salvo Miranda Palmer. Aquella frase que había pronunciado la joven lo catapultó

de entre veinte y treinta años entrase en algún portal, momento que aprovechaba para colarse y subir en el ascensor con ella. Una vez a solas, la llevaba a la fuerza hasta la azotea, la golpeaba hasta dejarla inconsciente, la desnudaba y la lanzaba al vacío. Miranda se sumergió en el caso y se obsesionó con identificar o ayudar a esclarecer la identidad del psicópata. Con el paso de las semanas y conforme crecía el número de víctimas que habían acabado reventadas contra el asfalto, o contra algún coche aparcado en la calle, Miranda pasaba cada vez más tiempo alejada de Bowring, hasta que un día, en mitad de la noche, el teléfono de su habitación le despertó.

—¿Sí? —respondió Bowring.

—Creo que lo tengo —dijo Miranda algo eufórica. Su voz estaba envuelta con el jaleo de la calle. Sin duda llamaba desde una cabina y su voz dulce adquiría un tono mecánico debido al mal estado del auricular.

—¿Miranda? Estaba preocupado. ¿Dónde has estado? No te he visto en las últimas tres semanas.

—Lo tengo, Bo. Al asesino de la azotea. Creo que lo he resuelto.

—¿En serio? ¿Cómo lo has hecho? ¿Qué has descubierto? —inquirió Bowring levantándose de un salto.

Eran las dos de la mañana, no hacía mucho que se había acostado, pero aún no había conseguido conciliar el sueño. Parte de él se preguntaba dónde diablos estaría

Miranda y, al sonar el teléfono, deseó que fuese ella y le dijese que estaba bien.

—Sabía que tenía que tener alguna manía. ¿Recuerdas que me dijiste que era increíble que las chicas no se pareciesen en nada salvo en la edad?

—Sí. Que no tuvieran ningún parecido indicaba que sus motivos no eran sexuales sino rituales, lo que no sé si es peor. Aunque es verdad que la edad me tiene desconcertado.

—La edad le es indiferente. Se fija en el peso, para estar seguro de que podrá levantarlas por encima del muro de la azotea. Todas pesan entre cincuenta y cincuenta y cinco kilos.

—¿Eso en libras cuánto es?

—Tú y tu maldito sistema imperial —bromeó Miranda.

—Sé que nuestras medidas son endiabladamente ilógicas y arbitrarias, pero me encanta imaginarme tu cara cuando estás calculando cuánto te cobrarán por una de tus bolsas de verduras a granel.

Miranda se echó a reír. Bowring siempre bromeaba con la doble nacionalidad franco-americana de Miranda y resaltaba las diferencias entre ambos países, aunque sabía que sus argumentos acabarían cediendo ante la irremediable superioridad lógica de Miranda. Si bien era igual de brillante que Bowring, en clase Miranda tenía una perspicacia, una chispa permanente que le permitía emplear la frase más adecuada para cada situación. Era el tipo de chica que no solo tenía siempre la última palabra, sino la mejor palabra. Por eso Bowring había caído rendido ante ella.

—Escúchame, Bo. Además del peso hay un dato que a la policía se le ha pasado por alto.

—¿Cuál?

—La altura del edificio. Todas las víctimas han sido lanzadas desde edificios de trece plantas.

—¿En serio?

—Lo he comprobado. El edificio Sputnik, el 40 de la calle Once, el de oficinas de la Sesenta y siete..., podría seguir. Todos tienen trece plantas. Tiene fijación por el trece. Es supersticioso. Creo que no parará hasta que consiga trece víctimas. Le quedan seis.

—Es... increíble. Solo habría que vigilar los edificios de trece plantas y daríamos con él. ¿Has avisado a la policía? Podrías salvar la vida de seis chicas. ¡Esto es magnífico, Miranda! —gritó eufórico. Acababa de descubrir no solo que Miranda estaba bien, sino que compartía su pasión hasta un nivel que él nunca imaginó.

—Aún no. Quería hablarlo contigo. Somos un equipo, ¿no?

—El mejor equipo del mundo —respondió con un nudo en el corazón—. Mañana por la mañana llamamos al inspector Harbour. ¿Sigues teniendo su número?

—Lo guardé en Favoritos, por si llegaba un día como este.

—Eres maravillosa.

—He aprendido todo de ti.

Colgaron y aquella conversación se quedó para siempre en el recuerdo de Bowring. No por el hecho de haber encontrado a su media naranja, sino porque fue la última vez que habló con Miranda. Unas horas más tarde su cuerpo desnudo reventó el techo y los cristales de un Buick negro que estaba aparcado frente a su edificio. El asesino de la azotea había lanzado a Miranda desde la planta trece. Bowring no había caído en que Miranda encajaba con el perfil de víctima del asesino, ni en que vivía en un edificio de exactamente trece plantas. Aquel fue el golpe más duro en la vida de Bowring. Esa misma mañana le contó al inspector Harbour la pista descubierta por Miranda, que llevó a la detención, tres días más tarde, del asesino. Lo peor ocurrió poco después: uno de los abogados más importantes de la ciudad consiguió invalidar como prueba la grabación de las cámaras de seguridad del edificio de Miranda, la única pista, la que había servido para detenerlo, y dejaron libre al asesino. Poco después otra chica, esta vez de trece años, tiñó de sangre la acera de la ciudad.

Esa había sido la primera gran lección de Bowring y la única que siempre volvía a él de cuando en cuando: «Si algún día estás frente a un asesino, no dejes que la justicia se encargue de él».

—¿Me escucha, jefe? —inquirió Leonard dándole un par de toques en la espalda que lo sacaron del trance—. Descanse. Necesita tomarse un descanso. Yo le llevaré el expediente a su casa, pero tiene que desconectar un poco. Lo noto algo afectado.

—Inspector Bowring, adelante —añadió la joven—. Estoy segura de que podrá resolver esto.

Bowring permaneció en silencio. Recordar a Miranda era lo último que necesitaba, pero su mente era incontrolable y una mecha ardiente prendió en su interior.

—¿Jefe?

—Leonard —dijo el inspector incorporándose y con semblante serio—, recoge todo esto y déjalo en mi mesa. No descansaré hasta que descubra qué diablos está pasando.

Capítulo 31
Jacob

Al asomarme a la puerta de la habitación de Kate veo los destellos de las pulseras brillando en todas direcciones. Es una imagen preciosa y mágica, pero el corazón se me encoge al ver que está sentada en la misma posición que cuando vine con Amanda: de espaldas a la puerta, con el pelo recogido en una coleta, concentrada en alguna de las pulseras en las que está trabajando. Ni siquiera se ha percatado de mi presencia en la habitación y, con cada segundo que pasa, más crece en mí la sensación de que Kate nunca volverá a ser la que era. Su mente se ha congelado en un instante de felicidad y se ha agarrado a él con tanta fuerza que ha dejado caer en el olvido el resto de su personalidad.

—Siempre está así —susurra Estrella—. A veces sale a dar un paseo por el centro, pero poco más. Va sola y apenas habla con nadie. A esto es a lo que me refería cuando decía que cada uno vive en su propio mundo. A mí me gustaría vivir en el que vive ella. Es un mundo bonito.

—Es un mundo triste —respondo con un nudo en el corazón.

—Aquí no hay mundos felices ni tristes. Aquí simplemente hay mundos. Cada uno en el suyo y nadie en el de los demás.

Me fijo en todas las cajas con cuentas y abalorios que Kate tiene sobre la mesa. Sigue concentrada, moviendo sus manos delgadas lentamente de una caja a otra, introduciendo algunas bolitas de cristal a través de una aguja en un hilo grueso que está extendido sobre la mesa. Junto a su brazo izquierdo hay un teléfono gris sin teclas. Observo que Kate se detiene cada varios movimientos, lo mira de reojo, espera algunos segundos y retoma su tarea con la siguiente bolita. Es como si estuviese esperando la llamada de alguien.

—Es una buena persona —añade Estrella—. Me cae bien.

—¿Por qué lo dices?

—Deja que cojamos pulseras de las paredes. Casi todo el centro tiene una, incluidos los comecocos. Aunque apenas hable con los demás, cuando viene alguien y le pide una, siempre deja que se la lleve.

Permanezco unos segundos pensando en lo que ha tenido que vivir. Me doy cuenta de que sigue siendo la Kate que Amanda me ha descrito durante estos meses: atenta y complaciente con los demás. Entregada a hacer las cosas bien, pero sin olvidar que el mundo necesita de pequeños gestos que lo pueden cambiar todo.

—Espera, está a punto de hacerlo —dice Estrella.

—¿Hacer el qué?

—Espera.

De repente, Kate levanta el auricular del teléfono y se lo aproxima con rapidez a la oreja. No he escuchado que sonara ni que se encendiera ninguna luz en él.

—¿Sí? ¿Quién es? —dice al auricular—. ¿Hola? ¿Hay alguien?

Parece esperar respuesta, pero se nota que no hay nadie al otro lado.

—¿Eres tú? —añade—. Por favor, si eres tú dime algo. Solo necesito saber que estás bien. —Espera algunos segundos más y continúa—: Por favor, Steven, sé que eres tú. Vuelve a casa.

Tras esas últimas palabras, se aparta el auricular, lo mira con preocupación y cuelga.

—Es un delirio —susurra Estrella—. Lo repite todos los días tres o cuatro veces. Mismas palabras, mismas reacciones. En realidad no habla con nadie, pero, junto con las pulseras, ese teléfono es lo único sin lo que no puede estar.

—Es verdad. Leí su informe. Tres intentos de suicidio. El último fue el que la trajo aquí el año pasado, después de hablar por teléfono con su marido. Desde entonces se ha quedado así, parece que repitiendo una y otra vez la conversación que tuvo con él.

Estoy a punto de llorar. Una llamada desafortunada de Steven precipitó también el calvario de Kate. Una llamada mía destruyó para siempre el futuro de Claudia. Me doy cuenta de que Steven y yo tenemos demasiadas cosas en común.

—¿Quieres que te deje a solas? —me dice Estrella en voz baja. Ha notado cuánto me duele ver a la madre de Amanda así.

—¿Lo harías por mí?

—No tengo que vigilarte. Solo acompañarte hasta aquí, muchacho.

—Te lo agradecería, Estrella.

—Puedes llamarme Hannah. Es mi verdadero nombre.

Asiento con una ligera sonrisa de aprobación.

Se da la vuelta con pasos ágiles y, justo antes de perderse por el arco de la puerta, se gira y añade:

—¡Esperaré tu llamada!

—Cuenta con ella.

Me quedo a solas con Kate pero soy incapaz de pronunciar palabra. Ella ya ha notado que estoy aquí;

mira de reojo de vez en cuando para comprobar si me voy a acercar. Doy un par de pasos hacia ella y siento cómo se pone rígida, mirando al frente, pendiente de si voy a hacerle algo. Me aproximo a su oído, lentamente, y le susurro:

—Prometo recuperar a tu hija. Puedes estar segura.

Permanece inmóvil mientras estoy junto a ella, y me da la sensación de que no me ha entendido. Me alejo poco a poco. No quiero provocarle un brote colérico y que la tengan que sedar. Doy varios pasos hacia atrás, y me dirijo a la puerta con decisión para no perder más tiempo. Cuando le doy la espalda, escucho su voz rota.

—Puedes llevarte una pulsera —susurra, y me rompe el alma.

Me giro sobre mí mismo esperando encontrarme con su mirada, pero sigue de espaldas, moviendo las manos por la mesa, volviendo la mirada de vez en cuando al teléfono y haciendo como si nunca hubiese estado allí.

Salgo de la habitación con el corazón hecho trizas, pero apenas noto sus efectos en mi alma llena de cicatrices. Pienso en el doctor Jenkins, tiene que estar en alguna parte del centro, pero no sé ni por dónde empezar.

Recorro deprisa el largo pasillo lleno de puertas a ambos lados. Todas son habitaciones de pacientes, salvo una que parece una sala para el personal. Por la ventana de la puerta veo varios sillones y sofás, una cocina pequeña con microondas, cafetera, varios armarios de despensa, un televisor encendido emitiendo los informativos de la NBC y varias taquillas grises en uno de los rincones. Entro y ojeo los armarios de la cocinita (galletas, cereales, pan de molde cubierto de moho). Agarro un par de galletas y me las meto en la boca de golpe. No he comido nada desde anoche y siento cómo mi estómago me lanza aullidos. Echo un vistazo a las taquillas; en la primera, ropa de enfermera, unos zuecos de plástico blanco, unas llaves y un iPhone del que no soy capaz de distinguir el modelo; en la segunda, una camisa azul, una camiseta gris, unos vaqueros, un reloj de pulsera y unas Nike Classic. Me miro de arriba abajo. Camiseta blanca con restos de sangre de Amanda, pantalón de chándal gris sucio, descalzo, con el pie vendado y las plantas negras de caminar por la calle. No me vendrá mal el cambio. Agarro la camiseta gris, los vaqueros y las Nike y me visto lo más rápido que puedo. Noto una cartera en el bolsillo trasero del pantalón. La saco y la dejo dentro de la taquilla junto con la camisa azul que no me he puesto, el reloj que no necesito y el resto de mi ropa manchada. Las zapatillas son de un número más que el mío, pero me viene bien para que no me apriete la venda. Cojo un par de galletas más y salgo de nuevo al pasillo decidido a encontrar al doctor Jenkins de una vez.

Comienzo a leer los carteles junto a cada una de las habitaciones y a mirar dentro de las que permanecen abiertas. Es increíble lo atrayente que puede ser la locura.

El primer enfermero se rasca la cabeza y dibuja una sonrisa de disculpa.

—*Pardonnez, mon ami*. Es demasiado bruto.

—*Pardonné* —respondo casi instantáneamente.

—¿Seguro que no nos hemos visto antes? —continúa. Estoy seguro de que me ha reconocido de las noticias. El algún lugar de su mente sabe que soy el Decapitador. Tengo que salir de aquí cuanto antes.

—Qué pesado estás con eso, de verdad —salta el otro, golpeándolo con el codo.

—Jesse Jenkins está arriba. En la habitación 3E —añade el primer enfermero—. Tiene vistas al Hudson, es lo único que le anima. Hoy tiene un buen día. Se va a poner muy contento de ver a otro de sus hijos.

«¿Hijos? ¿Cómo que hijos?», grito en mi interior.

—*Au revoir*, monsieur Jenkins —dice el segundo enfermero mientras me alejo escaleras arriba.

—Adiós —respondo.

En el momento en que me alejo, subiendo en dirección a la siguiente planta, uno de los enfermeros grita desde abajo:

—¡Ya sé de qué me suena!

Me quedo estupefacto, sin saber qué decir. Estoy a punto de echar a correr.

—¿No es usted el del anuncio de la espuma de afeitar?

Su compañero se lleva la mano a la cabeza.

—Dios mío, dame paciencia —dice el otro.

—Creo que me estás confundiendo con otra persona —respondo, respirando hondo en mi interior.

—Vaya… —se lamenta, quedándose pensativo mientras se aleja con su compañero bajando las escaleras.

«Ha estado cerca», pienso.

Mientras subo, me pregunto qué querría decir el enfermero con lo de «otro de sus hijos». ¿Alguien más lo visita? ¿Alguien ha usado la misma coartada que yo?

Llego a la tercera planta y atravieso una puerta blanca. Me adentro por el largo pasillo leyendo los rótulos de todas las habitaciones que hay a ambos lados. Enseguida me doy cuenta de que no tienen un orden lógico: de la 3A salta a la 3M, la siguiente es la 3A(b) para saltar a la 3N. Una puerta más allá me encuentro la 3D, y poco después comienza de nuevo por la 3A(c). Tal vez tenga sentido para alguien de aquí. Al poco, frente a la 3Z, veo la 3E y mi corazón me da dos punzadas al pensar que el doctor Jenkins está en su interior.

Me aproximo a la puerta, agarro el pomo y, con la certeza de que podré salvar a Amanda, abro y me encuentro de frente al doctor Jenkins, mirándome a los ojos.

Capítulo 32
Carla

Lugar desconocido, nueve años antes

Carla no se lo podía creer. Su nombre aparecía entre aquellas miles de frases. Según Bella, era el único que había en todas las piedras. El corazón le latía a mil por hora y sus ojos viajaron rápidamente por todas ellas intentando encontrar algún nombre propio para convencerse de que aquello era imposible. Se volvió a agachar y leyó de nuevo aquella frase: «Carla se había enamorado y perdido para siempre en su mirada».

No podía ser. En su mente no había posibilidad de que ella fuese la protagonista de toda aquella historia desordenada.

—Podría ser cualquier Carla, ¿no? Quiero decir, no hay nada que diga que soy yo, ¿verdad?

—Hay indicios que nos hacen pensar que solo puede tratarse de ti. Tenemos identificados algunos fragmentos que encajan contigo —respondió Bella, que parecía saber bastante más que lo que había contado hasta ese momento.

—¿Indicios?

—Muy claros.

Carla se incorporó y la miró pidiéndole que continuara.

—Esa piedra de ahí —Bella señaló hacia una pequeña piedra de varios centímetros que estaba cerca de Carla—, dice textualmente: «Todo sucedió tan deprisa que nadie pudo hacer nada. La luna delantera se rompió en mil pedazos». Y esa otra de allí —señaló al otro lado de la sala—, dice: «Desde la feria se escuchaban los gritos de pánico, la música dejó de sonar y los gitanos ya no vociferaban las maravillas de sus cacharros inservibles».

—El accidente de coche de mis padres en la feria... —susurró Carla a modo de revelación.

—En el que ellos murieron y tú lograste sobrevivir —añadió Bella—. Podría seguir, Carla. Aquella de allí habla sobre un incidente con unas cortinas en casa. Esta grande de aquí sobre la reconstrucción de una pulsera para una hermana. Esa de ahí arriba sobre tus primeros días aquí.

Carla estaba sin palabras. Todos esos momentos formaban parte de su vida. De repente, la búsqueda de la persona que había dejado la nota escondida entre los libros de la biblioteca se había transformado en algo que nunca imaginó. Su vida entera podría estar plasmada en aquellos muros, escritos treinta años antes de forma desordenada para que nadie pudiese montar el puzle completo. Si era cierto, ¿cómo podría vivir ahora sin saber qué estaba escrito en aquellas paredes?

—*Fatum est scriptum*, Carla. La frase ya cobra sentido para ti.

—*Fatum est scriptum* —repitió sin siquiera pensarlo. Estaba grabado en su mente, como un acto reflejo que aparecía sin darse cuenta—. El destino está escrito.

—Especialmente el tuyo, pequeña —dijo Bella—. Tu destino está escrito.

Aquella frase se apoderó de su corazón. Estaba rodeada de fragmentos de su vida entera. Aunque el aparente desorden de las frases lograra que nunca comprendiese nada de lo que iba a ocurrir, su alma le pedía a gritos que leyese lo máximo posible de aquellos muros para intentar descubrir su destino. ¿Conseguiría salir algún día de la comunidad? ¿Se enamoraría algún día de alguien? ¿Observaría algún día un atardecer sobre el mar? Su mente no paraba de lanzarle preguntas que nunca antes se había planteado, pero el tener abiertas todas las posibilidades del mundo, el tener todo su destino delante como un libro en el que nada parece encajar, aunque fuese de un modo hipotético, hizo que su mente no parase de imaginarse una vida nueva para ella. Si leía lo suficiente de aquellas piedras tal vez identificase momentos clave de su pasado y de su futuro. Tal vez encontrara alguna referencia a alguna playa o paisaje, lo que significaría que habría conseguido salir de la comunidad. O quizá no. Quizá hubiera muchas alusiones a la comunidad, al huerto, a los mejunjes marrones que comía o a los pasillos oscuros, y entonces tendría por seguro que nunca conseguiría salir. Pensar en eso hizo que se replantease qué hacer. «Una no debería enfrentarse a tales decisiones», se dijo tras debatir consigo misma durante unos instantes. ¿Qué haría otra persona? ¿Indagaría en su destino para ver si en un futuro conseguiría cumplir sus sueños o, por el contrario, obviaría cualquier referencia al futuro para que el futuro la pillase por sorpresa? Sin duda, cualquiera de las dos decisiones tendría grandes repercusiones en su vida. En cualquier caso, la frase que la mencionaba directamente a ella seguía retumbando en su corazón: «Carla se había enamorado y perdido para siempre en su mirada».

«¿Enamorada yo? ¿De quién? ¿Cómo es posible? ¿Cuándo?». Aquella ilusión crecía y crecía en su interior por momentos. Estaba al límite de dejar explotar toda su alegría, pero tener delante a Bella hizo que contuviese el torrente que emanaba desde su corazón.

—Una última cosa, hermana —dijo Carla con el corazón al límite de la felicidad.

—Dime, pequeña —respondió Bella, sabiendo la pregunta que vendría a continuación.

—¿Cuál es tu don de verdad?

—No tengo ninguno, hija. Mi único objetivo es velar porque el destino se cumpla.

Carla se quedó pensando en aquella frase, intentando comprender lo que acababa de decir, y se quedó conforme. No se sintió con fuerzas para decir que no lo había entendido.

—Ya es tarde. La ceremonia va a empezar —dijo Bella—. Hace mucho que no nos visita Laura. Tenemos que hacer que sienta que todo merece la pena.

—Es verdad. ¡Me había olvidado! ¡La ceremonia!

La magia de aquel sitio, tan oscuro y a la vez tan brillante por la humedad de las rocas, hizo que Carla se entusiasmara de nuevo con todo lo que tenía que ver con la comunidad. Estaba deseando volver arriba y ver a Cloto y a Láquesis, dos de sus compañeras, para contarles lo que había descubierto. Seguro que se sorprenderían de su suerte, de que ella fuese la elegida por el mágico destino escrito por Bella.

—Ya habrá ocasión de volver aquí. Te aseguro que pronto podrás pasar aquí todo el tiempo que quieras.

—¿Podré venir cuando quiera?

—Por supuesto.

—¿Con quien quiera?

—Solo puedes venir tú. No puedes traer a nadie.

—¿Sola?

De repente, se descubrió a sí misma dudando de que sus compañeras se fuesen a creer la historia. Especialmente Cloto, la más mordaz. Era incrédula por naturaleza, muy reacia a dar por ciertos los rumores de la comunidad. A Carla le sorprendía cómo una persona como ella podía formar parte de todo aquello. ¿Por qué se iba a creer que Bella había escrito hace treinta años aquella historia desordenada sobre ella? No tenía pruebas, a menos que la propia Bella lo contase en persona.

—No te preocupes, Carla. Yo me encargaré de que todos sepan que ya conoces lo que guardábamos en esta sala.

—¿En serio?

—Puedes contar con ello.

Carla sonrió, conforme. Parecía como si hubiese recuperado de golpe la alegría por formar parte de la comunidad.

Bella hizo un ademán con el brazo, señalando la puerta e invitándola a salir. Ambas subieron por la escalera hasta llegar a la trampilla por la que había entrado Carla. Cuando bajó, le pareció que aquella escalera era eterna y que se aproximaba al centro del mundo. En el camino de vuelta, no sabía por qué, la escalera le pareció insignificante y el trayecto se le hizo muy corto. El tiempo parecía contraerse y expandirse a su antojo en la mente de Carla, aunque tal vez fuese el efecto de la adrenalina, de la ilusión, de la esperanza, que jugaba con los segundos y los minutos y los alternaba como si fuesen los vasos de un trilero.

Salieron al patio central. El sol radiaba con la luz del atardecer y cegó un instante a Carla, que parecía verlo todo de un color distinto. Miró hacia los almendros del patio y se dio cuenta de que habían florecido, y ella no se había percatado hasta entonces. Desde el patio se fijó en todo el complejo. Detrás de ella, el ala sur, construida con ladrillos amarillentos. Frente a ella, el patio central, abarrotado de almendros cubiertos de una etérea película rosácea, tan delicada que parecía a punto de desaparecer de un momento a otro. Al otro lado del patio estaba el ala norte, donde ella vivía, y que sobresalía tres plantas sobre el ala sur. Al este, más allá del patio central, se extendía un huerto en el que había algunas hermanas recogiendo calabacines y patatas con la indumentaria de recolección (vestido gris oscuro). Rodeando toda su visión, más allá del huerto y de las distintas edificaciones, se encontraba el muro: una construcción de aspecto medieval (como casi el resto de edificios de allí), imponente e infranqueable. En el centro del muro este se encontraba el portón de entrada. Lo llamaban «El Abismo», porque quien salía por él no volvía. En el centro del muro este se encontraba el portón de entrada, flanqueado por dos torreones con campanas que solo se hacían sonar cuando se abría.

De un modo extraño, Carla se sentía segura entre aquellos muros. A pesar de conocer de manera efímera toda su vida anterior a la comunidad, le había cogido aversión al mundo exterior. Sabía que era peligroso, que la gente no era de fiar y que ocurrían desgracias; a fin de cuentas, su familia entera murió en él. Por otro lado, la comunidad se le estaba quedando pequeña. Su corazón era curioso, impaciente, imaginativo, y estar dentro de aquella prisión de sentimientos era lo peor que podía sucederle a un alma como la suya.

—Laura estará aquí en una hora, Carla —dijo Bella—. Hay mucho que hacer.

—Sí, hermana —respondió Carla sin poder contener la alegría que sentía por todo lo que había descubierto—. Voy a ayudar a prepararlo todo.

—Gracias, Carla.

Carla se alejó de Bella con pasos rápidos.

—Y recuerda... —dijo Bella alzando la voz—: Tu destino está escrito.

Capítulo 33
Steven

Steven se quedó bloqueado cuando escuchó que Carla estaba viva. La adrenalina fluía por sus brazos y sus piernas, un relámpago recorrió su cuerpo de arriba abajo. En realidad, nunca había contemplado esa posibilidad.

—¡¿Qué dices?! No te creo.

—Lo está, Steven —dijo la figura—. Y puedes encontrarla. Aún estás a tiempo.

—¿Dónde está?

—Eso no lo sé. Pero tienes que seguir adelante. Es importante que sepas que esta será la última vez que contemos contigo.

Steven no sabía qué responder. Estaba en shock. Su hija pequeña, el motivo de sus risas cuando aún vivía con ellos, estaba viva. La había dado por muerta hacía años. Al no tener noticias de los Siete sobre ella, pensó que había muerto y por eso no le decían que podría recuperarla. Steven miró con rabia a la figura. Sentía tal rencor en ese momento que estuvo a punto de abalanzarse sobre ella y hacerla pagar por todo lo que Carla debía de haber sufrido alejada de su familia.

—Dime qué me impide acabar con tu vida ahora mismo —dijo Steven con rabia.

—¿Acaso importa mi vida? ¿Acaso cambiará algo, aparte de a ti? ¿Volverás a ser el mismo después de asesinar a alguien por venganza?

—¿Acaso soy el mismo después de hacerlo por coacción?

La figura no respondió y Steven apretó los puños. Sintió en la mano las llaves que acababa de coger y cerró los ojos un instante lamentando ser como era. De repente, al abrir los ojos de nuevo, todo estaba negro. Se había apagado la luz del pasillo y oyó unos pasos que se alejaban con rapidez. Palpó las paredes en busca del interruptor de la luz, pero para cuando lo encontró, el pasillo ya estaba vacío y la figura había desaparecido. Subió algunas plantas, buscándola para conseguir algo más de información, pero fue en vano. En cada planta había una puerta que conectaba con el hospital, y no podía saber por cuál de ellas se había ido. Tampoco podía correr demasiados riesgos entrando en el hospital, puesto que lo estaban buscando para llevarlo de nuevo a Rikers Island, así que volvió sobre sus pasos y bajó hasta la puerta del aparcamiento.

Al salir vio que aquella planta del aparcamiento estaba vacía. Era la última, demasiado metida en las profundidades del hospital como para que alguien la usara. Tenía capacidad para unos cuatrocientos vehículos y había zonas que se perdían en la oscuridad. Steven distinguió una gran silueta en una de esas zonas oscuras y se acercó. La reconoció al instante. Pulsó uno de los botones del llavero y dos faros cegadores se encendieron frente a él.

—No te he echado de menos, amiga —dijo Steven con voz grave mientras abría la puerta de su camioneta roja.

Por dentro estaba igual que la última vez que la vio en Salt Lake. Las alfombrillas estaban llenas de tierra seca, seguramente de los restos de las botas que él usaba en Quebec. Olía a humedad, a hojas secas, a cloroformo.

Introdujo la llave y encendió el contacto. Pisó fuerte el embrague, del que conocía hasta la más mínima holgura, y arrancó. El sonido del motor invadió el aparcamiento y la vibración del volante, su corazón. Había cometido tantos errores montado en esa camioneta que le destrozó tener que volver a subirse en ella. Se le escapó una lágrima y recorrió su mejilla arrugada. Cerró los ojos con fuerza y apretó la mandíbula. No podía más. Agachó la cabeza y comenzó a llorar sin control. Estaba hundido y sentía haber perdido su vida para nada. Mientras lloraba, un nudo se había formado en su garganta y apenas le dejaba respirar.

«Ya está bien», se dijo secándose las lágrimas con sus manos ásperas. «Tus niñas te necesitan». Pisó el acelerador y las ruedas chirriaron contra el asfalto. Comenzó a subir y, al llegar arriba, se dirigió con decisión a la salida y aceleró, rompiendo la barrera en mil pedazos y perdiéndose con su camioneta por las calles de Nueva York.

Condujo durante un rato por el centro de Manhattan, dando vueltas sin saber adónde ir. Al poco tiempo se dio de bruces con dos coches patrulla que cruzaron una avenida a toda velocidad con las luces encendidas. Sin duda iban para el hospital. Steven no podía perder más tiempo si no quería estar de vuelta en la prisión sin haber logrado hacer nada, así que, sin dudarlo un segundo más, cruzó el Hudson por el puente George Washington, dirección Hackensack, en New Jersey. Poco después se desvió al norte, con el corazón latiéndole con fuerza, con el alma rogándole que parase allí mismo la camioneta, para incorporarse a la interestatal 87. Iba al lugar que más odiaba, pero era el único en el que podría encontrar algo con lo que seguir la pista de su hija: Quebec.

Capítulo 34
Amanda

Amanda nunca había visto aquel rostro que la miraba desde lo alto de la fosa. Era moreno, con el pelo oscuro, de unos cincuenta y tantos años, y en cuanto se percató de que ella lo miraba directamente se escondió. Amanda pensó que no esperaba encontrársela despierta. De repente, se tranquilizó. Al fin y al cabo, aquel pequeño gesto de su captor escondiéndose significaba que no pensaba matarla. Era uno de los principios psicológicos de la retención de rehenes, tal y como había estudiado en la academia del FBI. Si un secuestrador planeaba matar a su víctima, no se molestaría en tapar su rostro ya que enterraría su imagen para siempre junto con la víctima. En cambio, si pensaba dejarla viva tras pedir un rescate o dudaba que fuese capaz de acabar con su vida, no había otra alternativa que ocultar el rostro y evitar a toda costa ser reconocido.

Instintivamente, Amanda gritó:

—¡No le he visto la cara! ¡Lo prometo! ¡No le he visto la cara!

Arriba, junto a la fosa, el hombre se puso la capucha de su chaqueta verde militar. Se notaba que era nueva, sin manchas ni restos de tierra. Comenzó a jadear y a respirar profundamente mientras escuchaba a Amanda gritarle desde el fondo de la fosa.

—¡Aún está a tiempo de darle la vuelta a todo esto! ¡Deje que me vaya y nadie sabrá lo que ha ocurrido!

Amanda se sorprendió a sí misma volviendo a su faceta de agente del FBI. Estaba actuando rápido, estaba pensando rápido, y sabía que si quería salir de allí con vida debía sacar lo mejor de sí misma. Hacía ya casi un año que se había tomado un descanso en el cuerpo para recuperar algo del tiempo perdido, pero su vida como Stella Hyden ya se había colado en las profundidades de su ser.

Por algún motivo que ella desconocía, cuando fue secuestrada por aquel grupo de locos, estos decidieron no acabar con su vida. Laura, la mujer del doctor Jenkins, le otorgó una nueva identidad, una nueva vida, nuevos recuerdos difusos en su mente, y cuando la soltaron un día frente a las oficinas del FBI, muchos años antes, fue directa a inscribirse para las pruebas de la academia, tal y como le habían indicado. Vivió un tiempo en Cuántico, en un pequeño apartamento que estaba alquilado a su nombre incluso sin ella saberlo. Cuando pasó las pruebas de acceso al FBI, se interesó por la psicología criminal y acabó especializándose en perfiles psicológicos. Con el paso del tiempo, aquella nueva vida, montada sobre pilares imaginarios que crearon las técnicas hipnóticas de Laura, fue asentándose de tal manera que recubrió por completo sus efímeros recuerdos anteriores, hasta el punto de ocultarlos para siempre bajo aquella fina capa de adoctrinamiento mental. Su nueva vida como agente de perfiles del FBI se había convertido en su vida real. Sus conocimientos, sus habilidades, su historia vital, su personalidad, incluso sus escarceos esporádicos con algún compañero del cuerpo eran más reales que todo cuanto había conocido años atrás. Hasta que conoció a Jacob en el centro psiquiátrico de Boston y algo comenzó a resquebrajarse en ella. Su nueva vida tenía huecos por todas partes, sus recuerdos eran efímeros y la base sobre la que se construían —aquella juventud inexistente e impuesta— era tan inestable que todo aquello hizo que su inseguridad creciese por momentos y se mostrase más débil que nunca. Cuando por fin descubrió quién era, su vida como Amanda Maslow, el tiempo perdido, los recuerdos junto a su familia recuperados, el amor que sintió por Jacob en aquella primera y única noche en que se conocieron, su seguridad volvió. Su avispada adolescencia como Amanda Maslow se unió a su carácter fuerte como agente del FBI. Su curiosidad como Amanda se unió a su perspicacia como Stella. De repente, aquel día fatídico de diciembre en que descubrió su pasado, su personalidad se transformó en la mejor versión de ella misma y desde entonces se sentía más fuerte que nunca para enfrentarse a lo que fuese.

El hombre se alejó de la fosa con pasos rápidos. Tenía que actuar deprisa. Caminó algunos minutos sobre la tierra húmeda entre los árboles hasta que llegó a una cabaña de madera desvencijada. Había un Chrysler negro aparcado frente a ella. Estaba impoluto, como si acabase de salir del concesionario. Entró en la cabaña y dio un par de vueltas antes de sentarse sobre una caja de madera que hacía las veces de sillón frente a un diminuto televisor de tubo. De la chaqueta militar que llevaba se sacó un sobre marrón en el que ponía: «Abrir cuando despierte». En el reverso, centrado y de unos centímetros de diámetro, había un símbolo que ya había visto otras veces: una espiral de nueve puntas.

El hombre resopló. Sus finas manos temblaban. «¿Qué estás haciendo, Jack? ¿Qué diablos estás haciendo? Tú no vales para esto», se dijo.

Miró a los lados. Había una pequeña encimera de cocina a su derecha y una cama de hierro sin hacer a su izquierda. Parecía que allí hubiese estado viviendo alguien, pero no alguien como él. Él se sentía tan fuera de lugar en aquel sitio que estuvo a punto de salirse de sí mismo. «Piénsalo bien, Jack. Piénsalo bien. No habrá marcha atrás», se repitió. Estuvo un rato recordando cómo había sido su salida del hospital con ella. Cuando ya habían cortado la hemorragia y cosido los puntos, uno de los cirujanos salió del quirófano con Amanda aún inconsciente en la camilla y se acercó a él, que estaba esperándolo junto al montacargas.

—*Fatum est...* —susurró el cirujano con la mascarilla aún puesta.

—*...scriptum* —completó Jack, con las manos temblándole y sin creerse aún lo que estaba haciendo. Bajó por el montacargas al parking e introdujo a Amanda en el Chrysler que acababa de alquilar. Durante todo el camino hacia aquella cabaña en Quebec, había estado pensando en abortar el plan. Él no era así.

De repente, a lo lejos, escuchó los gritos de Amanda que se perdían entre el sonido del viento colándose por las rendijas de la caseta. Metió la mano en el otro bolsillo de la chaqueta y sacó un papel que estaba plegado varias veces. Lo desdobló y lo observó con preocupación. Era la fotografía en blanco y negro de una chica joven, con el pelo castaño, y miraba sonriente a la cámara. Tenía algunas pecas sobre los pómulos y los ojos claros. En el margen inferior se leía, escrito a rotulador: «Katelyn Goldman».

Un par de lágrimas cayeron sobre la foto.

—No voy a poder, Katelyn —susurró entre sollozos—. Esto me supera. Sé que se lo prometí a tu madre, pero yo no soy así.

Las manos le temblaban tanto que la fotografía cayó al suelo junto a sus pies.

Respiró hondo y cerró los ojos. Agarró de nuevo el sobre y, sin dudarlo más, rompió el sello y metió la mano para sacar su contenido.

Pensaba que se encontraría una explicación detallada de lo que tendría que hacer, una guía inequívoca de los pasos a realizar llegado ese momento, pero se quedó de piedra cuando solo encontró un papelito de unos centímetros que planeó hasta posarse sobre la fotografía de Katelyn Goldman.

Cogió el papel y lo leyó: «36 de New Port Avenue, Salt Lake. 15 de diciembre de 2014».

Capítulo 35
Bowring

Nueva York, 14 de diciembre de 2014

Bowring se sentó a su mesa y comenzó a sacar uno a uno los dosieres del caso de Katelyn Goldman. Los amontonó a un lado de su escritorio y puso el primero delante de él. De la caja sacó otra de menor tamaño que guardaba las cintas con los audios de las declaraciones de los testigos, y un archivador de discos cargado de CD con imágenes de las cámaras de seguridad de la zona. Estaba nervioso pero decidido a descubrir qué diablos podría habérsele pasado por alto. Había revisado aquella caja hasta la extenuación, había escuchado las declaraciones de los testigos infinidad de veces, pero nunca avanzaba lo más mínimo.

Abrió la primera carpeta y encontró el informe resumen del estado de la investigación. Le llamó la atención la transcripción de la declaración de una vecina de Katelyn, que vivía puerta con puerta, que decía: «Me la encontré a eso de las tres de la tarde subiendo las escaleras hacia su casa». Bowring cogió el archivador de CD y comenzó a pasar las fundas: «CÁMARA INTERIOR FARMACIA», «CÁMARA TRÁFICO CRUCE», «CÁMARA INTERIOR BANCO», «CÁMARA HALL UNIVERSIDAD»... Había decenas de CD y, bajo el título escrito con rotulador, aparecía la fecha del fatídico día en que desapareció Katelyn: «7/06/2007». Encendió la pantalla de su ordenador e introdujo en el lector uno titulado «CÁMARA CAJERO». Ya había visto aquella grabación. La declaración de la vecina estaba contrastada por cuatro fuentes distintas, pero su corazón estaba tan decidido a resolver lo que estaba ocurriendo que se dispuso a revisar paso por paso cada pequeña pista.

La cámara de seguridad de un cajero, a varios bloques de distancia del edificio en el que vivía, grabó a Katelyn pasando por delante a las 14.54. Iba tranquila, casi esbozando una ligera sonrisa que apenas se divisaba entre los pixeles, y llevaba un jersey de punto blanco y una mochila marrón a la espalda. Tenía la melena suelta y el pelo bailó tras ella durante el instante en que apareció delante de la cámara. No fue más de un segundo, pero esa era la última imagen que se tenía de ella. Bowring recordó cuando les llevó a sus padres una captura de ese momento impresa en papel: su madre llorando desconsolada; su padrastro abrazándola con lágrimas en los ojos.

Bowring siguió durante un rato mirando el contenido del CD. Cada poco tiempo, una persona distinta pasaba por delante de la cámara en un sentido y en el otro; todos anónimos, todos sin rostro. Bowring estaba seguro de que quien se llevó a Katelyn tenía que salir en algún momento en alguna cinta. Pero era imposible identificar a todos los que pasaban por allí, al margen de algún vecino que ya había sido objeto de investigación y que había sido descartado con la misma rapidez.

Bowring volvió al informe. Leía con calma, intentando reconstruir en su mente toda la investigación, que poco a poco se le había ido olvidando. Se sorprendió de las anotaciones al margen que él mismo había escrito meses y años antes. Utilizaba el margen izquierdo para añadir los títulos de los CD o de las cintas en las que podía comprobarse lo que se decía. En el derecho, incluía conclusiones resumidas tras analizar cada una de las fuentes. Siguió pasando páginas y revisando cada punto con los audios o los vídeos, cada vez con mayor desesperación porque en el margen derecho de todas las páginas rezaba: «Declaración contrastada», «No ha visto nada», «Sin información adicional».

Cuando llegó a la última página reconoció su letra en mayúsculas, en color rojo, ocupando gran parte del folio: «ES IMPOSIBLE DESAPARECER ASÍ».

Miró a su alrededor y se dio cuenta de que la oficina se había quedado vacía. Era de noche y había estado tan concentrado que no se había percatado del paso del tiempo. Miró el reloj de su muñeca, las 14.20: miró el reloj de la pared, las 23.11.

—Otra vez se me ha parado este maldito trasto.

De repente su móvil comenzó a sonar a lo lejos. Estaba en su chaqueta. No recordaba cuándo la había dejado colgada en el perchero de la entrada, pero se levantó precipitadamente para llegar a la llamada. Metió la mano en el bolsillo, cogió el móvil y respondió sin mirar quién era.

—¿Sí?

—¿Lo ha visto ya? —dijo una voz al otro lado.

Era una voz casi mecánica y Bowring era incapaz de intuir si era un hombre o una mujer. Le recordó al timbre que tenía la voz de Miranda Palmer cuando lo llamó aquella fatídica noche desde una cabina.

—¿Quién es?

—Observe, inspector. Lo tiene delante y no lo ve.

—¿De qué está hablando? ¿Quién es usted?

—Lo tiene delante y no lo ve —repitió la voz.

Bowring miró la pantalla del móvil y vio un número largo que no tenía memorizado en la agenda. Sin duda era de una cabina telefónica.

—¿Quién es usted? ¿Se ha equivocado de teléfono?

Esperó durante algunos segundos, pero la persona al otro lado parecía estar alimentando el miedo de Bowring.

—¡Respóndame! ¡¿Cómo ha conseguido mi teléfono?!

Nada, pero Bowring aún escuchaba el ruido de la calle al otro lado de la línea.

De repente, la voz aseveró:

—Aún está a tiempo de salvarla.

Un golpe sonó en el auricular y el pitido intermitente de la llamada finalizada reverberó en el oído de Bowring, que se quedó bloqueado al escuchar aquella frase. Nadie podía saber que había vuelto a investigar ese caso. Era imposible. Se quedó extrañado y se llevó consigo el móvil a su mesa.

Abrió otra de las carpetas marrones que tenía sobre la mesa: estaba llena de fotografías. Fotos de Katelyn, de su cuarto, de su edificio, de su trayecto a casa. También había un mapa de la ciudad, con un recorrido marcado en rojo que conectaba su facultad con su casa. Era el camino más directo entre un punto y otro, y comprobaron que efectivamente fue el que hizo Katelyn ese día. En todo ese trayecto, de más de mil quinientos metros, distintas cámaras de seguridad la grabaron andando con la misma tranquilidad. En el mapa estaban marcados todos los puntos en los que alguna cámara la captó en dirección a su casa. Bowring había comprobado todas la última vez que revisó el caso. En algunas de esas grabaciones solo aparecía un instante; en otras, situadas en los cruces para controlar el tráfico, se veía a Katelyn esperar durante casi un minuto a que la luz del semáforo le permitiese avanzar en su último paseo. Era como si no supiese nada de lo que le iba a ocurrir. Verla tan tranquila en esos vídeos, sabiendo que finalmente desaparecería, era como presenciar las primeras chispas que desatan un incendio sin tener acceso a un cubo de agua.

Agarró otra carpeta del montón, más abultada que las demás pero de la que no sobresalía ningún folio. A Bowring le extrañó. La abrió de golpe y se quedó petrificado: un sobre de plástico estaba pegado con cinta adhesiva en la solapa de la carpeta. Justo encima del sobre estaba escrito en mayúsculas, con mala caligrafía: «LO TIENE DELANTE Y NO LO VE».

Eran las mismas palabras que le había dicho la persona de la última llamada. Quienquiera que fuese le había dejado aquel sobre para que él lo investigase. El corazón le latía con fuerza. Había revisado tantas veces el caso que sabía que aquello no tendría que estar allí. Sin dudarlo más, despegó el sobre de la carpeta y vació su interior sobre la mesa: eran varios CD que él no había visto. Tenían una etiqueta roja, distinta a la blanca con la que él marcaba los CD de sus investigaciones. Se fijó en el texto que había en cada uno de ellos: «CÁ-

MARA INTERIOR BANCO», «CÁMARA HALL UNIVERSI-
DAD», «CÁMARA CAJERO»... Tenían los mismos textos
que sus CD.

—¿Una copia de las grabaciones? ¿Quién ha co-
piado estos CD?

De repente se dio cuenta de que no era eso. En la
parte superior de cada etiqueta aparecía la fecha a la que
correspondían las grabaciones: «21/06/2007».

—No puede ser —dijo—. Son de dos semanas después de la desaparición de Katelyn.

Rápidamente introdujo en el ordenador uno de los
CD. Era del cruce en el que Katelyn esperó el semáforo,
pero esta vez ella no aparecía. Era de noche y los coches
iban y venían. No había nadie en ese momento esperando para cruzar.

—¿Qué diablos es esto? ¿Para qué graban y guar-
dan este momento?

El vídeo no duraba mucho; el temporizador del
reproductor apenas marcaba tres minutos y doce segundos. Bowring estuvo a punto de quitarlo y ver otro pero,
de repente, por la calle dejaron de pasar coches. La imagen parecía congelada, de no ser por un neón parpadeando en la lejanía. Seguramente los semáforos de otros
cruces se habrían sincronizado dejando a este sin actividad, pensó. Siguió mirando, como hipnotizado por
aquel leve parpadeo que destellaba en la esquina de la
pantalla, cuando una figura apareció caminando.

Era un chico de veintitantos años, vestido con un chándal gris. Andaba mirando el suelo con atención. Cada pocos pasos, miraba arriba y luego a los lados. Parecía buscar algo. Le recordó a él mismo cuando investigaba alguna escena de un crimen. Observaba con atención cada rincón, cada farola, cada baldosa del suelo.

Tenía el pelo corto y era moreno. Estaba lejos, por lo que era imposible identificarlo. Aun así, no era necesario. Que estuviera en mitad de la calle no era indicio de nada. El chico se detuvo en el cruce. Podría haber cruzado puesto que la luz estaba en verde, pero no lo hizo. De repente levantó la cabeza y miró a la cámara. Sus ojos brillaron como los de un gato por la noche. Permaneció unos segundos inmóvil, manteniendo un pulso con Bowring que lo observaba en la pantalla de su ordenador, incrédulo de que alguien se fijase en la cámara en la oscuridad de la noche.

El vídeo terminó justo en ese instante. Bowring se quedó aturdido. «¿Quién es? ¿Por qué diablos se quedó mirando a la cámara?», pensó. Hizo una captura e imprimió el rostro pixelado de aquel chico mirando a la cámara.

Cambió el CD por otro de los que tenía en la mesa. Era una grabación del mismo cajero por el que pasó Katelyn antes de desaparecer para siempre. Ocurría lo mismo que en el otro CD. Era de noche y no pasaba nadie frente a la cámara. El vídeo era de siete minutos y siete segundos. Había un coche rojo aparcado frente al cajero que bloqueaba casi toda la vista del otro lado de la acera. En el suelo, junto a la rueda, había una botella de cerveza vacía. A lo lejos, por el único hueco que dejaba el coche, se veía una floristería cerrada.

Pasaron los minutos y no ocurrió nada. A Bowring le pasó igual que con el anterior. Estaba absorto mirando la imagen. Tenía la intuición de que en cualquier momento Katelyn pasaría por delante como en el vídeo que ya conocía; sonriente por su día, ignorante de su destino. Pero no fue así.

Conforme pasaban los minutos, Bowring perdió la esperanza. En realidad, no tenía sentido que pensase de ese modo, puesto que si las fechas eran correctas, para cuando se hizo esa grabación Katelyn ya llevaba dos semanas desaparecida. Pero el corazón de Bowring deseaba que todo hubiese cambiado. Que apareciese ante la cámara sonriente y que estuviese bien.

Cuando el vídeo estaba a punto de terminar sin haber sucedido absolutamente nada, salvo el paso del tiempo en la parte inferior de la pantalla, algo llamó su atención al fondo de la imagen. Por detrás del coche rojo una figura comenzó a acercarse hacia el cajero. Estaba difusa, ya que la cámara tenía poca calidad y ambos cristales estaban sucios, pero Bowring observó cómo la figura se hacía cada vez más grande tras la ventanilla. Cuando llegó junto al coche, la figura lo rodeó, saliendo del plano durante un momento, y de golpe apareció mirando al suelo a un lado y al otro como si estuviese analizando el entorno.

Era el chico del otro vídeo. Llevaba el mismo chándal y tenía el mismo corte de pelo. Tenía que ser él. Estaba siempre de espaldas al cajero y se movía con rapidez. De repente, Bowring paró el vídeo justo cuando el chico miró durante un microsegundo a la cámara. Tenía los ojos azules, el mentón pronunciado y barba de tres días. Estaba serio y se intuían unas leves ojeras en la imagen.

—¿Quién diablos eres? —dijo mirando fijamente la imagen del chico en la pantalla.

Capítulo 36
Jacob

Nueva York, 14 de diciembre de 2014

Me sorprende la mirada del doctor Jenkins. Me he quedado aturdido al encontrármelo así. Está sentado junto a la única ventana que hay en la habitación, con los ojos clavados en mí. La luz del exterior le ilumina por la espalda y parece haber envejecido quince años en los últimos meses. Las arrugas se han extendido por su cara, una barba gris ha cubierto su mentón y su pelo ha sido conquistado por las canas, como si el tiempo pasase sobre él a más velocidad que sobre el resto de la humanidad. A pesar de estar mirándome fijamente a los ojos, me da la sensación de que no hay nada detrás de ellos, que su mente ya no se encuentra al otro lado y su alma se ha perdido para siempre. Está serio, inexpresivo, y apenas ha reaccionado cuando he entrado en la habitación.

Doy varios pasos hacia él y, con el corazón pidiéndome a gritos aún algo de venganza, me doy cuenta de que ya ha pagado de sobra por todo lo que desencadenó. No me sigue con la mirada, se ha quedado inerte con los ojos fijos en la puerta.

—Doctor Jenkins —digo acercándome a él—. ¿Me escucha?

Lo observo mientras siento que mi voz recorre en todas direcciones su mente vacía. No me responde. Está inmóvil y mira hacia donde yo estaba hace un momento. Está arropado con una manta burdeos y tiene los pies descalzos sobre el suelo. En la habitación apenas hay nada: una cama con estructura de metal, una mesita con una orquídea púrpura, la silla en la que está sentado. La habitación de Kate es un espectáculo comparado con esta. Me doy cuenta de que es horrible que Kate comparta centro con él. Una víctima y un verdugo bajo el mismo techo, ambos en su mundo, ambos habiendo sucumbido a la locura.

Me junto más y me agacho para ponerme a su altura.

—Escúcheme —digo intentando mantenerme tranquilo—. Se han llevado a Amanda de nuevo. ¿Me escucha?

No me responde.

—Necesito su ayuda, por favor. Usted tiene que saber algo. Usted tiene que saber dónde puedo encontrar a Amanda.

Nada. Ni se inmuta.

Mi corazón comienza a desmoronarse y cada vez veo más improbable recuperar el único pilar de mi vida. Sin Amanda sería incapaz de seguir adelante. Apareció de repente en el momento más duro de mi vida, como un oasis en mitad del desierto, como el destello de un faro lejano en mitad de la tormenta, y desapareció aquella noche con la misma rapidez, apagando todas las estrellas del cielo. El oasis era un espejismo y la luz del faro se apagó antes de pisar tierra firme. Cuando alguien como ella se presenta en tu vida, quedas hechizado para siempre y nunca vuelves a ser el que eras.

—Director, necesito su ayuda, por favor.

De repente, el doctor Jenkins me agarra el brazo con fuerza. Me aprieta tanto que casi no me puedo mover. Se apoya en mí y gira su cara, acercándose con dificultad hacia mi oreja.

—Di... Di... —balbucea.

—¡Doctor Jenkins! ¡Eso es! ¡¿Dónde está Amanda?!

—Di... direc... tor..., director.

—Sí, director. Director. Usted es el director.

—Director. Sí..., director. Director...

—¡Eso! Director. Dígame, ¿dónde podría encontrar a Amanda? Por favor, haga un esfuerzo. Por favor...

—Me desmorono y se me saltan las lágrimas. Respiro hondo. Intento controlar las punzadas que me da el pecho, pero me es imposible.

—Aman... Amanda. Mas... Maslow.

—¡Sí! Amanda! Usted la conoce. Se la han llevado de nuevo... Tiene que ayudarme. Se lo pido por favor. Haga algo por redimir todo el daño que hizo. Por favor, director... Sin usted nunca la encontraré.

—Ca... Car... Carla. Carla Maslow.

¿Carla? ¿Cómo es que recuerda a Carla? Es imposible que se acuerde de ella. Desapareció hace tanto..., no tiene sentido que ahora se acuerde de ella.

—¡Sí, director! ¡Carla era su hermana! ¿Qué quiere decir con Carla?

—Carla. Carla. Carla —repite una y otra vez.

Parece que solo piensa en ella. No entiendo nada. No tiene sentido.

—Necesito encontrar a su hermana. Como sea, por favor. ¿Dónde se la han podido llevar?

—S... S... S...

—Por favor, ¡esfuércese!

—Sa... Salt, Salt... L... La... ke...

—¿Salt Lake? ¿En Salt Lake?

—Carla. Carla. Salt Lake. Amanda. Salt Lake. La... Laura... Claudia... Claudia ya no está. ¡Ahhhhh! —grita.

—Chis..., ¡no grite, no grite!

—Carla. Carla. Salt Lake. Salt Lake. Salt. No... Nous. Lau... Laura. Nous. T... Be... Be... Bella.

Comienza a acelerarse y a balbucear con mayor rapidez.

—Be... Be... Cl... T... Am... Amanda. Ka... Kate...

—¿Kate? ¿Kate Maslow? ¿Conoce a Kate?

De repente, gira los ojos y dirige su mirada hacia mí. Cambia su expresión de la indiferencia a la sorpresa. Hace una mueca con la boca, sus labios se separan una y otra vez, como si fuese a decir algo más, pero no pronuncia sonido alguno. Poco a poco, el ritmo con el que abre y cierra la boca va disminuyendo, hasta que deja la boca cerrada y se queda completamente inmóvil, como cuando un muñeco se queda sin pilas.

—¿Qué le ocurre? ¿Qué pasa, director? Dígame algo, por favor. Se lo suplico. —Noto cómo se me humedecen los ojos. Mis lágrimas están a punto de escapar.

Sus ojos siguen clavados en mí. Su cara de sorpresa se ha disipado y se muestra inerte, sin expresión, como si dentro de aquel cuerpo no viviese nadie.

—Director Jenkins, por favor, reaccione. Usted puede darle la vuelta a todo esto —le digo, intentando llamar a la puerta de su sensatez.

Sin yo esperarlo, con sus ojos muertos, con su cuerpo ladeado en la silla, sin cambiar lo más mínimo de su postura o su expresión, mueve sus labios con rapidez y dibuja una maldita sonrisa.

Un escalofrío me recorre la nuca. Un torrente de rabia se apodera de mí.

—¡Ah! —grito.

Lo agarro de los brazos y lo zarandeo. No consigo controlarme. Mi corazón está latiendo con fuerza, un relámpago recorre mis manos, mis piernas, mi cuerpo entero.

—¡¿Qué diablos quiere de mí?! ¡Qué diablos quiere! —grito al tiempo que levanto el brazo y estoy a punto de golpearlo.

Justo en ese instante, de entre su ropa se escapa un papel y cae al suelo, dejándose frenar por la resistencia del aire, cortándola de vez en cuando para avanzar con rapidez y frenando de nuevo al alcanzar la posición correcta. Un planeo perfecto, lento y melodioso, que dura el tiempo suficiente para ir calmando mi ira. Respiro con fuerza, tengo al doctor Jenkins agarrado de la manta que lo cubre; el puño en alto, el alma en llamas. Pero bajo el brazo. Me doy cuenta de que no comparte mi mundo y apenas se entera de dónde está. Me acuerdo de las palabras de Estrella: «Cada uno en su mundo y nadie en el de los demás».

Al verlo desde arriba, tirado en el suelo, el papel me recuerda a las notas que dejaban los Siete. Pequeña, amarillenta, del tamaño de una tarjeta de visita.

Me agacho con miedo y lo recojo mientras cierro los ojos y pienso en Amanda. Ahí está. Me sonríe con una copa de vino en la mano. Se apoya en la encimera de nuestra cocina y no aparta esa mirada de mí. En un instante, está en el sofá conmigo, ascuas encendidas, música de fondo. Tan reciente y tan lejano a la vez. Vuelvo a abrir los ojos y leo la nota con incredulidad: «Jacob Frost, diciembre de 2014».

Esos degenerados me tienen en el punto de mira. Le doy la vuelta, esperando encontrarme el maldito asterisco o esa siniestra espiral, pero no está. En su lugar, centrado y escrito con tinta negra, leo: «Pronto va a terminar».

El mensaje me incomoda. La voz en el contestador decía lo mismo. ¿Qué va a terminar? ¿La vida de Amanda? Pensar en algo así me corroe por dentro y tengo ganas de salir corriendo, pero me fijo en la mesilla del doctor Jenkins. Hay un periódico arrugado, plegado y boca abajo, con el papel demasiado gastado. Parece muy antiguo. Lo agarro y lo desdoblo sobre la mesilla, y en la portada aparece una fotografía con la vista aérea de una casa de madera a medio construir, acordonada por la policía y rodeada de cientos de periodistas.

Esa imagen me golpea en el alma y se me saltan las lágrimas. Permanezco contemplando la fotografía durante unos segundos, cuando el titular que la acompaña me destroza por dentro: «¿Dónde está Amanda?». Observo la fecha del periódico y comprendo que era justo de la mañana siguiente al día en que lo perdí todo. Encima, el nombre del periódico destaca en helvética: *Salt Lake Times*.

Durante un segundo no me fijo en ese pequeño detalle, pero el nombre de ese pueblo me inquieta tanto que se me forma un nudo en la garganta. De repente, lo veo. No puede ser. Me fijo en que las palabras «Salt Lake» están subrayadas en negro en el periódico. Además, en el pie de foto aparece la dirección de su casa el año en que lo perdí todo: «36 de New Port Avenue». Ese texto también está subrayado, y se nota que ha sido de manera intencionada. Comprendo que es la única pista que tendré. Allí comenzó todo, allí esperan que yo muera, allí tiene que estar ella.

Analizo las implicaciones de ir a Salt Lake y enfrentarme con ellos. Si han dejado esta nota aquí es porque querían que la descubriese. Seguramente me esperarán todos y, en cuanto aparezca, me atraparán y moriré sin poder salvar a Amanda. Pero si no voy... Joder, no puedo ni pensarlo. Si no voy Amanda morirá irremediablemente. Steven confía en mí. Amanda confía en mí. Incluso Kate, desde su mundo, confía en mí. Nunca abandonaría a Amanda, aunque me costase la vida.

De repente, escucho unos pasos y una voz femenina resquebrajada que me grita:

—¿Qué haces aquí?

Capítulo 37
Carla

Lugar desconocido, nueve años antes

Carla estuvo decorando el patio central hasta que llegó el momento de la ceremonia. Estaba tan ilusionada por el descubrimiento de aquella sala con su destino que no paraba de tararear una canción que tenía grabada en la mente, pero de la que no recordaba la letra. Poco a poco se habían ido sumando más miembros de la comunidad para ayudar con la decoración. Algunos traían velas ya encendidas y las colocaban en grupos de siete esparcidas por el patio. Carla había ido a por cintas rojas y las colgaba uniendo las ramas de los almendros. Parecía que colocaba las cintas sin demasiada intención, tan solo buscando las ramas más alejadas y altas, y atando los extremos de la cinta en ellos. Se sentía tan enérgica e ilusionada que no utilizó la escalera. Se acercaba al árbol, pegaba un salto y trepaba con agilidad a la rama que más atención le llamaba. Al rato había terminado con las cintas más largas y le quedó una que era algo más corta. Se fijó en que aún quedaba un almendro sin cinta. No tenía flores, parecía enfermo y la hierba no crecía a su alrededor. Contrastaba tanto con los otros almendros, imponentes y brillantes con la luz del atardecer, que Carla pensó que aquel árbol sería incapaz de aguantar siquiera el peso de la cinta. Dudó durante unos instantes si ponérsela, pero quería dejarlo todo tan perfecto que decidió improvisar. Rodeó ligeramente el árbol por uno de los lados, abrazando sus ramas y atando la cinta a la rama que parecía que no iba a partirse nada más tocarla.

Volvió la vista al resto de los almendros y observó todo cuanto tenía delante: el último rayo de sol se acababa de perder tras los muros, el cielo se había teñido de naranja intenso y las cintas rojas contrastaban con el blanco rosado de los almendros. La luz de las velas que estaban por el suelo habían comenzado a irradiar destellos dorados como pequeñas luciérnagas agrupadas, iluminando los rincones más sombríos del patio. Los demás miembros se movían en todas direcciones y la mayoría ya se había puesto la túnica ceremonial. Era roja, del mismo rojo borgoña de la cinta, y habría unos treinta miembros preparando los últimos detalles. En el centro, entre los almendros, habían colocado un atril de madera de nogal. A Carla todo aquello le pareció mágico. Tantas personas unidas por un objetivo común, tantas personas que amaban la comunidad. Ella siempre era capaz de ver el lado especial de las cosas.

Carla fue corriendo a cambiarse. Sabía que la ceremonia estaba a punto de comenzar. Entró a su aposento, encendió una lamparita y abrió el arcón en el que guardaba su ropa. Rebuscó en el fondo y sacó su túnica de ceremonia. La sacudió un par de veces y la dejó sobre la cama mientras se quitaba la que llevaba puesta. Se puso rápidamente la roja. Tenía una capucha algo más grande y las mangas le quedaban largas. En teoría, esa era la intención. Según las hermanas más experimentadas, el objetivo de las túnicas de ceremonia consistía en no ser nadie. Para no reconocerse unos a otros durante las ceremonias. Había que taparse bien el rostro bajo la capucha, había que esconder las manos, había que agacharse de rodillas ante quien estuviese hablando en ese momento y escuchar con atención. Las identidades no debían ser un impedimento ni una distracción.

Carla salió de su aposento a paso rápido y cuando llegó al patio ya estaban todos preparados. Toda la comunidad estaba arrodillada bajo las cintas que ella había colocado. Se habían dispuesto en filas de seis o siete miembros, rodeando el centro del patio y dejando un hueco de unos cuatro o cinco metros. Las cabezas estaban ya agachadas y miraban al suelo con determinación. Era un espectáculo abrumador. Todo estaba en silencio, todos inmóviles. Lo único que se oía era el sonido de las ramas de los almendros mecerse bajo la suave brisa. De repente, las campanas de los torreones que había a los lados del Abismo comenzaron a sonar. Carla aceleró el paso, se arrodilló y agachó la cabeza al final de la fila que parecía más corta. Las campanas seguían sonando y a veces una de ellas se sincronizaba con la otra, creando un estruendo cada vez mayor. Era la llamada a la ceremonia. Cuando dejasen de sonar, la puerta se abriría y traería las noticias del exterior, y todos debían estar en sus puestos.

Carla miraba al suelo frente a sus rodillas y se concentró en él. Tras más de un minuto las campanas dejaron de girar y, poco a poco, su sonido comenzó a ser más irregular, hasta que todo se quedó en silencio y volvió a oírse el suave y melódico rumor de las ramas de los almendros.

De pronto Carla escuchó pasos rápidos detrás de ella y una punzada le recorrió el pecho.

«¡¿Quién llega tarde?! ¡No puede ser!», se dijo. Escuchó a alguien tirarse deprisa justo detrás de ella, y vio cómo varios guijarros se deslizaron dentro su campo de visión.

—Por favor, no digas nada —musitó una voz a su espalda.

—¿Me estás hablando a mí? —susurró Carla. No se lo podía creer.

—Pues claro. ¿A quién si no?

—Chisss, cállate o nos meterás en un lío —respondió con el corazón a mil por hora.

—Prométeme que no dirás nada —susurró la voz.

—Te pido que te calles, ¡por favor!

—¡Prométemelo!

—¡Te lo prometo, pero cállate!

—Sabía que podía confiar en ti.

—¡La puerta se va a abrir ya! —dijo para zanjar la conversación.

A Carla estaba a punto de darle un infarto. Sentía la adrenalina hasta en la punta de sus dedos. Un relámpago recorrió su cuerpo al oír de lejos la madera del gran portón exterior abrirse. Crujió como si estuviese a punto de romperse en mil pedazos. A los pocos segundos, se escuchó el sonido de la puerta cerrándose. Todo quedó en silencio de nuevo, como si nunca hubiese ocurrido nada. Carla siguió mirando el pequeño trozo de tierra que le permitía ver su capucha. Había comenzado a dolerle la rodilla izquierda porque estaba apoyada sobre un guijarro que se le estaba clavando en la rótula. Se movió levemente para intentar colocar la pierna unos centímetros a la derecha, pero se clavó otro. Estaba incomodísima, pero tenía que aguantar en aquella posición el tiempo que fuese necesario.

—Mete la tela que sobra de las mangas bajo las rodillas —susurró la voz desde atrás—. Así no duele.

Carla no se lo creía. Aquella voz le estaba hablando otra vez. Nunca la había escuchado. Era una voz joven, con un aire algo irreverente.

—Chisss, ¡cállate!

—Hazme caso. ¡Te dolerá menos!

Carla levantó la rodilla izquierda y metió debajo el exceso de manga antes de apoyarla de nuevo. No daba crédito. No solo desapareció la molestia, era como estar sobre una alfombra mullida.

—¡De nada! —susurró la voz desde atrás.

Carla resopló y aguantó una ligera sonrisa, aunque no tardó en añadir:

—Gracias...

—¡De nada!

Durante los siguientes minutos no ocurrió nada. Todos seguían inmóviles, mirando al suelo con la solemnidad que requería un momento como aquel. Carla no paraba de darle vueltas a quién sería la persona que tendría detrás. Nunca, en ninguna de las ceremonias, había sabido de nadie con tal falta de rectitud con las normas. No solo había llegado tarde, sino que se atrevía a hablar en el momento de mayor expectación.

Se escucharon algunos pasos caminando junto a ella en dirección al centro del círculo que habían formado todos los miembros. Eran pasos suaves y rítmicos, que parecían acariciar el suelo con delicadeza.

A los pocos instantes, la voz de Bella vociferó:

—Hermanos, hermanas. Hoy es un gran día.

—*Fatum est scriptum* —gritó la comunidad al unísono.

—Hoy es un gran día porque nos visita la persona más importante de nuestra congregación.

—*Fatum est scriptum* —respondieron de nuevo todos los miembros.

—Hoy, hermanos y hermanas, es el día más importante de nuestra historia. El día que forjará el curso de la humanidad.

—*Fatum est scriptum.*

Tras cada frase, tras cada alusión a la importancia de los hechos, la comunidad entera gritaba con fuerza. Bella observaba con orgullo los cuerpos arrodillados de los miembros de la congregación. A su lado, una figura débil y de aspecto envejecido miraba asombrada a su alrededor. No estaba vestida como Bella, con la túnica negra, sino que llevaba puesto un jersey verde y una falda negra que le llegaba por debajo de la rodilla. Tenía el rostro cubierto de arrugas, la nariz puntiaguda, y aunque por el aspecto de su cara podría tener más de setenta años, su pelo era completamente negro y lo llevaba recogido con una felpa negra. Sostenía bajo el brazo un libro con tapas de cuero.

—Laura está con nosotros. Laura está a mi lado en estos momentos. Laura nos ha traído más nombres. Es nuestro deber, nuestro único deber en realidad, el asegurarnos que cumplimos con lo que dicta el destino.

—*Fatum*...

—Son, hermanos y hermanas, muchos más de los que esperábamos. Muchos más.

Los bultos rojos que rodeaban a ambas se movieron ligeramente. Estaban exaltados y contenían como podían la emoción. Se escuchó un sollozo de algún miembro que lloraba de felicidad.

—Algunos de vosotros decíais que Laura traería cien nombres. Algunos de vosotros no confiabais lo suficiente en ella. Algunos de vosotros incluso dudabais de que fuese a traer apenas cinco nombres. Hoy, hermanos y hermanas, os anuncio que es el mayor número de nombres que nunca antes haya traído Laura.

La comunidad vibraba de emoción. Algunos miembros comenzaron a moverse inclinando su cuerpo hacia un lado y luego al otro. Sus túnicas rojas bailaban con ellos, y oscilaban en el aire con un vaivén rítmico. Poco a poco, el resto de los miembros comenzaron a hacer lo mismo, uniéndose a una danza macabra que dibujaba una ola circular rodeando a Bella y a Laura.

Laura hizo un ademán con la mano y dio un paso al frente. Carla se había unido a la danza y se inclinaba en la misma dirección que el resto.

—Hermanos, hermanas —dijo Laura, alzando la voz—. Os necesito más que nunca. Sé que lleváis bastante tiempo sin tener noticias de mí ni de los Siete, los elegidos por el destino para ayudarme en esta misión. Sé que algunos podríais incluso haber perdido la fe en lo que hacíamos. Pero no desfallezcáis. No ahora. Vuestra hermana os necesita. Vuestra hermana os lo pide con el corazón. Traigo... —Hizo una pausa mientras miraba a su alrededor— ... más de doscientos nombres.

Un murmullo creciente se apoderó del patio. La ola que creaban los miembros con su vaivén se detuvo en seco al escuchar aquel número.

—*Fatum est scriptum* —gritaron todos con más fuerza que nunca.

Un escalofrío recorrió el cuello de Carla cuando escuchó que más de doscientas mujeres tendrían que morir. Aunque estaba más que habituada a tratar con la muerte, algo en su interior le decía que no tenía sentido.

—Algunas de las señaladas por el destino necesitan resolverse muy pronto. Con otras podremos esperar varios meses. He tenido muchos sueños en los últimos tiempos. Se avecina algo grande. Algo sin precedentes. Por eso hoy, hermanos y hermanas, tengo una segunda noticia que daros.

Bella asintió con la cabeza a Laura, dando su aprobación.

—Alguien nos persigue. Alguien intenta acabar con lo que hacemos. Alguien no comprende la magnitud de nuestros hechos. En las últimas semanas nos ha encontrado y puede dar al traste con todo lo que hemos trabajado durante los últimos años para llegar hasta aquí. Creemos que ha identificado a tres de los Siete, de quienes ya me he despedido y a quienes estoy completamente agradecida. Pero no temáis, hermanos y hermanas. Para eso estáis vosotros. Para no dejar que nadie ponga en peligro nuestro cometido.

Se sentía el nerviosismo entre todos los miembros, que seguían mirando al suelo, agazapados, mientras la oscuridad de la noche crecía sobre ellos. La brisa había desaparecido, las cintas y las ramas de almendro llenas de flores estaban inmóviles, y la luz de las velas irradiaba ya en todas direcciones.

—Por eso quiero anunciaros algo sin precedentes, hermanos y hermanas: tres de vosotros me acompañaréis al mundo exterior.

Capítulo 38
Steven

Camino a Quebec, 15 de diciembre de 2014

Steven condujo hacia el norte durante más de cinco horas antes de parar en una gasolinera en mitad de la nada. Durante el trayecto vio que en el asiento del copiloto había una bolsa de basura con ropa en su interior. Era suya. La misma que utilizaba cuando estaba al servicio de los Siete. La habrían cogido de la casa en la que vivía en Quebec y la habrían dejado en la camioneta para que se cambiase. «Esos hijos de puta lo tienen todo pensado», se dijo.

En realidad, tampoco hubiera ido muy lejos con la ropa de Rikers Island. El mono marrón lo identificaba como un presidiario y, en el momento en que saliese de la furgoneta, cualquiera que lo viese llamaría a la policía para denunciar la fuga de un preso. Además, Steven era tan conocido, su rostro y su declaración habían salido tantas veces en los medios, que era imposible no reconocerlo si fuese vestido como el día del juicio. No podía correr tal riesgo, así que en cuanto paró, antes de bajarse de la furgoneta, se cambió de ropa: botas marrones, pantalón vaquero, camisa verde y anorak marrón.

Había parado en la gasolinera con menos tránsito de la interestatal. «Cuanto más oscuro el camino, menos luz para ser visto», se dijo. Era una de esas frases que se le quedaron grabadas de su época al servicio de los Siete. Se la habían dicho por teléfono, en uno de los primeros encargos, desde una cabina perdida a las afueras de Quebec, y la había adoptado como filosofía de vida. Esconderse y vivir a oscuras, perdido entre miles de árboles, agazapado entre la belleza gris de las ramas del norte.

Era de noche, y a la entrada de la gasolinera había una cabina iluminada por un fluorescente que estaba a punto de fundirse. Se le revolvió el estómago. Se palpó el bolsillo del anorak y se dio cuenta de que había un fajo de billetes de cien. Lo miró con desdén y lo volvió a guardar. Puso la manguera a repostar, se acercó a la tienda y empujó la puerta haciendo sonar la campanilla.

—Hace mucho frío para ir al norte —dijo una voz rasgada al otro lado del mostrador—. Algunos lagos aún están helados.

Steven miró hacia el mostrador, pero no vio a nadie.

—No hace frío para quien conoce este viento —respondió Steven con voz áspera.

Un hombre mayor, con barba descuidada y arrugas marcadas, se levantó justo al otro lado del mostrador.

Steven se acercó a él y tiró la mitad del fajo de billetes encima del cristal.

—Llenaré el depósito y un par de garrafas, y me llevaré algunas cosas —añadió Steven.

El hombre miró incrédulo el montón de dinero, pero lo cogió con interés y empezó a contarlo.

—Por este dinero podrías llevarte la tienda entera.

—Solo quiero gasolina, comida y algunas herramientas.

—Tengo también alcohol. Con este frío nunca viene mal un trago.

Steven se quedó mirándolo unos instantes, asintió y giró hacia la tienda. Caminó entre los estantes y cogió algunos paquetes de patatas fritas, una botella de agua, chocolatinas y, al final del pasillo, vio una extensa vinoteca que cubría toda la pared. Aquella estantería destacaba sobre las demás; era de madera, estaba iluminada con una tenue luz amarilla, y los focos estaban orientados a los mejores vinos. Los demás estantes eran de metal pintados en blanco y en algunas partes el óxido se había comido la pintura y estaban desconchadas.

—¿Le gustan los vinos? —gritó Steven desde el fondo.

El hombre parecía que no se esperaba aquella pregunta.

—Eh..., sí. Es la única pasión que este viejo aún no ha abandonado. —El hombre se acercó a la vinoteca.

—Yo era un apasionado —dijo Steven.

—¿Era? Uno nunca deja de serlo. Una vez que aprendes a encontrar ese punto, esa chispa especial, la acidez y el sabor amargo escondidos en una buena cosecha, se convierte en algo que siempre te acompaña.

Steven miró de reojo al hombre.

—Sabe usted vender muy bien. Me recuerda a un viejo amigo.

—Es fácil cuando amas algo tanto. Llevo toda la vida amando lo que hago. Una lástima que con el tiempo los vinos mejoren y las personas empeoremos. Debería ser al revés.

Steven asintió. No sabía por qué, pero aquel hombre le resultó familiar. Buscó en su memoria, pero no recordaba haberlo visto antes. Tal vez tuviese algún parecido con alguien.

—Llévese uno. Con lo que me ha pagado puede coger el que quiera.

—No sabría cuál elegir.

—Déjeme recomendarle uno. Hace tiempo que no hago esto, pero uno nunca olvida lo que es.

Steven pensó por un instante que se refería a él. Aquel hombre parecía decir siempre las palabras correctas. Si no tuviese prisa, si no tuviese el alma lanzando relámpagos en su pecho para que encontrase a Amanda, podría quedarse una tarde entera charlando con él.

El hombre se acercó a un rincón de la pared y se estiró para alcanzar una botella que estaba en los estantes más altos.

—Llévese este. Es la última botella que me queda y, sin duda, es la más especial de todas. Compré cuatro botellas hace años. Y esta en concreto tiene historia. Me bebí una el día que perdí lo que más quería: a mi hermana; y le aseguro que es el mejor vino que he tomado nunca. Le tengo cariño y odio a la vez. Pero es un recuerdo extraño. Llévesela.

Steven cogió la botella que le tendió el hombre.

—Un Château Latour de 1987. Parece un buen tipo. Prefiero que se la lleve usted antes que uno de esos pijos que de vez en cuando paran por aquí de camino a sus mansiones en el bosque.

Steven se quedó de piedra. Era el mismo vino que compró a Jacob en Salt Lake. Al instante a Steven le vino a la mente aquel momento junto a Amanda, riéndose sobre el experimento que hizo con Carla y el vino de brick. Recordó a Jacob y cómo era entonces: alegre, valiente y atento.

Miró al hombre y, de repente, se dio cuenta de a quién se parecía. No era un parecido exagerado, era más bien un soplo en la mirada. Sus ojos azules eran como los de Jacob, el mismo azul intenso y nada más. Solo era eso, pero Steven comprendió que aquel hombre estaba conectado con Jacob. Recordó al viejo Hans, el tío de Jacob, y lo reconoció tras las arrugas del viejo.

—La vida no perdona a nadie, ¿eh? —dijo Steven.

—¿Perdone? —preguntó el viejo Hans.

—Nada. Nada. —Steven no quiso profundizar en cómo había llegado allí.

—Pues ¿sabe? —continuó Hans—. Compré estas botellas a un antiguo proveedor que importaba vinos europeos. Yo era dueño de una diminuta licorería en un pequeño pueblo al sur de aquí. Perdí demasiadas cosas allí. —Suspiró—. Cerré aquello y me fui un tiempo a Europa. Es mágico ese continente. Tiene mucha historia. Hasta el viento huele distinto. Es un viento que ayuda a olvidar las cosas que duelen.

—¿Y se puede saber qué le dolió?

—Perdí a mi hermana. Tardé en superar aquello. Después, perdí a mi sobrino, de quien me había hecho cargo.

—¿Murió? —preguntó Steven, sabiendo la respuesta.

—Peor. Se fue.

Steven se quedó mirándolo unos instantes, pensando en todo lo que tendría que haber pasado Hans cuando Jacob se esfumó para salir en busca de Amanda.

—Seguro que lo hizo por un buen motivo.

—Lo sé —respondió Hans—. La vida siempre pone palo en las ruedas a las buenas personas.

Steven asintió y tragó saliva.

—¿Y cómo acaba un amante de los vinos en una gasolinera en mitad de la nada?

—Cuando volví de Europa —continuó Hans—, me vine al norte. Vendí todo lo que tenía en el sur y compré este lugar. No es el trabajo que me haga más feliz del mundo, pero una gasolinera te permite no atar lazos con nadie. Los clientes que vienen apenas duran unos minutos y, casi siempre, solo están de paso. Como usted. Seguramente nunca le vuelva a ver. Es bonito saber que este puede ser nuestro único encuentro.

Sintió pena de Hans, pero más aún de él mismo. La vida también le había cambiado. Steven agachó la vista al darse de cuenta de que podría reconocerlo.

—Me la llevaré —dijo Steven—. Es usted un buen tipo —añadió.

—Solo intento ser justo.

—Yo también —respondió Steven, acercándose al mostrador y cogiendo lo que había comprado. Se metió la mano en el bolsillo y tiró en el cristal el resto del dinero.

Justo antes de salir, miró hacia atrás y vio que el hombre se sentaba de nuevo en una silla detrás del mostrador y subía el volumen de un diminuto televisor escoltado por cajas de chocolatinas.

—Hasta pronto, Hans —dijo Steven, dejando que la puerta se cerrase tras él.

—Hasta pronto, Steven —respondió Hans, en voz baja para que no le escuchase, mirando hacia la puerta.

Se montó en la camioneta y arrancó. El depósito ya estaba lleno, y antes de subirse colmó también un par de garrafas que tenía en la parte de atrás. Se incorporó a la interestatal y no tardó en entrar en territorio canadiense. Mientras conducía, miró de reojo la botella de vino y recordó que le regaló una botella igual al doctor Jenkins después de atropellarlo.

—Maldita ironía del destino —dijo en voz alta.

Paró la furgoneta a un lado de la calzada. No podía seguir viendo aquella botella. Cogió uno de los sándwiches y lo dejó a un lado. Agarró la botella y la bolsa con el resto de las cosas, se bajó y las guardó en el maletero.

Siguió conduciendo durante un par de horas más y pronto se desvió hacia el oeste. Los grandes bosques del norte rodeaban la carretera secundaria a la que se había incorporado. Los faros de la camioneta iluminaban escasos metros más allá del frontal, pero Steven se conocía tan bien aquellos giros que apenas le hizo falta aminorar la velocidad. Era extraño, pero se sentía en casa. Pasó por un puente que atravesaba uno de los cientos de lagos que había por la zona y desvió la mirada hacia el reflejo de las estrellas en el agua. Pensaba que se lo encontraría congelado, que aquel espejo estaría empañado, pero no fue así. El lago estaba tan inmóvil que se había convertido en una extensión de la oscuridad del cielo con miles de motas brillantes salpicadas por todas partes.

Steven pisó el acelerador y, al final del puente, cogió un camino de tierra hacia el norte. Poco después giró a la izquierda y se salió del camino. Avanzó algunos metros entre los árboles en la oscuridad. De pronto, pegó un frenazo que hizo que la camioneta se deslizara por la tierra. Estaba estupefacto. Miraba al frente con miedo.

Se bajó de la camioneta y una bocanada de vapor se escapó de su boca. Los faros iluminaban el camino improvisado entre los árboles. Steven se puso delante y se agachó: había marcas de neumáticos entre el barro. Él sabía que no eran los suyos, puesto que tenían distinto dibujo y ancho de rueda. El corazón le dio un vuelco, podría haber alguien más por la zona. En todos los años en los que había estado oculto en Quebec, nadie se había acercado a su cabaña. Miró hacia delante para ver por dónde se perdían las marcas de neumático cuando, de repente, escuchó un grito desgarrador.

Capítulo 39
Amanda

Quebec, 14 de diciembre de 2014

El hombre comenzó a dar vueltas de un lado al otro de la cabaña. Estaba nervioso. Sabía lo que significaba la dirección de la nota. Se llevaba las manos a la cabeza y cerraba los ojos con fuerza intentando pensar con claridad. «Joder, Jack, joder. Qué diablos estás haciendo. Tú eres escritor, no un asesino».

Tenía un nudo en el pecho que estaba creciendo por momentos. Se acordó de cuando, un par de meses antes, recibió aquella llamada a las tres de la mañana. Estaba escribiendo, su hija pequeña ya se había dormido y su mujer estaba en la cama sin poder pegar ojo. Llevaba años así, yéndose a la cama para no dormir, mientras él procuraba avanzar en una nueva historia que había empezado a escribir por las mañanas en un Starbucks. En un primer momento Jack se molestó cuando el teléfono sonó a esas horas; ya habían recibido llamadas de gente que quería gastarles una broma haciéndose pasar por Katelyn. «La sociedad es así», se decía. «Si te ocurre una desgracia siempre habrá algún gilipollas que se ría de ella».

Él trataba de amortiguar el golpe de esas bromas ante su mujer; a fin de cuentas, era la madre de Katelyn y había sufrido su desaparición con más intensidad, y no había vuelto a ser la misma después de aquello. Él también sufrió, pero el amor de una madre es insustituible.

El dolor de la mujer de Jack Goldman se magnificó cuando la prensa se ensañó con el caso, desvelando su pasado doloroso ante un marido maltratador, inventando teorías de que tal vez ella tenía algo que ver, diciendo que Katelyn se habría ido de casa por no aguantarla, e incluso que esa familia era incapaz de criar a su otra hija en un ambiente con tanto sufrimiento. La televisión lanzaba tal cantidad de asaltos a su intimidad que estuvo meses sin salir de casa para evitar el acoso. Con el tiempo, la prensa perdió el interés, los focos pasaron a iluminar otras historias oscuras y los miedos se quedaron para siempre con ella.

Aquella noche Jack levantó el auricular y colgó al instante sin escuchar quién diablos llamaba.

—Valientes malnacidos —dijo antes de volver al ordenador.

Pero en cuanto se sentó de nuevo y escribió una palabra, el teléfono volvió a sonar con intensidad. Cuando fue a descolgar, llamaron dando tres golpes en la puerta.

Su mujer se levantó de la cama y fue corriendo hasta donde él estaba.

—¿Quién puede ser a estas horas? —se quejó Jack.

—¿Será Katelyn?—preguntó su mujer con cara de preocupación.

Fue hacia la puerta de entrada dando pasitos cortos y abrió. No había nadie. La calle estaba desierta, salvo por un gato que se subió al capó de uno de los coches que estaban aparcados.

Jack miró hacia la entrada con preocupación. Luego levantó el auricular y contestó:

—¿Quién es?

Al otro lado, una voz comenzó a hablarle. Era femenina, calmada y segura. Jack prestó atención. En el momento en el que escuchó que tenían a Katelyn y que necesitaban algo de él, Jack Goldman vio cómo su mujer regresaba cubierta de lágrimas, con un sobre en una mano mientras se tapaba la boca con la otra. Jack asentía al teléfono y su mujer lloraba frente a él. Le enseñó lo que había en el sobre; la fotografía de Katelyn, amordazada, tumbada en el fondo de una fosa de tierra.

De eso hacía dos meses, y aquella noche la voz al otro lado del teléfono le dijo que pronto tendría noticias suyas sobre qué necesitaban de él. «Un único encargo y recuperarás a Katelyn», le dijo. «Lo que quieras. Haré lo que sea», respondió. Su mujer lo abrazó llorando, mientras él aún tenía el auricular pegado a la oreja y asentía con la mirada perdida.

Jack salió de la cabaña y sintió el frío de la noche. Podía haber cuatro o cinco grados bajo cero, la noche cubría el cielo sobre los árboles, y los pequeños filamentos de los pinos estaban cubiertos de escarcha. Caminó en la oscuridad hasta que encontró el Chrysler negro. Abrió el maletero y cogió una mochila verde con cintas de cuero marrón. Volvió sobre sus pasos y giró para acercarse a la fosa en la que estaba Amanda. Se paró en el borde y abrió la mochila. Sacó unas botellas de agua, un par de sándwiches, un bote de somníferos. Abrió todas las botellas e introdujo tres pastillas en cada una. Las agitó bien, cerciorándose de que no quedasen restos flotando en el agua, y las volvió a cerrar. Se levantó, apartó un poco la lona que cubría el habitáculo y lanzó tres botellas al fondo de la fosa; también los sándwiches.

Amanda sollozaba de frío. Se agachó y cogió con avidez uno de los sándwiches. Necesitaba energía. Empezó a comer con desesperación. Jack comprobó que cogía la comida y cerró la lona antes de que ella mirase hacia arriba y le viese el rostro. Estaba nervioso.

Pasó media hora andando de una punta a otra del claro en el bosque en el que estaba la fosa. Caminaba de un árbol al coche, de este a un pequeño arbusto que había a unos doce pasos, y vuelta atrás. Estaba esperando a que los somníferos hiciesen efecto. Había leído que dos pastillas bastaban para dormir a un oso en menos de una hora. Le había puesto tres en cada botella de agua, y le había tirado las tres botellas. Con que se hubiese bebido la mitad de una, sería suficiente para hacer que cayese inconsciente.

Jack levantó la lona y vio que Amanda estaba tirada en un rincón, inconsciente, con la camisa cubierta de tierra. Buscó por el fondo y vio que las tres botellas estaban vacías.

—¡Joder! —gritó.

No había pensado que podría bebérselas todas. Tal cantidad de somníferos la matarían. «¡No, no, no! ¡Tiene que estar viva!», se dijo.

Se levantó y dio un par de vueltas intentando pensar con claridad. «No es eso lo que te han pedido. No te han pedido que la mates. ¡Te han pedido que la lleves, idiota! Joder, joder».

Se llevó las manos a la cara y, de pronto, salió corriendo hacia la cabaña. Al llegar, la rodeó y rebuscó entre la maleza que cubría la pared exterior. Había herramientas, una cuerda, un hacha. Siguió buscando. La voz al teléfono le dijo que allí tenía todo lo que necesitaba. Palpó algo frío y tiró con fuerza, descubriendo una escalera de aluminio que habían tapado las hojas húmedas.

Cargó con la escalera hasta la fosa y la dejó a un lado mientras apartaba la lona de plástico que cubría la entrada. Amanda seguía inmóvil, acurrucada junto a la pared. Parecía no respirar. Jack introdujo la escalera y la apoyó junto a los pies de Amanda. Pegó un salto, se subió en la escalera y bajó todo lo rápido que pudo.

Al llegar abajo, se agachó y comprobó que Amanda no respiraba. Se fijó en su pecho y observó que no se movía. Se temió lo peor. La había matado. Había incumplido la única condición que le pedían para recuperar a Katelyn: «Llévate a Amanda Maslow del hospital el 14 de diciembre y mantenla con vida hasta que te digamos». En un principio se temió que la tuviese que tener cautiva algunas semanas, pero al abrir el sobre y comprobar que la fecha era del día siguiente se tranquilizó. Ahora todo se había ido al traste, no había cumplido su parte del trato y la otra parte no cumpliría la suya.

—Lo siento, Katelyn. Lo siento... —dijo entre sollozos—. Te he fallado.

Miró al cielo y se fijó por primera vez en la cantidad de estrellas que había sobre él. A sus pies, tenía lo peor que había hecho en su vida; sobre él, tenía la belleza de decenas de constelaciones parpadeando sin parar.

Su visión del cielo apenas abarcaba un par de metros, el ancho de la fosa, pero el brillo destacaba sobre la negrura de las paredes de tierra húmedas con tal esplendor que se sintió diminuto.

Comenzó a llorar.

—Dios santo..., qué he hecho...

No creía en Dios, pero Dios siempre estaba en sus expresiones cuando lo necesitaba.

Se quitó la chaqueta y la echó sobre Amanda, cubriendo la parte superior de su cuerpo y su rostro. Estaba destrozado. Se agachó y se sentó junto a ella. Sin querer, tocó su pie y lo sintió tan gélido que un escalofrío le recorrió la espalda.

Pensó en entregarse. Él no servía para ser un fugitivo. No pasaría demasiado tiempo hasta que perdiese los nervios huyendo de un lugar a otro. Pensó en su mujer, pensó en su hija. Había hecho todo esto para que su mujer recuperase la alegría. «A la mierda mi carrera de escritor», dijo cuando debatió con su mujer si ceder ante tal chantaje. Desde que Katelyn desapareció se había sumido en tal tristeza que ni su relación ni la atención que le dedicaban a la pequeña pasaban por buenos momentos. Hacía años que no dormían en la misma cama. Ella no lo soportaba. Necesitaba llorar por las noches a solas. Jack lo había hecho por ella, por recuperar a su familia, por reconstruir el hogar que habían cimentado entre los dos, ayudándola a huir de los golpes, por recobrar la alegría que sentían antes de que Katelyn se esfumara como si nunca hubiese existido.

Pero ya no quedaba nada de eso.

Katelyn desapareció y, con ella, la familia quedó destrozada para siempre. Si volvía sin ella, nada de lo que había hecho tendría sentido, y nunca recuperaría lo que tanto echaba de menos. Katelyn seguiría desaparecida, o tal vez aparecería muerta en cualquier descampado, y su mujer seguiría destrozada, su vida entera hecha pedazos. Se llevó las manos a la cara y decidió ponerse en marcha.

Apoyó la mano en el suelo para levantarse y esta se hundió en un charco de agua. Se miró la mano y vio que estaba empapada. De pronto, miró hacia las botellas de agua vacías y lo comprendió.

Amanda se incorporó con rapidez, gritando con todas sus fuerzas y golpeándolo en la cabeza con un pedrusco que había sacado de entre la tierra.

Capítulo 40
Bowring

Bowring imprimió la imagen ampliada del rostro de aquel chico que aparecía en los vídeos. No recordaba haberlo visto nunca. No es que la foto fuese muy nítida, pues la cámara del cajero tenía poca resolución, pero se intuían perfectamente, en la oscuridad, sus facciones y su penetrante mirada azul.

El inspector se levantó de la mesa y fue a por un café. Había entrado la madrugada, estaba cansado y apenas podía pensar. Se acercó a la máquina, echó un dólar y pulsó un café con leche. La máquina comenzó a rugir y a vibrar con fuerza, dejó caer un vasito en la bandeja y, al instante, el oscuro y revitalizante líquido empezó a fluir hacia el fondo del vaso.

Bowring miró hacia atrás. La oficina era un desierto. La única luz que estaba encendida era la de su despacho, al fondo de la sala. Escuchó un ruido y miró a la máquina. Una cucharilla de plástico ya estaba colocada en el vaso mientras el café caía poco a poco.

—Quién es ese tío. ¿Quién diablos es ese tío? ¿Qué hacía siguiendo el recorrido que había hecho Katelyn?

Cogió el café y se quemó la mano. La máquina aún no había terminado y el chorro le cayó encima del pulgar.

—¡Joder! —gritó.

Una voz a lo lejos le habló desde la oscuridad.

—¿Está bien, jefe?

Bowring miró hacia la puerta que estaba a su izquierda y vio a Leonard en el pasillo, mirándolo. Llevaba el abrigo en el brazo y sujetaba la puerta de salida del edificio.

—Esto..., sí. Me he despistado —respondió Bowring—. ¿Te vas ya?

—¿Ya, jefe? Son las dos de la madrugada. Como siga llegando a estas horas mi mujer me va a pedir el divorcio. Hoy la pobre incluso ha venido a recogerme —dijo Leonard, y señaló hacia la calle—. Con esta lluvia cualquiera va a casa caminando.

Bowring miró la hora en su muñeca: seguía marcando las 14.20. No se acordaba de que el reloj estaba parado. Chasqueó la lengua, lamentándose. Se asomó a la puerta y saludó al coche, que tenía los faros encendidos e iluminaban la lluvia cayendo con fuerza.

—No se quede mucho. Se piensa mejor con la cabeza despejada —dijo Leonard.

—Creo que tengo algo nuevo —le aseguró Bowring—. Algo sobre Katelyn. ¿Tienes un segundo?

—¿Katelyn? —preguntó Leonard—. ¿Se está dejando guiar por esa loca de ahí abajo? Creía que iba a investigar el asesinato de Susan Atkins.

—Y lo estoy haciendo, Leonard. El caso de Katelyn y el de Susan tienen el mismo responsable. Estoy seguro.

Leonard salió a la calle y le hizo un gesto al coche, pidiéndole unos minutos. Volvió sobre sus pasos y dejó que la puerta se cerrara tras él.

—¿Por las notas esas? ¿Y si quieren jugar con usted? ¿Y si esa loca está guiándolo en la dirección que ella quiere?

—El nombre de Katelyn apareció en la boca de Susan Atkins. ¿Acaso no es conexión suficiente?

—Jefe. Escúcheme. No está pensando con claridad. ¿De verdad cree que una simple nota vincula un caso con otro?

—No lo creo. Lo sé.

Leonard miró a Bowring y por un momento dudó. Era nuevo en el cuerpo, no hacía mucho que se había incorporado, y no le pareció oportuno discutir más con su superior directo.

—Haga lo que crea conveniente, jefe —añadió con resignación—. Solo le pido que tenga cuidado.

Bowring asintió.

Leonard se dirigió de nuevo a la puerta y, cuando la abrió, el sonido de la lluvia inundó la oficina. Bowring se quedó mirándolo durante unos instantes. De repente, gritó desde donde estaba:

—¡Una última cosa, Leonard!

El ayudante se giró con la mano en el pomo de la puerta.

—Dígame, jefe.

—¿Te suena de algo... este tío? —Bowring se acercó a su mesa y cogió la fotografía en la que el chico miraba a la cámara directamente.

Leonard se quedó sujetando la puerta mientras Bowring se aproximaba a él con la fotografía en la mano.

—A ver...

—¿Te suena de algo? A mí sí, pero no consigo saber de qué. ¿Algún ladrón de poca monta de por aquí? ¿Algún camello?

—Por supuesto que me suena, jefe. ¿Y a quién no?

—¿Qué dices? ¿Lo conoces?

—Pues claro. Es Jacob Frost. Algo más joven, más atlético, pero es él, no hay duda.

—¿Jacob Frost?

—¿No se acuerda? El año pasado. El escándalo mundial —añadió gesticulando con los brazos de modo grandilocuente, dejando que la puerta se le escapase y se cerrara—. Lo llamaron el «decapitador» durante un tiempo, hasta que lograron identificarlo. Se lió un gran revuelo. ¿De verdad no recuerda ese caso? En la televisión no hablaban de otra cosa.

—No veo la televisión.

El corazón de Bowring retumbaba en su interior.

—La gente no tenía otro tema de conversación. Fueses adonde fueses, todo el mundo hablaba de él. Hubo incluso un escritor a quien no conocía nadie que escribió una novela sobre esa historia y arrasó. Ya le digo, a mi mujer le encantó. Creo que hasta van a hacer una serie del libro.

—Y tú ¿qué sabes de él?

—Fue en.... ¿dónde fue? ¿En California? No, no. Boston. Eso es. Boston. Se me había olvidado ya. Sí. En Boston. Ese tío, Jacob Frost, apareció el año pasado con la cabeza decapitada de una chica. Lo detuvieron, pero lo absolvieron por falta de pruebas. Además, detuvieron a otro tipo que confesó que había estado trabajando para un grupo de locos del que, al parecer, ya no quedaba nadie vivo. Desvinculó al tal Jacob Frost y dijo que él no tenía nada que ver. ¿Cómo se llamaba esa secta?

—¿Lo absolvieron?

—Sí, por falta de pruebas. No tenían nada en realidad. Apareció con la cabeza, sí, ¿y qué? Fue lo que dijo el jurado, que eso no probaba nada. Tócate los...

—¿Estás seguro de todo eso?

—Y tanto, jefe. Ese tío está libre, se lo aseguro. Mi mujer flipó con el libro y no hablaba de otra cosa. Me lo recomendó, y allí lo tengo en la mesilla: *El día que se perdió la cordura*. Es un buen título, no lo voy a negar. A ver si un día lo leo.

De pronto en la cara de Leonard apareció una expresión de terror.

—¡¿Qué pasa?!

—Susan Atkins, joder. Lo acabo de recordar. Ella era una superviviente del otro tío. Al que cogieron y exculpó a Jacob Frost. Sí, joder. Era ella.

—Parece que el tal Jacob sí que tuvo algo que ver y ahora está atando cabos sueltos.

—¿Y si la chica, la exhibicionista, ha venido a avisarnos de que Jacob, al estar libre, continuará actuando?

Bowring se dirigió de nuevo a su mesa y cogió la otra captura de imagen. Volvió hacia Leonard con la fotografía y el puñado de CD.

—Ese tipo hizo el mismo recorrido que Katelyn, dos semanas después de que desapareciese.

—¿Qué dice, jefe?

—Esta foto —dijo mostrándole la captura del momento en el que Jacob aparecía en el cruce— es de una grabación de uno de los sitios donde se vio a Katelyn por última vez. Esta otra —le enseñó la que mostraba a

Jacob frente al cajero— está tomada a menos de doscientos metros de la casa de Katelyn.

—¿Es eso cierto?

—¿Ves todos estos CD? Son grabaciones del último recorrido de Katelyn de la universidad a casa. Estoy seguro de que ese tipo aparecerá en todas ellas.

Leonard miró los discos desconcertado.

—Eso es increíble, jefe —dijo—. ¿Y ahora qué?

—Ahora hay que encontrar a Jacob Frost —respondió el inspector.

Bowring estaba eufórico. Sintió que estaba más cerca que nunca de resolver la desaparición de Katelyn. Jamás un caso se había enquistado tanto en su alma, y al ver que se acercaba al final, al ver que podía incluso aliviar algo su corazón y hacer justicia, recuperó la vitalidad y la pasión de cuando era estudiante de Criminología.

Se dirigió al ascensor con pasos rápidos. Leonard volvió a agarrar el pomo de la puerta y tiró de él.

—¡Prométamelo, jefe! —gritó Leonard desde la puerta.

—¿Prometerte el qué? —respondió Bowring mientras pulsaba el botón del ascensor.

—Que tendrá cuidado.

—¿Vienes conmigo? —Se giró hacia Leonard y lo miró desde la distancia. Ya sabía la respuesta.

—No puedo, jefe. Sabe que no puedo. Mi mujer...

Bowring observó la cara de Leonard. Estaba preocupado de verdad.

—Vete, Leonard. Es tarde. Mañana te cuento cualquier avance.

—Gracias, jefe.

Bowring asintió y se metió en el ascensor, que acababa de abrir las puertas tras él. Pulsó el botón del sótano −1 y, un instante después, las puertas se cerraban mientras Leonard lo miraba a lo lejos.

Capítulo 41
Jacob

Nueva York ,14 de diciembre de 2014

Me doy la vuelta y me encuentro a Estrella mirándome desde la puerta, con la mano apoyada en el marco. Tiene el pelo completamente alborotado y se ha vuelto a maquillar. Se ha puesto sombra de ojos azul, pero los polvos de uno de sus ojos se escapan del párpado y se unen con el extremo de la ceja.

—¿Que qué haces aquí? —repitió de nuevo.

—Visitar a un viejo amigo —respondo mientras me levanto y guardo la nota en el bolsillo del vaquero.

—¿Jesse Jenkins también es tu amigo? —dice con incredulidad.

—Esto..., sí. ¿Por qué dices «también»? —pregunto inquieto—. ¿Es porque también es amigo tuyo?

—¿Mío? Ni loca. Me da mal rollo —susurra tapando el lado izquierdo de su boca con la mano derecha, como contándome un secreto—. Con todos mis respetos —añade dirigiéndose al doctor Jenkins—. Lo decía porque últimamente parece que todo el que viene es amigo de él. El hombre del otro día, por ejemplo.

—¿Qué hombre del otro día? ¿Quién era?

—Bueno, su amigo. —Hizo el gesto de unas comillas en el aire—. Me llamó la atención que dijese en recepción que Jenkins era su padre. Uno no trata a un padre así. Tan distante, tan indiferente. Aquí la gente se fija en todo. Levanta un dedo por encima del resto y dirán que tienes un tic nervioso. Corrígete tú mismo mientras hablas y dirán que tienes una de esas manías..., cómo la llaman... ¿persecutoria? No. Eso era otra cosa. Olvídalo. No he dicho nada.

—En teoría solo pueden pasar familiares. Tal vez fuese por eso.

—Sí, si lo entiendo. Cuando vienen mis amigas hacen lo mismo, dicen que son hermanas mías, pero mientras están aquí se comportan como si fuesen mis hermanas de verdad. Lo pasamos bien contando chismes y me alegran la tarde.

—Déjame preguntarte una cosa, Estrella.

—Dispara, guapo.

—¿No estás demasiado lúcida para estar ingresada aquí?

—Eso mismo le digo a mi psiquiatra.

Le sonrío. Es imposible no hacerlo. Estrella, o Hannah, como dice en su pulsera, me devuelve la sonrisa.

—¿Puedes decirme algo más sobre ese que vino a ver a Jenkins? —pregunto. Creo que al fin la tengo de mi parte.

Hizo un gesto con la mano para que saliese de la habitación. Parecía no querer que Jenkins oyese aquello.

—Era un tipo curioso. Guapo, pero no demasiado guapo. Alto, pero no demasiado alto. Delgado, moreno. ¿O era rubio? Ahí, ahí. Entre los dos. No sé. No consigo recordarlo bien. Delgado y atractivo. Sí. Muy atractivo. Eso era. Atractivo. Ahora que lo pienso, es lo único que recuerdo de él. Que me atraía. Creo que debo tener un problema sexual, pero no me lo quieren decir. Sí, tiene que ser sexual, seguro.

La observo mientras habla. Está mirando hacia arriba, no sé si imaginando o recordando.

—Me llamó la atención porque desde que Jenkins vino el año pasado, no había recibido ninguna visita. Jenkins es un mueble. No habla, no dice nada. Solo balbucea de vez en cuando. Mira al paisaje y al suelo. Está perdido en sus propios recuerdos. Normalmente la gente viene a animar, a hacer la estancia más llevadera. Pasé por la puerta y ese tipo estaba parado frente a él. Lo observé por las cámaras. Hay cámaras, ¿sabes? Pues no se movió. Vino y solo estuvo dos minutos a su lado. Incluso me pareció verle algún gesto feo hacia él.

—¿Cámaras? ¿Lo dices en serio?

—Pues claro que hay cámaras. ¿Qué te crees?, ¿que vamos a estar aquí a lo loco? Bueno, pensándolo bien, no estaría mal. Aunque así los controlamos con menos personal.

Me doy cuenta de que Estrella se incluye cuando quiere en cada uno de los bandos: en los vigilantes y en los vigilados. Tal vez su problema sea que empatiza demasiado.

Señala hacia la habitación y hacia arriba. Hace un par de muecas para que guarde silencio y se ríe tapándose la boca. Cada vez me siento más incómodo con ella. No se está comportando igual que antes. Entro en la habitación y miro hacia la esquina del techo que está junto a la puerta. Ahí está. Una cámara, con un pequeño piloto verde encendido, apunta directamente al doctor Jenkins, que sigue inmóvil en su butaca, mirando al suelo sin pestañear.

—Nos tienen vigilados —susurra Estrella—. Pero es lo mejor. Así no se escapa nadie.

—¿Sabes si hay grabaciones?

—¿Qué?

—Si las cámaras graban lo que ven.

—Hay una sala desde donde se ven todas las cámaras, pero siempre está Jeff, el nuevo.

—¿Me llevarías? Necesito saber quién era el hombre que visitó a Jesse Jenkins.

—¿Estás mal de la cabeza? Jeff me mataría.

—Por favor, Estrella —le digo mientras le agarro el antebrazo—. Necesito tu ayuda.

Mira mi mano, sujetándola, y levanta con rapidez su cara hacia mí. Vuelve a mirar mi mano y se concentra en ella. No sé si le ha gustado que la toque.

—Está bien, acompáñame —dice, casi chasqueando los labios—. Y compórtate como si estuvieses loco.

—Y eso ¿cómo es?

—No te preocupes. Lo estás haciendo bien.

—¿Qué? —Ha logrado sacarme otra sonrisa.

Se da la vuelta y comienza a andar rápido por el pasillo. La sigo. Lanza pasos cortos y su cuerpo apenas se tambalea de lado a lado. Vamos pasando por algunas habitaciones que tienen las puertas abiertas, con gente en el limbo en su interior. Algunos levantan la mirada al vernos pasar, otros nos ignoran como si no existiésemos. Cuando llegamos a una esquina, dobla con rapidez y se detiene de golpe. Señala una puerta y me hace un gesto para que la acompañe en silencio. Agarra el pomo y empuja la puerta. Dentro está oscuro, pero las pantallas de las cámaras de seguridad crean un halo perfecto que ilumina el rostro de un hombre negro que está sentado frente a ellas. Se gira y nos mira con sorpresa.

—Estrella, ¿qué diablos haces? Sabes que no puedes estar aquí. Esta es zona reservada.

—Chisss, cállate Jeff. Necesito tu ayuda.

—Ni hablar. No tengo que ayudarte.

—Lo harás o le diré a todo el mundo lo que tú y yo sabemos.

Cambia de expresión, lamentándose.

—¿Durante cuánto tiempo más me vas a chantajear?

—Mientras me siga funcionando.

—Bueno, dime qué quieres.

—Tienes que ayudar a un amigo. Necesita ver algo.

Levanta la mirada hacia mí, sorprendido.

—Ah, no. No, no, no. Aquí no puede entrar nadie. No, no —dice poniéndose en pie y haciendo aspavientos con la mano.

—Es importante. —Siento mi voz reverberando en el interior del cuartito—. Vino alguien hace algunos días a visitar a Jesse Jenkins. Necesito saber quién era. —Hago una pausa. Se lo está pensando—. Por favor —añado con el alma en vilo.

—Está bien, está bien. Pero que sea rápido.

Estrella me mira y sonríe. Jeff me hace gestos con la mano para que pase al interior. Se sienta en el panel de control y mira al frente, donde una pantalla muestra un mosaico de imágenes en color, en planos fijos, en los que se ve a algunos enfermos mentales andando por su habitación, sentados en un rincón, tumbados en la cama. Algunas de esas imágenes están en negro, como si se hubiese desconectado.

—¿A Jesse Jenkins, dices?

Pulsa varias teclas en el ordenador y el mosaico desaparece y en el centro se ve la imagen de la habitación del director. Sigue en la misma posición que cuando me lo encontré, en la butaca, como si yo no hubiese pasado por allí.

—Aquí está.

Se me revuelve el estómago al verlo así.

—¿Hace cuánto fue? —pregunta Jeff sin apartar la vista de la pantalla.

—¿Anoche? —duda Estrella—. ¿O anteayer? No, no. Anoche. Sí. Anoche. Bueno. No sé.

Jeff mira a Estrella con una ceja levantada y vuelve a mirar a la pantalla. Pulsa algunas teclas y el temporizador de la esquina inferior comienza a contar hacia atrás, cada vez a mayor velocidad. La imagen apenas se mueve, el director sigue en su sitio, la habitación permanece intacta. De repente, aparezco yo en la imagen y desaparezco dando pasos hacia atrás con rapidez. El temporizador sigue retrocediendo, la imagen oscureciéndose, mientras anochece por el oeste. Entra en la habitación una enfermera caminando de espaldas, guía al director hacia la cama, lo acuesta y se marcha de nuevo de espaldas. El temporizador cada vez va más rápido y el director, tumbado en la cama, ni se mueve.

—¡Para!

—¿Qué pasa?

—Ahí. Vuelve a dar hacia delante, rápido —digo exaltado.

—No he visto nada.

—¡Tú hazlo!

Pulsa otro par de teclas y el temporizador vuelve a contar hacia delante.

—Un poco más. Ha sido cuando el reloj marcaba las 22.12.

—Aquí está, 22.12 a velocidad normal.

La imagen muestra al doctor Jenkins tumbado en la cama, tapado con una manta burdeos. Los segundos avanzan implacables. De repente, una silueta negra, parece un hombre, entra en la habitación con pasos tranquilos y se detiene junto a la cama. Permanece unos segundos quieto, mirándolo. Hace un gesto negando con la cabeza. Se mete la mano en el bolsillo y saca un papel. Lo esconde entre la manta del director, que sigue durmiendo sin enterarse de nada. La luz de la habitación no permite ver mucho más, salvo la silueta. Debe medir un metro ochenta y es delgado. Se intuye un chaqueta negra, pero podría ser marrón; unos pantalones negros, pero podrían ser de cualquier color. Al cabo de unos instantes, se da la vuelta y se dirige con decisión hacia la puerta. Está oscuro y su rostro apenas se distingue, pero, de repente, una luz se enciende en el pasillo, iluminándolo y dejando ver su rostro, que mira a la cámara sonriente. Tiene el pelo claro y los ojos oscuros; el rostro sin barba, mirada siniestra.

Lo peor de todo, lo que más me preocupa, es que no lo he visto en mi vida.

Capítulo 42
Carla

Lugar desconocido, nueve años antes

A Carla le dio un vuelco el corazón. «¿Cómo? ¿Cómo es posible? ¿Tres nuevos miembros en los Siete? ¿Qué les ha pasado a los anteriores? ¿Por qué se necesitan tres más?», se preguntaba.

Carla seguía arrodillada, escuchando sin prestar demasiada atención a Laura, que había comenzado a leer en voz alta todos los nombres que traía junto con la fecha en la que debían morir. Tras cada nombre y cada fecha, el círculo que formaba la comunidad al completo se elevaba algunos centímetros y se volvía a agachar. Solo asentían con la cabeza, como aprobando la decisión de acabar con la vida de esa chica cuyo final ya estaba escrito sobre un papel, pero el efecto de aquel movimiento sutil tan sincronizado creaba un espectáculo visual si alguien, además de Bella y Laura, pudiese contemplarlo.

Laura tenía el libro abierto en sus manos y siguió leyendo durante el tiempo que duró la interminable lista. Había nombres que Carla reconocía como procedentes de Estados Unidos (Ashley, Mary, Amy, Natalie, Diane, Allison), pero había otros que apenas era capaz de identificar porque estaban en otros idiomas, cuya pronunciación no dominaba (árabes, asiáticos, e incluso alguno compuesto por palabras en distintos idiomas a la vez). De repente, quien estaba detrás de ella volvió a susurrarle:

—A ver si acaba de una vez. Se me hace eterno.

—Por favor, ¡deja de hablarme! Me vas a meter en un lío —susurró Carla.

—¿A ti? ¿A la gran Carla? ¡Ja! Pagaría por verlo.

—¿La gran Carla? ¿De qué estás hablando?

—Tú eres intocable. Todo el mundo sabe que cuando Laura muera tú serás la líder de esto. No te pasaría absolutamente nada. Podrías prenderle fuego a todo y aún se arrodillarían ante ti. Podrías echar abajo la comunidad entera y aún te pondrían en un pedestal. Eres Carla, *La siguiente*.

—¿Yo? ¿Qué estás hablando?

—Ya lo sabes. Vamos, no te hagas la tonta. Ya lo sabías. Eres como… la favorita.

—¿Favorita? ¡Si apenas puedo hacer nada!

—Chisss, ¡cállate o me meterás en un lío!

—Pero ¡si has empezado tú! —dijo Carla un poco más alto.

La voz no respondió. Y Carla resopló indignada. Laura siguió leyendo nombres y observando a toda la comunidad asentir de manera automática. Aquel gesto de aprobación era necesario según las normas que habían fijado.

Las normas sustentaban todo lo que habían construido en aquel lugar. Bella y Laura fueron estableciendo rutinas para hacer las cosas siempre igual, porque hasta entonces les había traído suerte. Las rutinas pronto se convirtieron en protocolos, que fueron asentándose sobre el miedo a no poder seguir soñando aquellas visiones que tenían. Al cabo de un tiempo, los protocolos pasaron a ser directrices y, en nada, acabaron siendo normas y reglas inquebrantables. Y luego fueron apareciendo nuevas reglas para incentivar que Laura tuviese más sueños en las épocas en las que no soñaba con nadie y, con el paso de los años, se había creado tal volumen de normas que casi cualquier cosa estaba prohibida. Parecía como si en los momentos de crisis de la comunidad, en los que algunos dudaban de que todo aquello tuviese sentido, se aprovechara el miedo para seguir cortando pequeños pedazos de libertad a los miembros, quienes se habían unido a la comunidad de manera voluntaria cuando todo aquello del destino se reducía a un grupo que creía que había algo mágico en lo que había escrito Bella en aquella habitación oscura del sótano del ala sur.

Laura aún recordaba el día que conoció a Bella. Hacía poco que se había quedado embarazada y aún no se le notaba la incipiente tripa, aunque comenzaba a sentir que los vaqueros le apretaban. Por entonces era esbelta, morena, con la piel pálida y con una mirada inquebrantable. Salió de su casa en Salt Lake, el pueblo en el que vivía por aquel entonces, a dar un paseo por las largas y sinuosas carreteras que unían las casas de la zona nueva con el centro. Lo hacía todos los días desde que recibió la noticia del embarazo, pues el ejercicio le permitía mantener su mente ocupada. Vivía cerca del lago, en una casa algo descuidada de dos plantas que había heredado de sus padres, pero aún no había conseguido ahorrar para reformarla. Se escuchaba de lejos el sonido de una bandada de aves que descansaban allí en su peregrinaje hacia el norte. Caminó durante casi media hora en dirección al centro de Salt Lake y disfrutó respirando el aire fresco que emanaba de los eucaliptos. De vez en cuando se abría un claro en la arboleda y dejaba ver alguna de las nuevas casas de madera que estaban construyendo por la zona. Meses antes, habían construido una enfrente de la suya. Destacaba demasiado cuando miraba por la ventana y la veía reluciente al otro lado de la acera. Estaba pintada de blanco, con las ventanas y las cortinas azules, el césped estaba cuidado, el buzón brillante, los cristales impolutos. Las baldosas que unían el camino estaban colocadas con tal perfección que parecían las teclas de un piano a punto de comenzar a sonar. Laura se sentía incómoda ante aquella casa por la abrumadora diferencia que existía con la suya. El embarazo estaba sacando a relucir y a multiplicar todas sus emociones, así que utilizaba aquel paseo como una vía de escape.

Días antes había comenzado a tener una pesadilla que se repetía una y otra vez: una chica que no era ella corría en la oscuridad de un bosque mientras un hombre difuso la perseguía. Ella veía la escena desde algún punto superior, como si estuviese flotando. A pesar de no ser la protagonista de aquella pesadilla, sentía el miedo de la chica como si fuese ella misma. Sudaba, jadeaba, y cuando finalmente conseguía huir de él caminando hacia las profundidades de un lago para dejarse morir ahogada, ella se despertaba a punto de asfixiarse. No conseguía interpretar aquel sueño por más y más libros que leía. En casa, sin ir más lejos, tenía un ejemplar antiguo de *La interpretación de los sueños* de Sigmund Freud, pero no conseguía deducir si aquel temor que ella sufría por las noches tenía algo que ver con su infancia o con cualquier miedo que se estuviese desarrollando en su interior. Al llegar al centro de Salt Lake paseó por la calle comercial, observó la ropa en el escaparate de una tienda *vintage*, e incluso estuvo a punto de comprar un vino en la licorería del pueblo para sorprender a su marido cuando llegase a casa. Se sentó en uno de los bancos del embarcadero y estuvo durante un rato observando los pequeños botes chocando los unos con los otros. A lo lejos, se fijó en un pequeño bote apartado de la orilla en la que había una pareja que había salido a desayunar en el lago. Aquella pareja le recordó a cuando meses antes su actual marido le pidió matrimonio sobre uno de esos botes. Siguió durante un tiempo pensando en la pesadilla que la abrumaba, observando la belleza del pueblo: el reflejo del agua, las aves volando, el baile de los árboles que rodeaban el lago.

De repente, una mujer mayor se sentó a su lado.

—¿No es maravilloso? —dijo.

—Este sitio es mágico —respondió Laura con tranquilidad.

Aquella mujer le pareció tan cercana que no dudó en iniciar una conversación con ella.

—Viene bien para pensar en lo que nos preocupa. La calma siempre ayuda a sacar lo mejor de uno.

Laura la miró y se fijó en su ropa y en su rostro. Estaba vestida como si viviese en un convento de clausura: falda y jersey marrón, con una especie de toca corta también de color marrón en la cabeza. Su rostro era fino y delgado, aunque se apreciaban algunas arrugas suaves en la cara. Laura pensó que aquella mujer era mayor que ella, aunque podría ser más joven y que su rostro hubiese envejecido antes de tiempo. Su mirada era serena, sus labios finos, su nariz redonda. Podría tener cualquier edad.

—A mí me viene bien para despejar la mente de una pesadilla que tengo —añadió Laura.

—¿Alguna vez consigue huir? —preguntó la mujer, girándose hacia Laura y mirándola a los ojos.

A Laura le dio un vuelco el corazón. No entendía cómo aquella mujer podía saber qué ocurría en su pesadilla. Se asustó, pensando que era imposible que una especie de monja de clausura pudiese saber algo de lo que ella sentía, pero le había dado tantas vueltas a cada una de las explicaciones lógicas de su sueño que las agotó todas, y se prestó a dejarse aconsejar por aquella desconocida que tanto parecía saber sobre lo que ella necesitaba.

—¿Cómo lo sabe? ¿Cómo sabe lo que sueño?

—Todos huimos de algo. Algunos huyen del pasado, pero la mayoría intentamos huir de nuestro destino.

Laura permaneció algunos segundos en silencio y asintió con la cabeza.

—Pero... ¿qué significa? No paro de darle vueltas y no consigo comprenderlo. Sueño con una chica que corre por un bosque huyendo de alguien, y cuando parece que va a salvarse, se sumerge en el agua para morir.

—¿Le has preguntado cómo se llama?

—¿A quién?

—A la chica de tu sueño. ¿Sabes algo de ella? Cuando descubras por qué muere, sabrás por qué la ves.

Laura se quedó pensativa. Luego charló un rato más con aquella mujer y se marchó a casa. Aquella misma noche volvió a repetirse su pesadilla. En mitad de la carrera en el bosque, Laura gritó desde las alturas pero la chica no le hizo caso. Laura siguió intentando que la escuchara. Cuando por fin llegó al lago y se sumergió hasta la cintura, Laura gritó: «¿Cómo te llamas?». La chica se detuvo justo antes de sumergirse completamente, levantó la vista y, con una voz dulce y delicada, como si flotase en el aire, respondió: «Soy tu hija».

Laura se quedó de piedra. Sintió cómo la zarandeaban una y otra vez por los hombros. Vio a la chica sonreírle y dar algunos pasos más hasta quedar cubierta por el agua. Laura oyó una voz masculina que la llamaba y, de repente, se despertó gritando a punto de asfixiarse.

Al día siguiente, volvió al embarcadero y se sentó. Estaba más nerviosa que nunca y miraba en todas direcciones por si aparecía aquella mujer otra vez. Pasaron varias horas y decidió que lo que estaba haciendo era una estupidez. Estaba dispuesta a marcharse. La verdad es que no sabía por qué había aguantado tanto allí, intentando reencontrarse con ella, pero en su corazón había crecido la duda sobre qué significaba aquel sueño sobre su hija. Justo en el momento en que se puso en pie, escuchó una voz femenina a su espalda:

—Es difícil, ¿verdad?

Laura se giró, impresionada. Aquella mujer tenía un aura tan tranquila que consiguió calmarla con su sola presencia.

—¿A qué se refiere?

—A no saber cuál es destino de uno en el mundo. A no saber por qué estamos aquí. Es difícil asimilar que la vida de uno pasará y no habremos hecho nada importante de verdad.

Laura tragó saliva. Aquella frase, tal cual la había pronunciado la mujer, había estado rondando por su mente durante un tiempo. Antes de dormir, mientras se duchaba, mientras miraba a su marido marcharse a trabajar hacia el pueblo.

—No he parado de pensar en eso en los últimos meses —respondió.

—Lo sé.

Laura miró a los ojos de la mujer con cara de sorpresa. Se fijó de nuevo en su ropa, en cómo iba vestida con una túnica marrón.

—¿Es usted religiosa?

—Más o menos.

—¿Más o menos? ¿No cree en Dios?

—Creo en el destino. El destino siempre acaba trayéndonos lo que nos prometió. El destino tiene un regalo, una persona o un momento que nos promete a cada uno de nosotros. Es ley de vida. Solo hay que esperar a que te llegue.

—¿Y qué le prometió a usted?

—Me prometió que alguien con tu don, Laura Jenkins, llegaría.

Capítulo 43
Steven

Quebec, 15 de diciembre de 2014

Steven corrió por el bosque en la dirección de la que provenía el grito. Corrió con todas sus fuerzas, apartando con movimientos enérgicos las ramas de los pinos que golpeaban su cara, sin apenas tener tiempo para respirar. Estaba acostumbrado a andar por aquel terreno húmedo y con piedras sueltas, pero el ímpetu de sentir cerca a Amanda, gritando con tal desesperación, hizo que resbalase y tropezara un par de veces mientras se apresuraba a toda velocidad entre los árboles.

Se paró, casi exhausto, para comprobar que estaba corriendo en la dirección correcta. Miró hacia los lados, esperando un nuevo grito. El siguiente fue más fuerte, pero no logró identificar lo que decía. Cada vez se iba acercando más al lugar de donde provenía. Identificó una voz femenina a lo lejos, pidiendo ayuda con desesperación.

—¡Amanda! —gritó.

Siguió corriendo y, de repente, se abrió ante él un claro en el bosque, en cuyo centro, como si fuera el único reducto de humanidad entre los millones de árboles del Parque Nacional de La Mauricie, se erigía una cabaña de madera. Steven la reconoció al instante. Había vivido ahí durante años, había sido su hogar, escondido del mundo, evitando que lo encontrasen, esperando que aquellas notas de los Siete le marcaran el siguiente paso. El brillo de las estrellas chisporroteaba en el cielo, la aurora boreal se insinuaba por el horizonte, verde, siniestra, dibujando el contexto perfecto para las peores noticias. Steven jadeaba y su respiración era lo único que se intercalaba con el sonido de las ramas al bailar con la brisa.

—¡Amanda! ¡Amanda! —gritó de nuevo.

La voz había dejado de gritar en cuanto él se acercó a la cabaña y entró en el claro. Todo estaba oscuro; la cabaña no tenía luz pero parecía que estaba como él la había dejado cuando estuvo allí por última vez. Miró en todas direcciones, asustado. Por un momento pensó que se lo había imaginado todo. Que no había nadie pidiendo ayuda, que Amanda no estaba allí. Miró al suelo y luego sus manos recias, que temblaban. Respiró hondo, le estaba comenzando a faltar el aire y sintió que tal vez se desmayaría. Esta vez Amanda no aparecería y él no sabía ni siquiera qué hacer para recuperarla. Aquella voz pidiendo ayuda le había dado tantas esperanzas, que mientras corría quiso creer que tenía que ser real.

Una lágrima se precipitó sobre su mano derecha y Steven la observó durante algunos segundos. La acarició con el pulgar, haciéndola desaparecer. Le dolió ver la facilidad con la que se disipó entre sus dedos.

Sobresaltado, Steven miró de nuevo hacia los lados. Había oído algo.

—¿Hola? ¡Quién anda ahí! —gritó.

Era un siseo, como un susurro imperceptible al oído entre dos amantes, un secreto oculto contado entre dos amigas al final de clase. Steven prestó atención. El siseo provenía del otro lado de la cabaña, aunque no estaba seguro. Podrían ser los árboles al mecerse con el aire, algún alce perdido frotándose las pezuñas por el suelo, la locura que se había colado en su mente.

Steven caminó con rapidez hacia el interior de la cabaña por si encontraba a alguien allí dentro, pero no había nadie. Todo estaba como lo había dejado. El camastro deshecho, la cocinita desordenada, con un caldo espeso sobre la hornilla apagada. El corazón pareció salírsele del pecho cuando la oyó de nuevo.

La voz seguía allí, como un susurro, casi sin fuerza.

Steven salió al exterior y rodeó la cabaña. Se acordó de la fosa en la que mantuvo con vida a Susan Atkins. La voz podría provenir de allí.

—¡Amanda! —gritó de nuevo—. Ya estoy aquí. ¡Ya estoy, hija!

Caminó entre los árboles y, a los pocos minutos, se detuvo justo al borde de un gran agujero que él mismo había cavado el año anterior. Miró al fondo y gritó sorprendido:

—¡Dios santo! ¿Amanda?

En la oscuridad de la fosa, acurrucada en uno de los lados, tapándose el cuerpo con una camisa desvencijada y hecha un harapo, vio a una chica joven con el pelo castaño.

—Ayuda, por favor —gimió la joven, que estaba a punto de sucumbir al frío, y levantó la cabeza y lo miró a los ojos con desesperación.

El corazón de Steven se resquebrajó en mil pedazos. No reconocía a aquella chica.

—¿Quién eres? ¿Dónde está Amanda?

La chica estaba a punto de desmayarse. Estaba escuálida, las cuencas de los ojos oscuras y profundas, la mandíbula y el mentón tan marcados que parecía que llevaba sin comer una década.

—Ayúdame..., por favor...

La temperatura descendía sin piedad por la noche y cada minuto allí era una eternidad para un cuerpo sin apenas energía. Se le marcaban los huesos. Steven vio que un manto de pequeños papeles amarillos recubría todo el suelo en el que estaba acurrucada la chica.

—¡Quién eres! ¡Responde! —gritó Steven con frustración.

A la chica se le cerraban los párpados, aunque abría la boca y la cerraba exhalando un susurro que se perdía junto a sus labios.

Steven miró a un lado y se fijó en una escalera que estaba junto a la fosa. Tenía marcas de tierra en algunos peldaños y dedujo que alguien la había usado hacía poco. Introdujo la escalera en la fosa y bajó con rapidez. Se quitó el abrigo y se lo echó encima a la chica.

—Ayúdame, por favor. Tienes que quedarte conmigo si quieres que te ayude.

La chica cerró los ojos y dejó caer su cabeza sobre el brazo de Steven.

—¿Quién eres? ¿Qué haces aquí? —preguntó Steven, con desesperación.

Ella acercó como pudo su cabeza al oído de Steven, sin apenas aliento.

—Me llamo Katelyn Goldman —logró decir justo antes de desmayarse.

Capítulo 44
Amanda

Quebec, 14 de diciembre de 2014

Amanda miró con desprecio a Jack Goldman, que seguía inconsciente en el fondo de la fosa por el golpe en la cabeza. Se agachó y rebuscó entre los bolsillos de su chaqueta. Buscaba algún arma, pero se dio cuenta de que no había nada de eso. Encontró un bolígrafo plateado de tinta negra que tenía grabadas las iniciales «JG», un teléfono móvil antiguo sin batería, una fotografía de una chica que no conocía, una nota escrita en un papel. Leyó el margen inferior de la fotografía: «Katelyn Goldman», pero no sabía quién era. Cogió el papelito y lo leyó en voz alta:

—«36 de New Port Avenue, Salt Lake. 15 de diciembre de 2014».

Amanda no podía creerlo. Era la dirección de la casa en la que se quedaron aquel verano de 1996. No sabía por qué, pero ver escrita esa dirección le hizo rememorar todo lo que pasó aquella fatídica semana: la inexplicable nota con su nombre, el asterisco que apareció en su cobertizo, conocer a Jacob en la licorería. Recordó también la charla con el psicólogo del pueblo, la insistencia de su madre para que volviese a Nueva York, aquel beso con Jacob bajo las estrellas en el lago. «Tal vez todo habría sido distinto si hubiese vuelto a la ciudad el primer día», pensó durante un segundo, aunque descartó esa idea enseguida. Si no hubiese ocurrido todo aquello, no sería quien era en ese instante.

Cogió el brazo de Jack Goldman y se lo pasó por encima del cuello. Se agachó un poco más, apoyó la espalda contra el pecho de Jack y tiró con fuerza, echándoselo encima y cargándolo sobre sus hombros. Era una maniobra sencilla y, aunque estaba delgada y pesaba poco, había practicado tanto aquel movimiento en la academia del FBI que era capaz de cargar con cuerpos mucho más pesados que el suyo. No sin dificultad, Amanda subió peldaño a peldaño la escalera de aluminio y se aproximó al Chrysler. Abrió el maletero y metió el cuerpo de Jack Goldman, quien sin estar consciente se quejó por el golpe. Amanda vio que había ropa de enfermero en el interior, hecha una bola, junto a unos zuecos de plástico. Cerró el maletero dando un portazo. Anduvo unos segundos de un lado a otro, pensando y llevándose la mano a la barriga. Seguía sintiendo las punzadas bajo la venda y el esfuerzo que hizo para subir a Jack Goldman desde la fosa provocó que le ardiese el vientre.

De repente, se dirigió a la cabaña y entró en ella. Necesitaba algún arma, pero por más que rebuscó no vio nada que pudiese serle de utilidad. Abrió algunos cajones que había en la cocinita y encontró cuchillos gruesos sin afilar y alguna cuchara oxidada. Rebuscó debajo del camastro, pero solo había pelusas y una bota negra de cuero. Se incorporó con rapidez y observó la pared. No se había fijado antes, pero había un mapa de papel de América del Norte. Se acercó para ver con más claridad la zona de Vermont, o el norte del estado de Nueva York, donde por la temperatura y el tipo de vegetación intuía que estaba, pero no había nada. Más al norte aún, algo en el mapa llamó su atención. En el Parque Nacional de La Mauricie, en las zonas interiores de la reserva natural, había numerosos puntos rojos marcados con rotulador. Contó más de veinte. Si eso era lo que se imaginaba, ella debía de estar en alguno de esos puntos. Amanda se mareó ante la posibilidad de que eso fuese así, porque significaba que había más lugares como aquel escondidos en las profundidades del bosque.

Arrancó el mapa de la pared, lo plegó y se lo guardó. Salió y miró en el interior del Chrysler. Las llaves no estaban puestas. Necesitaba el coche para largarse de allí. Tal vez ese hombre no actuase solo, y no podía correr el riesgo de que llegase alguien más. Había tenido suerte de poder tenderle una trampa a su captor, pero quizá no tuviese la misma oportunidad si llegase otra persona. Estaba malherida, sentía el dolor en el vientre y seguramente no aguantaría otro cuerpo a cuerpo.

Se subió al coche y buscó en los compartimentos. En la guantera encontró una pistola y una cartera. Dejó la pistola a un lado y abrió la cartera con rapidez para identificar quién la había tenido retenida. Su corazón dio un vuelco al comprenderlo todo. Al ver el carnet de conducir supo quién era su captor. Se llamaba Jack Goldman, y seguramente estaría emparentado con la chica de la fotografía.

—Le han hecho lo mismo que a mi padre —susurró—. Le han coaccionado para que haga lo que ellos le ordenen.

Sintió pena por él. Habían conseguido que alguien más accediese a destrozar la vida de tanta gente, a secuestrar mujeres y entregárselas a ese maldito grupo que ya tendría que haber desaparecido. Amanda estuvo a punto de llorar, pero el corazón le pedía que hiciese algo por parar aquello. Pensó en sacar a Jack Goldman del maletero y tumbarlo en el asiento de atrás, pero no sabía cómo reaccionaría. Tal vez al despertar la atacase, y entonces sí que estaría perdida. No podía correr tal riesgo.

Siguió buscando las llaves pero no dio con ellas. Se bajó del coche y buscó por el suelo entre la oscuridad. Si no las encontraba, pasarían semanas hasta que consiguiese llegar a algún lugar cerca de la civilización. Si sus sospechas eran ciertas y ella estaba en uno de los puntos que se señalaban en el mapa, tardaría días en salir de aquel bosque a pie.

Se acercó a la fosa y miró al fondo. De repente vio un destello en la negrura. Bajó con rapidez y, entre la tierra húmeda, justo al lado de las botellas de agua, estaban las llaves del coche.

Volvió a subir con la determinación de acabar con esa historia, dispuesta a dinamitar de una vez los pilares sobre los que se asentaba ese maldito grupo que nunca tendría que haber existido. Entró en el coche y forcejeó con el contacto y la caja de cambios hasta que el motor lanzó un rugido abrumador.

Capítulo 45
Carla

Lugar desconocido, nueve años antes

Cuando la ceremonia terminó, Carla no sabía bien cuánto tiempo había estado Laura leyendo los nombres y las fechas de las mujeres que debían morir. Durante ese tiempo estuvo pensando en la sala bajo el ala sur. Asentía de manera automática y apenas oía los nombres que se cantaban a viva voz. Al pronunciar el último nombre, Barbara Strauss (seguramente alemana), y la última fecha, octubre de 2007, todos asintieron y permanecieron en silencio durante algunos minutos bajo el cielo cubierto de estrellas. Los miembros de las filas posteriores fueron levantándose uno a uno y marchándose hacia sus aposentos. Según las normas, debían esperar a que ya no estuviesen ni Laura ni Bella en el patio, y no podían mostrar su rostro. Al llegar a la puerta del ala norte, donde dormían la mayoría, tenían que tocar una campanilla que había junto a la puerta para indicarle al siguiente miembro que podía levantarse. El orden de salida era importante para que nadie se topase con nadie en los pasillos. El anonimato era parte del protocolo. Aunque conocieses a los demás miembros durante el día a día, la identidad durante la ceremonia era secreta. Se decía que asistir era voluntario, y solo los más comprometidos e implicados participaban, pero como nadie podía ser reconocido, no se podía estar seguro de quién asistía, a quién se tenía al lado o quién gritaba con más fervor.

Carla escuchó el tintineo de la campanilla poco después de marcharse el miembro que estaba detrás de ella. Levantó la cabeza y vio que aún estaba bajo el arco de la puerta de entrada del ala norte.

«¿Qué hace ahí? ¡Debería haberse ido ya!», pensó Carla, sin saber si avanzar hacia la puerta o volver a arrodillarse. «¡No puede estar ahí!». Al final se agachó antes de que la vieran permanecer en el mismo sitio sin moverse.

La campanita volvió a sonar, esta vez más fuerte. Levantó de nuevo la cabeza y vio que la figura le hacía señas con un brazo para que fuese hacia allá.

«¿Que vaya? Pero ¡si no se puede! No podemos vernos la cara».

La figura le insistió llamándola con el brazo. La luz de las velas que estaban repartidas por el patio creaban una iluminación tenue que bailaba al aire y dejó ver la boca de aquel miembro bajo la capucha: «Ven, corre», pareció leer Carla en sus labios. Pensó que tal vez era Cloto, que quería contarle algún chisme, pero dudó porque Cloto nunca incumpliría las normas. Pensó en Nous, pero la agilidad con la que movía los brazos no encajaba muy bien con los movimientos espasmódicos que solía hacer la mujer. Láquesis, tenía que ser ella. Sin pensarlo más, Carla se levantó y comenzó a andar hacia la puerta.

La figura se adentró en el complejo cuando Carla cruzaba el patio. Miró atrás y vio que aún quedaba un buen número de miembros agachados esperando su turno para irse. Los almendros rodeaban al grupo y las cintas rojas que ella había colocado conectaban unos con otros como las guirnaldas de una feria. Al atardecer, aquella visión había sido mágica y especial, pero de noche le pareció tenebrosa. Las ramas de los almendros creaban sombras que se movían en las paredes del monasterio, y las cintas rojas parecían demasiado oscuras y tenían el color de la sangre seca.

Justo cuando pasaba por el arco de la puerta y se adentraba en la oscuridad del interior, Carla notó que una mano firme agarraba la suya. El corazón le latió con fuerza al sentir aquel contacto y se quedó sin saber qué hacer.

—Cuando te diga ya, sígueme. No tendremos mucho tiempo. Quiero enseñarte algo —le dijo la misma voz que había estado susurrándole durante la ceremonia.

—Pero... —respondió Carla temerosa de que la fuesen a descubrir.

Su alma entera estaba pidiéndole a gritos que lo siguiera, su mente rogándole que aquello era demasiado peligroso, su corazón que se dejara llevar aunque fuese unos instantes. Sus emociones estaban tan divididas que se quedó bloqueada sin saber qué decir.

—No pienses, ¿vale? No pienses en nada. Deja tu mente en blanco y guíate por lo que de verdad quieras hacer.

Carla comenzó a respirar más agitada. La figura elevó la mano de Carla hasta un cordel que tenían sobre la cabeza. Ella lo agarró y la figura tiró hacia abajo, haciendo funcionar el sistema de poleas de la campanilla de la puerta, que comenzó a sonar indicando al siguiente miembro que se levantase y se fuese a su aposento.

—¡Ya!

La figura agarró la mano de Carla y comenzaron a andar rápido por el laberinto de pasillos. Giraron a izquierda y a derecha infinidad de veces. Subieron un par de plantas, bajaron otras dos, para luego volver a subir por unas escaleras que Carla no había visto en el tiempo que llevaba allí. De vez en cuando, en la oscuridad del pasillo, se colaba la luz dorada que emanaba de las velas del patio exterior. Carla seguía la estela con el corazón a mil por hora. La figura andaba con agilidad y parecía saber adónde iban, pero ella se perdía más y más después de cada giro. Pasaron por la puerta de la biblioteca, la sala de estudio, algunos aposentos, el salón central. Al final de uno de los pasillos, comenzaron a subir escaleras y, al llegar arriba, la figura abrió un gran portón de madera que dejó ver, justo frente a Carla, el cielo de la noche cubierto de estrellas.

Carla se paró antes de subir el último peldaño y atravesar la puerta. Nunca había visto algo así. Las estrellas brillaban delante de ella al otro lado del umbral. Había tal cantidad y se veían con tal nitidez que se quedó boquiabierta. Cruzó la puerta y se dio cuenta de que estaba en la azotea. Algunas plantas más abajo se distinguía la luz de las velas emanar desde el patio. Carla notó que la brisa era más intensa. Los muros del monasterio no cubrían aquella parte y el aire campaba a sus anchas a esa altura. Miró al cielo maravillada y dirigió la vista hacia quien la había llevado hasta allí. La figura estaba apoyada en el antepecho de la azotea, a algunos metros de ella, y la observaba con interés.

—Es especial, ¿verdad? —dijo.

—Es lo más bonito que he visto en mi vida —respondió Carla.

—Pues mira ahí abajo. —Se dio la vuelta y señaló hacia donde emanaba la luz.

Carla se aproximó al borde de la azotea. El antepecho le llegaba por el ombligo y solo necesitó acercarse un poco para ver algo que jamás hubiese imaginado. El patio, unas tres plantas más abajo, estaba iluminado por pequeños grupos de velas. Cada grupo alumbraba el suelo algunos metros, pero había tantas velas repartidas por todo el patio que era como si estuviese por encima de un mar de luciérnagas brillando en la noche.

—Esto es increíble.

—Llevo un tiempo queriendo enseñárselo a alguien, pero nunca me había atrevido con nadie. Cuando no confías en quienes tienes a tu alrededor, las cosas maravillosas dejan de serlo.

Carla asintió extrañada. ¿Había alguien allí que pensaba como ella? ¿Que también estaba deseando salir de todo aquello?

—¿Quién eres? ¿Cómo te llamas?

—Pensaba que nunca me lo preguntarías: me llamo Roeland —dijo mientras se quitaba la capucha.

Carla se quedó de piedra. No podía ser. Roeland era rubio, tenía el pelo corto, el mentón fino y los ojos claros, aunque con la poca luz que había eso no lo distinguía bien, pero estaba segura de que era la persona que ella había pintado en uno de sus dibujos.

—¿Qué ocurre? ¿Por qué has puesto esa cara? —preguntó Roeland, alarmado.

—Es imposible... ¿Eres tú? No puede ser.

—¿Yo? ¿Qué hablas?

—¿Eres nuevo?

—Llegué con diez años y ahora tengo diecisiete. ¿Me consideras nuevo?

—¿Nos hemos visto antes?

—Puede, pero no me gusta andar con los demás. Voy por libre.

—Aquí es imposible ir por libre. «Mis secretos son los nuestros» —dijo Carla recordando una de las cantinelas de la comunidad.

—Mis secretos son los míos —respondió Roeland desenfadado—. Y los tuyos deberían ser los tuyos.

Carla aún no podía creérselo. Ella había dibujado a Roeland meses antes sin haberlo visto nunca. Comenzó a andar de un lado para otro, algo inquieta, pensando en si tenía alguna explicación lógica. «Tal vez lo haya visto antes o me haya cruzado con él y su rostro se quedó grabado en mi mente». Pero Carla sabía que no. Ella tenía una buenísima memoria y, si lo hubiese visto antes, lo recordaría.

—¿Me vas a decir qué pasa? —inquirió Roeland.

—¡Tú..., eres tú!

—Ajá. Yo soy yo.

Carla estaba nerviosa y su corazón estaba más agitado que nunca. Las emociones se le agolpaban en la mente y no sabía qué pensar.

—Pero ¿cómo es posible? —dijo Carla, y se aproximó a Roeland para mirarlo de cerca—. Juraría que no te he visto antes.

—No entiendo qué quieres decir.

—Déjalo, no es nada —dijo Carla, intentando ocultar todo lo que estaba sintiendo en su interior.

Había amado a aquel dibujo durante meses. Había soñado con aquellos ojos mirándola fijamente, había sentido incluso el aroma de aquel chico en sus sueños y notado en su piel sus caricias, y ahora lo tenía enfrente y no sabía si estaba entendiendo bien la situación. El rostro de Roeland se quedó serio y tragó saliva mientras observaba los ojos de Carla clavándose con intensidad en los suyos. De pronto, ninguno de los dos sabía qué hacer. Si acercarse más o alejarse. Carla tenía un pálpito que crecía por momentos, pero también lo hacía el miedo a que la descubriesen. Cada segundo que pasaba en aquella azotea, más certeza tenía de que la expulsarían para siempre. De repente Roeland le cogió la mano de nuevo, se giró para ponerse a su lado y le indicó con la otra mano que mirase a los almendros del patio.

—Aún no has visto lo mejor —dijo Roeland.

—¿El qué?

—Mira las cintas que has colocado hoy. Fíjate en cómo lo has hecho.

—¿Qué quieres decir? —dijo Carla con un nudo en la garganta.

Roeland no le había soltado la mano y solo podía pensar en el tacto de la suya. Era cálido y suave. Sentía cómo envolvía su mano completamente y supo que estaría segura con él.

Carla miró hacia abajo e intentó divisar en la oscuridad el recorrido que hacían las cintas. Conectaban los almendros unos con otros, tratando de pasar por el centro, como a ella le gustaba, pero nunca se imaginó algo así. Desde la azotea, las cintas pasaban de un árbol al otro serpenteando entre ellos, formando, sin lugar a dudas, el símbolo que estaba a punto de levantar interrogantes durante toda su existencia: una perfecta espiral de nueve puntas.

Capítulo 46
Bowring

Nueva York, 15 de diciembre de 2014

Al llegar abajo Bowring se detuvo antes de entrar en la sala en la que tenían retenida a la joven. La luz del interior estaba encendida. Su mano tembló cuando fue a agarrar el pomo. Cerró el puño para controlar el pulso, estaba perdiendo los nervios y no podía dejar que la chica lo notase. Sintió un sudor frío en la frente que rápidamente se secó.

En la otra mano llevaba la fotografía con la imagen de Jacob de la cámara de seguridad del cajero. Esperaba que la joven le dijese cuál sería el siguiente paso. Si ella había ido allí a advertirle de que aquel hombre era un peligro y estaba en su mano detenerlo, ella sabría dónde podría encontrarlo. Tal vez aún estuviese a tiempo de salvar a las personas que aparecían en las notas, incluida Katelyn Goldman.

El recuerdo de Katelyn le dio fuerzas; el de Susan, miedo. Sin dudarlo un segundo más, agarró el pomo y abrió con decisión.

—No puede ser —dijo Bowring.

En la sala no había nadie.

Había dos sillas colocadas frente a frente, vacías. La mente de Bowring le pedía explicaciones lógicas, le preguntaba dónde diablos podría estar, pero no encontraba respuesta. En todo el edificio no había otro lugar al que llevarla; al fin y al cabo, aquella oficina no era un lugar para detenciones, y los detenidos eran conducidos a las dependencias policiales. La comisaría tenía un calabozo para detenciones temporales. Miró atrás, intentando buscar a algún agente en esa parte del edificio para pedirle que le aclarase la situación, pero era tarde y no había nadie. No sabía qué hacer.

Cogió el teléfono y llamó a Leonard, pero no dio señal. Acababa de salir de la oficina y seguramente ya tuviese el móvil apagado.

Estaba aturdido. Se mareó aún más. El caso le estaba sobrepasando.

«¿Y si se ha escapado?», pensó durante un segundo. Aquella duda se grabó en su mente, que estaba buscando alguna explicación lógica.

Entró en la sala, por si estaba equivocado, esperando que en cualquier momento la chica apareciese allí sentada como si todo hubiese sido una ilusión, pero se sorprendió aún más cuando vio que había algo sobre la silla.

Se acercó con miedo, el corazón le estaba lanzando redobles para que parase, se diese la vuelta y volviese a su vida tranquila, con casos simples y regresando pronto a casa para analizar láminas de sellos, pero tenía tantos interrogantes, tantas dudas que no paraban de crearse en su mente, tantas emociones apiladas una encima de otra, que necesitaba ver de qué diablos se trataba.

Lamentó reconocer lo que vio sobre la silla: un papel cuadrado, de unos treinta por treinta, blanco, con un patrón oscuro que se repetía una y otra vez. Era una diminuta lámina de sellos, pero algo más oscura de las que estaba acostumbrado a ver. Se acercó al dibujo y vio que la imagen que se repetía ya la había visto antes: era la fotografía de Katelyn, sonriente a la cámara. Una y otra vez, la imagen de Katelyn se repetía por toda la lámina, y Bowring la cogió aturdido.

—Esto es imposible...

Alguien había impreso aquella fotografía con el tamaño que tenían los sellos. Alguien le estaba lanzando aquella última prueba, aquel último desafío para que se pusiese en marcha e hiciera algo. Estaba al límite. Se sentó en la silla, algo mareado. Observó bien cada uno de los sellos, que tenían incluso un valor nominal, siete céntimos, impreso en la esquina superior. Bowring recordó el tique de la ropa que había comprado para la chica, el número de notas que trajo. El siete parecía estar por todas partes, y no sabía cómo interpretarlo.

Levantó la lámina para buscar alguna marca de agua en los sellos, alguna pista que le indicase quién había impreso aquel lote, y vio que en el reverso había algo. Cuando le dio la vuelta, el corazón le lanzó un redoble. Una y otra vez, en cada uno de los sellos, habían escrito: «36 de New Port Avenue, Salt Lake. 15 de diciembre de 2014».

Capítulo 47
Jacob

Nueva York, 14 de diciembre de 2014

Al salir del centro psiquiátrico me doy cuenta de que la noche se me ha echado encima. Bajo los escalones y me dirijo hacia el aparcamiento que hay al final de la calle. Jeff y Estrella salen detrás de mí.

—Supongo que necesitarás esto —dice Estrella echando hacia atrás una mano y lanzándome desde la distancia unas llaves.

—¡Eh, eh! —grita Jeff—. ¡Esas son las llaves de mi coche!

—Supongo que no querrás que... —responde rápido Estrella.

—Dios santo... Quién me mandaría a mí...

Sonrío con vehemencia. Algo grande ha debido de hacer.

—Está bien, está bien. Pero, por favor, vuelve con él pronto. Aún lo estoy pagando.

—Cuenta con ello, amigo —le respondo, y grito—: ¡Estrella, ojalá el mundo estuviese lleno de locos como tú!

—Locos felices —añade, con una sonrisa que sí muestra sus dientes.

—Eso. Locos felices.

Avanzo sin volver la vista atrás y pulso el botón del mando de las llaves. A lo lejos, se encienden las luces de un vehículo. Me acerco deprisa; un Prius azul casi nuevo con matrícula de Illinois. Abro la puerta y me monto. En el asiento del copiloto hay un sostén negro, arrugado, hecho una bola.

—No me imaginaba otra cosa.

El Prius apenas hace ruido al arrancar y me falta esa vibración en el asiento para sentirme al volante. Acelero y el coche me pega al asiento con fuerza. Creo que he juzgado antes de tiempo. Salgo del aparcamiento y conduzco con calma. Giro hacia el sur junto al Hudson y pronto cruzo el puente Verrazano-Narrows, saliendo de Manhattan y adentrándome en Staten Island. Fue en esta zona en la que viví un tiempo. Incluso me da la sensación de que paso por la calle en la que se encontraba uno de los pisos en los que viví, alquilado con otro nombre, en metálico y sin contrato. Me gustaba esa zona, viva y tranquila; con alma y con gente que tiene cosas que contar. Pero estuve poco. Tuve que mudarme para seguirlos a Oslo, y fue entonces cuando desaparecieron por un tiempo.

Giro hacia el oeste, atravesando Amboy Road, en pleno Great Kills y, tras esperar algunos semáforos y conducir callejeando durante un rato, por fin alcanzo el cruce de Outerbridge. Sigo avanzando, lentamente, implacable, sabiendo que cuando llegue al final del camino habré acabado esta historia de una vez por todas. Para bien o para mal, todo tiene que terminar. Si consigo salvar a Amanda, tal vez aún tenga alguna oportunidad de ser feliz. Si no lo consigo, estoy seguro de que esta vez no lucharé por sobrevivir.

¿Quién era ese hombre? ¿Por qué dejó esa nota al doctor Jenkins? Quizá lo usaba como buzón. Quizá alguien más visitaba al director y era la mejor manera de comunicarse entre ellos sin que nadie los descubriese; al fin y al cabo, no tiene familia, no tiene recuerdos. Nadie visitaría nunca al director, y esconder en él un mensaje era una muestra clara de que quien lo visitase estaba unido de algún modo con ese grupo de malnacidos.

Después de un rato consigo salir de la ciudad. Las horas pasan, mi vida pesa. El Prius avanza implacable sin vibración, absorbiendo con soltura los baches de la carretera.

—No te vayas, Amanda. Por favor, aguanta.

Siento mi alma llorar. Un pálpito me dice que todo esto saldrá bien; otro lado de mi alma me dice que no. Sea cual sea el resultado, tengo la sensación de que ya he perdido. Amanda ya ha sufrido y yo le he fallado.

Cuando me doy cuenta, leo un cartel en la autovía con la salida hacia el norte. En poco tiempo, menos del que pensaba, encuentro el cartel de Salt Lake tumbado junto al borde de la carretera, oxidado y lleno de pintadas. No sé por qué, pero tengo la sensación de que este pueblo se mueve de sitio, que nunca está donde debe y que va acercándose y alejándose de uno en función del miedo que se le tenga.

Avanzo por una de las calles principales y me fijo en que una de las aceras está repleta de comercios, de luces encendidas. La acera de enfrente me sorprende por estar completamente vacía, con todo apagado, persianas echadas, escaparates rotos. Incluso los coches a un lado de la acera están nuevos, mientras que los otros parecen haber salido de un desguace. Es como si en este momento dos mundos opuestos estuviesen echando un pulso para ver quién sale victorioso. En el lado apagado, como no, estaba la licorería de mi tío Hans.

Sigo avanzando por el pueblo y reconozco el *rent a car* en el que identifiqué el coche que alquiló la familia de Amanda cuando vinieron aquel año. La iglesia, el mercado, la explanada de la maldita feria. Al final del todo, las luces del embarcadero están encendidas, brillando con luz tenue, recordándome el momento en que un beso me cambió la vida para siempre.

Por fin giro hacia la zona nueva de Salt Lake. Durante unos minutos observo a un lado y al otro las casas que escoltan el camino. Algunas más modestas, otras muy lujosas. Voy mirando los números y, cuando por fin veo una vieja casa destrozada por el vandalismo, oscura y hecha añicos, encuentro, justo enfrente, el número 36 de New Port Avenue, la casa en la que la familia de Amanda se quedó aquel año.

Me bajo del coche. La casa está pintada de blanco impoluto, con ventanas azules y cortinas azules. Un camino de baldosas interrumpe el suelo de césped seco. Nadie lo debe estar cuidando. Miro la hora. Son las cinco de la madrugada: ya es 15 de diciembre.

Capítulo 48
Steven

Quebec, 15 de diciembre de 2014

Steven permaneció inmóvil durante algunos momentos, con Katelyn en su regazo. Miró a su alrededor. Estaba sentado sobre un manto de notas amarillentas. Había cientos de ellas esparcidas por el suelo, todas escritas a mano. Las reconoció al instante. Con un brazo sostenía a Katelyn, con el otro agarró una de las notas y la leyó: «36 de New Port Avenue, Salt Lake. 15 de diciembre de 2014».

Leer «Salt Lake» en aquella nota fue como sentir su alma perforada por miles de agujas. El año anterior, cuando se entregó en Salt Lake, juró que jamás volvería. Que las historias dolorosas había que dejarlas atrás y que su alma necesitaba alejarse de aquel lugar para siempre. Pero sabía que eso era imposible, que su pasado siempre lo atormentaría, porque estaba escrito que así fuese, porque las familias condenadas a vivir en soledad estaban destinadas a repetir una y otra vez todos sus temores. Miró el resto de las notas y le sorprendió que fueran idénticas; misma caligrafía, mismo contenido. Nunca había visto una de esas notas escritas así, sin un nombre como objetivo y con una dirección. De repente, se acordó.

Era la dirección de aquella casa, blanca y con las ventanas pintadas en azul. Todo había comenzado allí, aquel verano de 1996, el año que lo perdió todo, el año que jamás olvidaría.

—Quieren que la lleve allí —dijo.

Estaba acostumbrado a pensar así. Llevaba demasiados años actuando según las intenciones de aquel grupo, y no hizo falta más para comprender cómo pensaban.

Miró a Katelyn, inconsciente en sus brazos, con el cuerpo tan comido por el hambre que sintió verdadera pena por ella. Tenía ronchas en la piel, blanca y sin apenas vida. Los muslos estaban tan delgados que sus rodillas se sentían como una protuberancia incómoda de observar. Bajo la ropa, Steven sentía cada una de las costillas como si no hubiese carne entre ellas, cada surco en la piel como si estuviese viendo un cadáver.

—¿Quién te ha tenido así, muchacha?

Al verla pensó en Amanda, en cómo la esperanza por encontrarla allí se había desvanecido de golpe y la había sustituido por la visión de aquella joven tan desgarrada por el hambre y tan desvencijada por el tiempo.

Estaba destrozado por dentro y apenas le quedaban fuerzas para seguir adelante. Había perdido la forma en el tiempo que llevaba en prisión. Durante los años en los que se mantenía activo, enérgico y luchando por su hija, podía correr grandes distancias por el bosque y cargar enormes pesos muertos durante horas. Ahora, en cambio, la carrera había agotado sus energías y su debilidad se manifestó cuando intentó sacar a Katelyn de la fosa. Se la echó al hombro y subió las escaleras con ella pero, tras cada paso, tras cada peldaño, paraba para coger aliento.

Cuando llegó arriba, anduvo entre los árboles cargado con Katelyn, entre la oscuridad del bosque, buscando de nuevo el camino hasta que encontró la camioneta. Dejó a Katelyn sobre el asiento del copiloto y rodeó el vehículo. Revisó el maletero y cogió uno de los sándwiches que había comprado en la gasolinera. Volvió, con sus pasos diluyéndose sobre la tierra húmeda, y se montó. Steve observó a Katelyn, recostada sobre el lado derecho, y en ella vio a Susan Atkins. Estaba reviviendo los mismos pasos, las mismas emociones, pero esta vez tenía claro el bando en el que estaba. Recolocó su abrigo para que tapase bien a Katelyn.

—No te va a pasar nada, muchacha —dijo—. Todo irá bien.

Pisó fuerte el embrague y arrancó. El motor de la furgoneta sonó con estridencia. Encendió la calefacción y apuntó las rejillas hacia ella. Necesitaba recuperar la temperatura. Puso la marcha atrás y, lentamente, guio el vehículo en la dirección opuesta a la que había llegado, siguiendo su propio surco de ruedas. De vez en cuando, en la oscuridad del bosque, le parecía ver dos ojos observándolo, pero sabía que tenían que ser búhos o alces que merodeaban por la zona. Poco tiempo después se incorporó a un camino de tierra que se abría paso entre los árboles. Aprovechó y dio la vuelta en cuanto encontró espacio para hacerlo, y condujo a medio gas hasta que se encontró con la incorporación a una carretera asfaltada.

Aceleró en cuanto las farolas le permitieron ver más allá de los faros. Steven agarraba el volante con firmeza, haciéndolo girar a un lado y al otro con la determinación de recuperar de una vez por todas a Amanda. Pasó por la gasolinera del viejo Hans y siguió dirección sur a toda velocidad.

—Dios santo, pero ¿qué te han hecho? —preguntaba susurrando cada vez que desviaba la mirada hacia Katelyn.

Las horas pasaron, las líneas de la carretera aparecían y desaparecían con velocidad, otras luces rojas lo acompañaban en el camino. No quiso dejar a Katelyn en ningún otro lugar. Pensó que, si conseguía llevarla, tal vez pudiera recuperar a Amanda de algún modo. Su corazón le pedía que no lo hiciese, que la dejase en un lugar seguro, pero en su mente ya había formado un plan para que todo saliese bien.

El sol comenzó a insinuar su luz dorada por el horizonte, aunque la noche seguía estando presente. Tomó una salida hacia el oeste y, al poco tiempo de conducir por una carretera secundaria entre árboles y prados, leyó el cartel de aquel pueblo, perdido en el olvido, lanzado con virulencia al pasado y anclado para siempre en el recuerdo de una desgracia: «Salt Lake».

Capítulo 49
Carla

Lugar desconocido, nueve años antes

Carla no se lo podía creer. Miraba hacia abajo, observando el recorrido de las cintas que conectaban los almendros, fijándose en la perfección de aquella espiral. Cada uno de los trazos estaba dibujado, sin querer, con una curva perfecta que se precipitaba hacia el centro en la misma dirección.

—Es bonito, ¿verdad? —dijo Roeland—. Siempre te sale perfecta. Lo tienes bien ensayado.

—¿Ensayado? ¡No! ¡Lo he hecho sin querer! —respondió Carla, molesta y aún maravillada.

—¿Qué dices? Vengo aquí arriba antes de cada ceremonia para escaquearme de montar todo el tinglado, y desde que tú te encargas de poner las cintas, siempre están igual.

—Te juro que no lo pongo así a propósito.

—Venga ya. Lo que tú digas.

Roeland se giró y se fue hacia el otro lado de la azotea. Mientras andaba, se quitó la túnica roja de la ceremonia y dejó ver, entre la penumbra, su ropa negra. Debajo se intuía el cuerpo de Roeland. Delgado, pero no demasiado delgado, atlético, pero no demasiado atlético. Carla lo siguió.

—¿Cómo tienes esa ropa? Es ropa del exterior. Aquí no se puede.

—Me escapé una vez y me la traje. Así de sencillo.

—¿Escaparte? Eso sí que no lo creo. Nadie puede salir de aquí y volver.

—Pues Laura lo hace siempre —respondió Roeland—. Tan peligroso no es. Te sorprendería lo que ha cambiado todo.

—¿En serio?

—No te lo puedes ni imaginar. —Sonrió mirándola a los ojos.

—Cuéntame, por favor. Cuéntamelo todo.

—¿A la gran Carla? Creo que no hay nadie aquí menos apta para escuchar todo lo de fuera.

—Por favor, por favor —suplicó Carla—. Necesito saber qué está pasando tras esos muros. El mar, cómo es, ¿ha cambiado o sigue tan azul como lo recuerdo?

Los coches, cómo son, la gente, cómo es. Llevo años preguntándome si lo poco que recuerdo se parece en algo a la realidad.

Roeland la miró y tragó saliva.

—Está bien. Está bien. Pero tiene que ser un secreto. Entre nosotros, de nadie más.

—Nuestros secretos serán solo los nuestros —dijo Carla. Le sonrió.

Roeland le devolvió la sonrisa.

—Está bien..., quieres saber cómo es lo de fuera. ¿Qué recuerdas?

—Poco. A mi familia, que murió. Por eso vine aquí. Pero poco más. Vivía en Nueva York, y recuerdo las luces de la ciudad. Ahora no sé ni dónde estamos. Era muy pequeña. ¿Cuántos años tenía? Unos siete. Sí, eso. Siete. Bloques de hormigón altos. Vehículos circulando por grandes avenidas. Y mi casa. También recuerdo mucho mi casa. Es mi recuerdo más fuerte.

—Supongo que sí. Que de pequeños nuestros principales recuerdos son entre cuatro paredes. En realidad no hace falta más.

Carla asintió. Su corazón seguía palpitando con fuerza. Sentía que estar saltándose las normas, allí arriba, era lo mejor que había hecho en toda su vida. Roeland le estaba dando la vida.

—Pues a ver... Los coches, más o menos igual. Cajas metálicas algo más redondeadas que antes, pero cajas metálicas al fin y al cabo. La gente, pues algo más arisca. Yo no he estado en Nueva York, algún día iré, pero supongo que no es distinto de los lugares de por aquí. Casas, tiendas, gente por la calle.

Carla lo miraba maravillada. No le contaba nada especial, pero solo conversar sobre el exterior con alguien como él le fascinaba.

—¿Sabes lo que es un móvil? —preguntó Roeland.

—¿Un qué?

—Son como los teléfonos de casa, pero te los puedes llevar.

—Ahora que lo dices, mi padre tenía uno de esos. Pero era gigantesco. Él lo odiaba. Parecía que llevaba una caja de zapatos en la oreja.

—Pues ahora son más pequeños. Y todo el mundo tiene uno.

Carla se imaginó a la gente paseando por un parque, todos con un móvil gigantesco en la oreja.

—¿Para qué tienen que llevarlo?

—Para hablar con la gente que tienen lejos e ignorar a los que tienen cerca.

Carla rio con fuerza. Roeland se acercó rápido e hizo un gesto para que se callara.

—¿Estás loca? Nos van a oír.

Roeland miró abajo, al fondo del patio, y observó que ya estaban quitando las cintas de los almendros. Carla se tapó la boca. Roeland se sentó en el suelo de la azotea y apoyó su espalda contra el antepecho. Carla miró a ambos lados, para comprobar que no había nadie, y se sentó a su lado. Se quitó la capucha roja y se quedó en silencio. Tenía el corazón a mil por hora. Roeland levantó su mano y la puso sobre la de Carla, que sintió un relámpago que recorrió su brazo, su pecho, sus piernas, y volvió en dirección contraria para detenerse en el fondo de su alma. Ella giró la cara y lo miró a los ojos. Y se dio cuenta de que lo amaba con todas sus fuerzas. Carla se había enamorado y perdido para siempre en su mirada.

Carla apartó su mano con rapidez y la guardó en el bolsillo. Estaba muy nerviosa. Pensaba que nunca ocurrían cosas así, que uno solo podía amar a alguien después de un tiempo, que las historias románticas eran mentira, que la vida era más plana, previsible, que uno se enamoraba de quien tenía que enamorarse, y que a veces el amor te ponía en el camino equivocado solo para que supieras cuánto duele.

Sentía un gran peso en su corazón, se suponía que algo así nunca debía pasarle a ella. Que entre aquellos muros la vida era siempre la misma, que la gente era siempre igual, que la esperanza ya la tenía perdida desde el mismo momento en que se despertó gritando aquella noche que sobrevivió al accidente.

De repente, sintió algo en su bolsillo. Era un papel y, sin pensarlo, lo sacó: estaba arrugado, era pequeño y tardó un segundo en reconocerlo. Lo desdobló y leyó lo que ponía: «Te quiero».

Era la nota que había encontrado en la biblioteca y, al leerla, fue como si su corazón se hubiese detenido durante un microsegundo.

—¿Fuiste tú? —preguntó Carla—. ¿La dejaste tú?

—¿El qué?

—Esto.

Carla extendió la mano, con miedo, y sus dedos tocaron de nuevo los de Roeland.

Él cogió el papel y lo leyó. Lo sostuvo durante unos segundos mientras Carla esperaba atenta su reacción. De repente, Roeland se levantó, serio, y se fue sin decir nada hacia el fondo de la azotea.

—¿Adónde vas? —gritó Carla entre susurros.

Roeland se alejó en silencio, susurrándose a sí mismo, sin responderle. Carla se levantó y lo siguió en la oscuridad. No sabía qué pensar. Las luces del patio ya se habían apagado y, allí arriba, la única luz que permitía ver algo era la de las estrellas.

Carla lo alcanzó y lo cogió del brazo. Roeland se giró y la miró a los ojos.

—¿Qué ocurre, Roeland? ¿Qué pasa?

—No lo entenderías —respondió tajante.

—¿Entender el qué? Cuéntamelo. Si no me lo cuentas no podré entenderlo.

—Carla, por favor. No me hagas esto.

—¿Hacerte el qué?

—No puedo. De verdad que no puedo.

—¡Venga!

—Pues, que a veces me pregunto: ¿y si todo esto fuese mentira?

—¿A qué te refieres?

—¿Y si lo de los sueños fuese mentira? ¿Y si todo lo que se ha montado aquí solo fuese un disparate para asesinar a gente sin motivo?

—¡Eso es imposible! —bufó Carla—. ¿Qué sería de los dones? ¿Qué sería de la humanidad sin nosotros?

—Todo esto es mucho más complicado de lo que crees, Carla. Todos esperan que tú seas la siguiente con sueños. Pero eso nunca pasará. No ocurrirá si no sufres. Dicen que tienes que sufrir mucho para despertar tu don. Es horrible. Esto es una mierda.

—¿Por qué hablas así? ¿Qué te pasa?

—Nada, olvídalo.

—No, dímelo. Necesito saberlo.

Roeland se quedó callado. Carla lo miró a los ojos, apretando la mandíbula con decisión. Estaba nerviosa, pero deseaba con todas sus fuerzas escapar, aunque fuese por un segundo, de aquel sitio. Él se quedó inmóvil. Carla estiró sus manos y sus delicados dedos acariciaron el rostro de Roeland, sintiendo la suavidad de su mentón. Roeland cerró los ojos y se dejó llevar.

Se besaron.

Mientras lo hacían, Carla sentía su cuerpo reverberar de emoción, iluminando los rincones oscuros de su alma con fuegos artificiales que explotaban en todas direcciones. Un cosquilleo le creció en el estómago, un temblor recorría sus dedos. Poco a poco, sus labios se separaron, pero las manos de ambos seguían en su lugar: las de Roeland en la cintura de Carla, las de Carla en el mentón de Roeland.

Carla cerró los ojos y sonrió, respirando hondo al sentirse viva por primera vez en muchos años.

Roeland la cogió de la mano y la besó.

—Ven, quiero enseñarte algo —le dijo.

—¿El qué?

Roeland la guio, sin soltarle la mano, hasta el extremo más alejado de la azotea, rodeando algunas chimeneas que se erigían desde el suelo. Después, Roeland se giró y le dijo:

—Antes me has dicho que no sabías dónde estábamos.

Carla se puso nerviosa.

—Me encantaría coger un mapa y saber qué hay cerca de nosotros, qué mares, qué montañas, qué lagos, qué ciudades. A veces creo que estoy en Europa. Otras veces que estoy en una isla. Quisiera saber si el aire que respiro viene cargado de mar, o si es de aire frío de las montañas.

—Pues mira allí.

Roeland señaló a la oscuridad, muy lejos, más allá de los muros. Se puso detrás de Carla, agarró su brazo y apuntó con él en la misma dirección, guiando la vista de Carla hacia la punta de su dedo. De repente, ella observó, entre los árboles que escoltaban la oscuridad en el exterior, bajo las estrellas, un pequeño grupo de luces amarillas chisporroteando. Estaban tan lejos, tan cerca del horizonte, que parecían mezclarse con el cielo si no llega a ser por la evidente diferencia de color. Las estrellas brillaban blancas y azules, aquel pequeño grupo era de un amarillo cálido. El corazón iba a salírsele del pecho.

—Es un... —dijo Carla incrédula.

—Sí. Eso de allí es un pueblo.

Capítulo 50
Bowring

Nueva York, 15 de diciembre de 2014

Bowring salió con prisa de la oficina y corrió hacia su coche. Había cogido su arma y una carpeta con lo más importante de la investigación y, cuando se montó, llamó de nuevo a Leonard. Mientras puso el contacto y el parabrisas comenzó a sacudir el agua hacia los lados. Había empezado a llover y Bowring detestaba conducir bajo la lluvia.

—¿Qué quiere, jefe? —respondió Leonard con voz dormida—. Acabo de meterme en la cama.

—Leonard, ¿dónde diablos está la chica?

—¿Eh...? Esto..., ¿qué hora es?

—Escúchame. Ha desaparecido. No está.

—Jefe, es tarde. La habrán llevado a comisaría o a algún otro lugar. Ese no era sitio para tenerla, la verdad.

—Joder..., Leonard. Tengo la sensación de que la chica decía la verdad y toda esa gente está en peligro, no solo Katelyn. Creo que es él, ese tal Jacob. Va a hacer algo.

—No l... ...cucho bi..., jefe.

—¡¿Leonard?! —gritó Bowring al teléfono.

La lluvia arreció y el parabrisas era incapaz de apartar todo el agua, la cobertura estaba fallando.

—To... ar, ...ing. Cu... ...no.

—¡Leonard! —gritó—. ¡Maldita sea!

Miró el teléfono y comprobó que la llamada se había cortado. Bowring tiró el móvil a un lado y pisó el acelerador. Apenas había coches por el centro de Nueva York, las avenidas parecían estar vacías. La ciudad que nunca dormía estaba más dormida que nunca. Tardó apenas unos minutos en salir de la ciudad e incorporarse a la interestatal. Tenía que ir a aquel lugar que le decían los sellos. Katelyn Goldman tenía que estar allí.

Condujo durante algunas horas hacia el este y, cuando por fin vio el cartel de entrada a Salt Lake, tirado a un lado y oxidado, se extrañó de haber tardado tan poco. Según sus cálculos estaba a más de cuatrocientos kilómetros, así que cuando vio que había tardado menos de tres horas en llegar, dudó de si había calculado bien la distancia o si se había excedido con la velocidad. Agarraba el volante con una mano, mientras que con la otra miraba una y otra vez la fotografía de Jacob. Estaba seguro de que él estaba detrás de la desaparición de Katelyn.

Bajó la velocidad y condujo mirando a su alrededor. El pueblo parecía abandonado. Se fijó en que la mala hierba crecía en las aceras, los escaparates estaban destrozados, farolas tiradas, la mayoría de las tiendas con el cierre echado. Pero cuando prestó atención descubrió que no era así. Aquello solo ocurría en una de las aceras del pueblo. La otra estaba pulcramente cuidada, los cristales de las tiendas relucían, las farolas estaban encendidas. Bowring paró el coche en uno de los cruces, sin creerse lo que estaba viendo. Era como si aquel pueblo se hubiese dividido en dos: a un lado, la desidia absoluta, un desierto que te oprime y te asfixia traído desde la mayor de las tragedias; en el otro, la vitalidad más reluciente, cuya acera parecía estar cuidada con empeño. Un escaparate brillaba más que los demás y en su interior se mostraban algunos televisores encendidos, repitiendo una y otra vez la noticia de la aparición del cadáver de Susan Atkins.

Bowring atravesó el bulevar de Saint Louis, el antiguo barrio francés del pueblo, en el que había varias tiendas de vinos, todas cerradas hace años, y condujo durante algunos minutos hasta adentrarse en la zona nueva de Salt Lake, que bordeaba el lago. Poco después encontró la dirección a la que hacían alusión los sellos.

Había un Prius aparcado frente a la casa y una luz cálida salía de una de las ventanas de la planta baja.

Comprobó que llevaba el arma en la pechera y se bajó sin hacer ruido. Hacía años que no la usaba, la vida de oficina era más tranquila de lo que aparentaban las películas, y él solía resolver los casos sin apenas salir de ella. Ahora, en cambio, todo su mundo se estaba poniendo del revés.

De repente, escuchó un ruido proveniente de la casa; un cristal rompiéndose o algo por el estilo, y Bowring sacó su arma instintivamente. Aceleró el paso. Miró hacia atrás y comprobó que no había nadie más. La claridad del sol ya se insinuaba por el horizonte, pero aún quedaba al menos una hora para que amaneciese.

Se pegó de espaldas junto al marco de la puerta y golpeó con la culata en la madera. Escuchó de fondo una especie de murmullo ininteligible, que repetía lo mismo una y otra vez. No sabía qué diablos era, pero el sonido no paraba de crecer. Mientras esperaba una respuesta, intentó comprender lo que decía aquel murmullo; parecía una muchedumbre cantando algo al unísono, pero no entendía qué idioma era. Se fijó en la casa de la acera de enfrente: tan destrozada, tan sumida en el abandono que a Bowring le llamó la atención. Al no recibir respuesta, llamó de nuevo, golpeando con más fuerza la madera de una puerta que una vez fue testigo del rubor adolescente. De pronto, el murmullo, que había ido creciendo más y más, cesó. Bowring giró sobre sí mismo, incrédulo ante el silencio que había invadido el ambiente, y comprobó que la cerradura no estaba echada. Abrió y pudo ver, entre la oscuridad de la noche, la entrada de la casa.

Una escalera se perdía por la izquierda hacia la segunda planta; una puerta frente a la entrada conectaba con la cocina y, a la derecha, una puerta doble con cristal traslúcido dejaba ver una luz titilando en el interior. Bowring estaba nervioso; no sabía qué se encontraría tras aquella puerta. En parte, deseaba que no hubiese nada, que todo hubiera sido una pista errónea o algo que él había interpretado sin pensar, pero otra parte de él deseaba que la historia terminase, que todo cobrase sentido y pudiese irse de una vez a casa.

Se acercó al tirador de la puerta de donde salía la luz, con el corazón latiéndole a mil por hora, y abrió decidido. Se quedó estupefacto ante lo que vieron sus ojos: en el salón no había muebles pero, en el suelo, yacían los cuerpos sin vida de cinco hombres. Todos estaban desnudos, agazapados en postura fetal, recostados sobre el lado derecho y con la cabeza decapitada entre los brazos. Estaban en la misma posición que Susan Atkins, y apenas había restos de sangre. Parecían colocados allí a conciencia. En la pared, sobre ellos, destacaba una gigantesca espiral negra de nueve puntas, pintada sobre los cuadros, sobre la chimenea, sobre las lámparas de pared. Bowring se mareó y se apoyó contra el marco de la puerta. No aguantó más y vomitó. En su mente comenzó a agolparse un cúmulo de emociones, su alma le decía a gritos que tendría que haber hecho caso antes a la joven, que sus advertencias eran ciertas, que no había llegado a tiempo, y las lágrimas no tardaron en inundar su rostro.

—Dios santo...

De repente, al otro lado del salón, por la puerta que conectaba directamente con la cocina, Bowring escuchó unos pasos y, justo en el instante en que alzó el arma apuntando en esa dirección, apareció Jacob mirándolo a los ojos con cara de sorpresa.

—¡Quieto!

Capítulo 51
Jacob

Salt Lake, 15 de diciembre de 2014

Me bajo del Prius y observo que una de las ventanas tiene una luz tenue que me transporta a aquella noche en la que me quedé hablando con Amanda hace tantos años. Ojalá no nos hubiésemos quedado dormidos. Ojalá nunca hubiese dejado que se la llevaran. Me doy cuenta de que no llevo ningún arma, pero me da igual. Haré lo que sea por recuperarla.

Me acerco por el camino de baldosas hacia la casa, con rapidez, y escucho un murmullo que proviene del interior. Conforme me voy aproximando, el sonido es cada vez más claro, repitiéndose una y otra vez, y cuando estoy a un par de metros de la puerta lo oigo con nitidez:

«*Fatum est scriptum*». El destino está escrito. Enseguida me doy cuenta de lo que significa: si tienen a Amanda aquí, están a punto de asesinarla. Repetían esa cantinela sin cesar en aquella mansión de Boston. El corazón me late con fuerza, no puedo perder más tiempo. Pero tampoco puedo ir así, a descubierto. Me alejo un poco de la casa y la observo con perspectiva. Por delante no hay ningún sitio por el que entrar sin que me vean. Corro hacia la esquina y, en la oscuridad, rodeo la casa por la derecha. Me agacho antes de pasar frente a una ventana iluminada y me asomo intentando ver el interior: no veo a nadie a través de la cortina. Desde donde estoy, veo claramente las dos puertas del salón, una va a la entrada y la otra a la cocina. El cántico se escucha cada vez más alto, pero no logro ver a nadie. Ojalá no sea demasiado tarde.

Llego a la parte de atrás de la casa. Un gran césped seco se extiende delante de mí, y los árboles parecen haber crecido y casi tapado un cobertizo de madera que hay al fondo del jardín. Me giro, con rapidez, y veo una puerta de entrada a la cocina. A la derecha hay una enredadera que ha trepado hasta la planta superior, recorriendo toda la pared. Me agarro a ella y trepo hasta que consigo poner un pie sobre el voladizo del tejado azul. Me aproximo a una ventana y está cerrada.

«No hagas ruido, Jacob», me digo al tiempo que me quito la camiseta y me envuelvo el codo con ella. Golpeo el cristal intentando que no suene, pero se hace añicos y cae hacia el interior de la habitación, arañándome ligeramente el antebrazo. No es nada.

Me pongo de nuevo la camiseta y, con cuidado, apoyo un pie sobre la moqueta y me deslizo dentro. Al incorporarme, miro a mi alrededor y me doy cuenta de dónde estoy: hay una cama, un escritorio con un libro encima, un armario entreabierto; debió de ser el cuarto de Amanda. Todos los muebles son claros y las paredes blancas, lo contrario a la historia de esta casa. Las cortinas se mecen en la oscuridad por la brisa y me llama la atención el libro. Tiene la tapa de cuero envejecida, las hojas amarillentas por el tiempo, los bordes corroídos por la humedad. Me recuerda tanto a aquel libro con la lista de mujeres asesinadas que tengo miedo de abrirlo y ver al final el nombre de Amanda.

Lo abro y descubro que es un álbum de fotografías, y la primera imagen es la de una chica de pelo castaño que sonríe a la cámara. La identifico al instante: Katelyn Goldman.

Aún recuerdo cuando, mientras buscaba a Amanda por mi cuenta, sabiendo que tanto el FBI como la policía no harían nada, investigué la desaparición de Katelyn Goldman, intentando dar con una pista que me llevase a los Siete. Fue hace años, en Nueva York, y durante los días en los que recreé todo lo que había hecho para ponerme en su piel, en sus ojos y en sus emociones el día que desapareció, no encontré nada. Seguí todos sus pasos del día de su desaparición. Caminé desde su facultad a su casa, y me detuve en todos los sitios en los que ella lo hizo. Lo hacía de noche, para evitar ser visto. Normalmente, en otros casos similares había una de esas notas en alguna parte de su habitación, un asterisco entre los libros de la facultad, algún mechón de pelo en el camino de vuelta a su casa. Pero con ella no fue así. Tal vez no tuviese nada que ver con los Siete, pensé entonces, tal vez fuese cualquier otro de los cientos de agresores sexuales que campan por el país, o tal vez se hubiese marchado de casa para siempre. Pero ahora que la veo aquí, con la misma foto que se usó en los periódicos, en los informativos, en todas las farolas de la ciudad, sé que estaba equivocado. También Katelyn fue una víctima de ellos. Lo que no sé es por qué nunca encontré nada. Creo que hoy es el día.

Paso la página y otra fotografía, esta vez en blanco y negro, muestra a un hombre, a través de un escaparate, sentado en un sillón con un portátil. Está sacada desde el exterior de un Starbucks, se ve claramente parte del logo en la esquina de la fotografía. Al fijarme más, me doy cuenta de que es Jack Goldman, el padrastro de Katelyn. Recuerdo haber estado observándolo allí sentado, en esa misma posición, semanas después de desaparecer Katelyn. No hacía gran cosa. Iba todos los días y se sentaba a escribir con un café. Se le veía afectado, nervioso, puesto que miraba a los lados una y otra vez, con cara de preocupación, mientras intentaba escribir. Pero no había nada. Él no tenía nada que ver. Hacía lo mismo todos los días, en el mismo orden: se tomaba un café, escribía a ratos, saludaba a algunos lectores que iban a visitarlo a la cafetería y, al mediodía, volvía a casa para tratar de reconstruir lo poco que quedaba de su mujer. Era un buen tipo. Él no le hizo nada.

Paso la página y me sorprendo: un hombre vestido de enfermero, con barba descuidada y zuecos de plástico. No me lo puedo creer. Es el que estaba ayer en el hospital, el que se llevó a Amanda y me impidió el paso. El pecho me arde con virulencia y la ira se apodera de mí. Esta vez no tiene la mascarilla puesta y, al fijarme, descubro que es Jack Goldman. «Le coaccionaron como a Steven».

El murmullo comienza a crecer con fuerza y no tengo tiempo que perder. «*Fatum est scriptum*», dicen los malnacidos. Tienen que estar abajo. Mi corazón late por Amanda. No aguanto más. Me agacho y cojo uno de los trozos del cristal. No encuentro otra cosa que me sirva como arma. Salgo de la habitación y camino por el pasillo. Al llegar al pie de la escalera, que conecta con la entrada, bajo intentando hacer el menor ruido posible; el cántico cada vez es más alto. Llego abajo y frente a mí hay una puerta doble con cristal translúcido que deja pasar la luz que emana desde el interior. De repente, el cántico sale de la cocina: no tiene sentido.

Camino con sigilo hacia allí y aprieto mi cuchillo improvisado. Siento un corte en la palma y la sangre recorre mis dedos para perderse en la punta del cristal. Nadie toca a mi amada. El cántico suena tan fuerte que no escucho nada más. Si Amanda me está pidiendo ayuda, no podría oírla.

Al entrar en la cocina decidido a acabar con todo, siento la adrenalina recorrerme las piernas, las manos y el alma: el cántico proviene de un altavoz conectado a un casete, cuyas ruedas giran sin parar.

«Fatum est scriptum, Fatum est scriptum», suena una y otra vez, en un bucle sin fin. Me acerco con decisión al casete y lo desconecto. El silencio invade de nuevo la casa, pero la luz del salón me hace temer lo peor. Registro los muebles de la cocina, pero están todos vacíos. Hace años que no vive nadie aquí. Agarro de nuevo el cristal y me debato sobre qué hacer. ¿Será esto una maldita trampa? ¿Tendrán otro destino para Amanda? El corazón va salírseme del pecho; el silencio me pone más nervioso aún. Escucho un ruido en el salón, unos pasos hacen crujir la madera y, temiendo encontrarme a Amanda muerta allí, entro con rapidez, asustado y decidido, cuando de repente un hombre me grita, apuntándome con un arma, desde el otro lado:

—¡Quieto!

Capítulo 52
Carla

Lugar desconocido, nueve años antes

Al día siguiente Carla se despertó eufórica. Aún no podía creer que algo así le hubiese sucedido a ella. Roeland le parecía tan distinto de los miembros que había conocido... Tenía un magnetismo que no podía ignorar. La manera en que movía las manos cuando hablaba, el tono de su voz, su mirada intensa. Pensó en la magia de haberlo visto muchas veces en sus sueños, y que ya lo había pintado en sus dibujos con tinta negra. Se dio cuenta de que ya estaba enamorada de él, lo había querido desde el mismo instante en que lo vio en uno de sus sueños, y el tenerlo delante, el sentir de cerca su calidez, su energía, su manera de hablar desenfadada, no hizo otra cosa que magnificar aquel sentimiento que brotaba de ella en todas direcciones.

Pensó en la primera vez que soñó con él; su rostro se dibujó delante de ella etéreo, como si fuese una cortina de humo que poco a poco tomaba forma. Fue una vez, y durante meses aquella imagen desapareció de sus sueños, así que Carla no le dio más importancia. Pero, pasado un tiempo, cuando se sentía sola, cuando el peso de estar encerrada se acrecentaba sobre ella, aquel rostro volvía a aparecer en sus sueños y cada vez era más y más nítido. Un día, cuando por fin se lanzó a dibujarlo sobre una de sus hojas en blanco, el rostro de Roeland desapareció para siempre de sus noches. Ahora que lo había conocido en persona y que su sueño se había convertido en realidad, entendió que tal vez sí que fuesen verdad todos los rumores de la comunidad.

Por la tarde, después de ayudar en el huerto y reordenar una y otra vez los libros del salón principal, buscando combinaciones imposibles de letras con las iniciales de cada autor, fue a la cantina para no comer. Estaba nerviosa. Se había besado con Roeland y aún sentía el cosquilleo en su estómago, revoloteando con tanta intensidad que apenas tenía hambre. Miró por todas partes y no lo vio entre los grupos que se formaban en las mesas más alargadas. Estuvo un par de horas esperando allí sentada, con un caldo marrón espeso en su bandeja y un vasito de madera lleno de agua. No le dio ni un sorbo.

—¿Qué le pasa a tu comida? —le preguntó Nous cuando pasó por su lado, inspeccionando como siempre.

—Nada, es que no me encuentro del todo bien. —Mintió. Esta vez lo hizo sin pensar en las consecuencias. No tenía miedo de lo que le pudiese ocurrir si la descubrían. Algo había cambiado en ella.

—Tienes que cuidarte, es importante. Se acerca tu día.

—Ajá —respondió Carla sin ganas.

No sabía a qué diablos se refería con aquello. Deseaba salir de allí y encontrar a Roeland, que por lo visto había desaparecido del mapa. No tenía ganas de nada más. En lo último en lo que pensaba era en seguir las normas, en mantener las formas. Roeland había aparecido en su vida el día anterior y, con un simple beso, había cambiado para siempre el orden de las cosas.

Salió de la cantina en cuanto encontró el momento de hacerlo sin llamar la atención, y recorrió todo el monasterio en su busca. Necesitaba verlo de nuevo. Aquel beso se había convertido en un nudo permanente en su garganta y quería volver a sentirlo cerca cuanto antes.

Pero no apareció por ninguna parte.

Los días fueron pasando, al igual que muchas noches en vela y las tardes de huerto al sol, y Roeland se había esfumado sin dejar rastro. Con la misma rapidez con la que había irrumpido en su vida, se había desvanecido de ella y, poco a poco, Carla fue asimilando que tal vez Roeland se había marchado del monasterio, o quizá lo habían incluido entre los nuevos miembros que formarían los Siete. Cabía esa posibilidad. Tal vez hubiesen descubierto que se escaqueaba de las labores, que se escondía en la azotea, que era un alma libre dentro de aquellos muros, y habían decidido que era mejor no tener allí dentro a alguien así.

Pasaron algunas semanas y el cosquilleo de Carla se fue diluyendo en su interior. Las mariposas que habían revoloteado en su estómago dejaron de volar. Los relámpagos que sentía en su corazón cuando pensaba en Roeland dejaron de tronar. En realidad, había comenzado a odiarlo, a pensar que solo había aparecido para besarla y hacer que sufriese. Día tras día, la monotonía regresó a su vida, su hambre fue volviendo, su sensación de sobrar en el monasterio fue creciendo. Conforme más tiempo pasaba desde aquel encuentro, más se decía que lo odiaba, que nunca más volviese, que qué se había creído, que nunca le había gustado, que no lo necesitaba para nada.

Pero un día, justo cuando ya no pensaba en él un segundo ni mientras recogía las patatas, ni mientras hacía la colada, ni tan siquiera mientras reponía el aceite de las lámparas, lo vio. Ella estaba perdida por los estantes de la biblioteca, agachada buscando algún libro que aún no hubiese leído, cuando de pronto distinguió la silueta de Roeland cruzando de un pasillo a otro.

A Carla le dio un vuelco el corazón.

—¿Roeland? —susurró.

Él no la escuchó y siguió su camino.

Carla lo siguió, girando a un lado y al otro entre los libros, hasta que lo perdió bajo la oscuridad de la puerta. Corrió. Salió al pasillo y lo vio perderse de nuevo tras una esquina. Fue tras él. Aceleró el paso intentando seguirle el ritmo, pero andaba más rápido que ella. Lo vio atravesar el salón central, salir al patio, alejarse y cruzar otra de las puertas del complejo. Lo persiguió lo más rápido que pudo y, al fin, observó cómo entraba en una habitación con la puerta de madera, que cerró de un portazo sin mirar atrás.

Carla se acercó a la puerta y estuvo a punto de llamar. Tenía que ser la habitación de Roeland. Sin duda era él, lo había visto de perfil y le dio la sensación de que la había mirado justo antes de doblar una esquina. Estaba nerviosa y no sabía qué hacer. Se miró y se dio cuenta de que llevaba la ropa que había utilizado para la recolecta en el huerto. Había ido a la biblioteca sin cambiarse y aún tenía algunas manchas de tierra en las mangas de la túnica marrón.

«¡No puede verme así!». Volvió sobre sus pasos y fue corriendo a su aposento. En el camino, estuvo pensando en todo lo que le diría en cuanto lo viese. Le preguntaría dónde había estado, qué había estado haciendo, incluso le pediría explicaciones sobre por qué se besaron en la azotea. Pero, por más que lo pensaba, por más que recordaba lo que presintió aquella noche de la ceremonia, lo viva y enérgica que se sentía, no se vio capaz de decirle nada de eso. Para cuando llegó a su habitación, lo único que quería era sorprenderlo y llamar su atención para que no desapareciese nunca más. Tenía miedo de dejar de sentir su amor por él otra vez. En el fondo, era lo más puro que había sentido desde que tenía recuerdos y perder esa emoción sería para ella más duro que vivir cien años de soledad. De pronto, se dio cuenta de que su amor había cruzado la línea del miedo a perderlo. Se ilusionó al pensar en cómo reaccionaría en cuanto la viese, en la cara que pondría. Incluso se lo imaginó sonriendo al abrir la puerta.

Abrió su arcón y comenzó a sacar toda su ropa. Lo que buscaba estaba al fondo: un vestido rojo, de tela fina, que le habían entregado un año antes cuando cumplió quince años. Era el único regalo que había recibido estando allí. Era el modo en que la comunidad celebraba el crecimiento de la feminidad, entregando un vestido largo, que la mujer debería ponerse la noche que pensase concebir. Carla no sabía qué significaba aquello, sabía que implicaba estar en pareja y poco más; aún no había tenido tiempo de investigarlo ni le interesaba el asunto, pero sin duda aquel vestido le pareció la prenda más adecuada para cuando viese de nuevo a Roeland. Se cambió deprisa. No quería perder demasiado tiempo, y se soltó el pelo. Rebuscó en el segundo cajón de su arcón, metiendo las manos bien al fondo, hasta que sus dedos tocaron algo metálico. Tiró y sacó un espejito tocador que había encontrado años antes enterrado en el huerto. Aquel era uno de sus tesoros, algo que de vez en cuando miraba con ilusión para intentar reconocerse en él. Tenía el cristal roto, por lo que solo podía ver partes de ella distorsionadas en el reflejo. Le gustó intuirse así. Se vio perfecta, se sintió guapa.

Se guardó el espejito bajo el vestido, en un bolsillo que tenía la falda en el forro, y salió de su aposento decidida a decirle a Roeland que nunca más desapareciese así. Intentó no cruzarse con nadie, caminaba rápido y lo último que quería era que alguien le preguntase qué diablos hacía vestida así. Caminó por los pasillos, nerviosa, mientras en su estómago no paraban de volar de nuevo todas las mariposas del mundo, de estallar todos los relámpagos en su corazón, de sentir vibrar sus muslos imaginándose que Roeland volvía a agarrarle la mano.

Salió al patio, estaba anocheciendo y apenas quedaban miembros en el exterior. Carla lo cruzó con rapidez y entró en la zona en la que estaba la habitación de Roeland. Justo antes de llegar, se paró en una esquina para evitar ser vista por un par de miembros que venían en su dirección. Cuando pasaron, continuó su camino hasta que llegó a la puerta. Estaba eufórica. Levantó la mano para llamar, pero la detuvo en el aire y cerró los ojos. Tenía el corazón a mil por hora. Pensó qué le diría en cuanto lo viese, pero no encontraba las palabras.

De repente, escuchó algo. Una especie de grito que provenía de la habitación de Roeland. Carla se asustó.

—¡¿Roeland?! —exclamó al tiempo que su mano agarraba el pomo y abría la puerta de golpe.

Carla se quedó inmóvil al mirar hacia el interior, callada, mientras su corazón explotaba en mil pedazos, mientras sentía que su mano perdía la fuerza con la que agarraba la puerta, mientras su mente intentaba reconstruir y buscar sentido a lo que veía. Aquel instante se congeló para ella.

Roeland estaba desnudo y se movía enérgicamente sobre la cama. Vio dos manos salir por debajo de él agarrando su cintura, dos piernas delgadas envolviendo las suyas perdidas entre las sábanas. La espalda de Roeland estaba empapada en sudor y aquellas manos se deslizaban sobre ella, empujándolo hacia abajo con ardor. Al escucharla, Roeland se dio la vuelta y la miró a los ojos, sorprendido. Bella levantó la cabeza de entre las sábanas y Carla la vio, tumbada entre los brazos de Roeland.

Capítulo 53
Steven

Salt Lake, 15 de diciembre de 2014

Steven condujo a toda velocidad a través del pueblo y pegó un frenazo frente a la casa. Había dos coches aparcados en la puerta, y pensó que tal vez estarían esperando a que él apareciese con Katelyn Goldman para comenzar. Aunque los Siete habían sucumbido bajo las llamas en Boston aquel día de diciembre, sabía que podrían volver a aparecer en cualquier momento. «Siempre hay degenerados buscando una causa a la que unirse», pensó.

Antes de bajar del coche miró de nuevo a Katelyn, que seguía inconsciente en el asiento del copiloto. Vio que respiraba con dificultad y cómo la vida le había sido arrebatada poco a poco.

—Algo así podría haberle ocurrido a Amanda si no llegan a darle esa otra vida —dijo con la voz rota. Le dolía ver a esa chica en aquel estado.

Se bajó del coche y dejó allí a Katelyn. No podía hacerlo. Su alma estaba demasiado sucia para ennegrecerla para siempre con una muerte más. Fue decidido hacia la casa, sin importarle quién estuviese allí, ni quiénes podían ser los nuevos miembros de los Siete. Lo único que quería era recuperar a Amanda.

Vio que la puerta estaba abierta y la empujó con la mano, mirando el interior desde el umbral. Recordaba perfectamente aquella casa. En ella había vivido los últimos momentos felices de su vida, antes de que todo se desmoronase. Miró al fondo y vio la escalera, y al instante se le vino la imagen de Amanda y de Carla bajando por ella. Recordó a Kate, su mujer, sonriéndole desde lo alto mientras se ponía una rebeca fina y larga. Era un recuerdo cálido que se mantenía flotando en aquel lugar tan frío.

De repente, de la derecha le llegaron dos voces gritándose la una a la otra. Corrió hacia el salón y, cuando entró, vio que un hombre apuntaba con su pistola a Jacob, que estaba al fondo, con las manos en alto pidiendo que no disparase. En el suelo había cinco cadáveres, desnudos y decapitados.

—Baja el arma —gritó Steven.

Bowring se volvió hacia él apuntándole a la cara.

—¡Quietos los dos! —gritó Bowring.

Steven dio un par de pasos al frente.

—Baja el arma —repitió con serenidad. Se le notaba tranquilo, no tenía miedo.

—¡¿Dónde está Amanda?! —gritó Jacob—. ¡¿Dónde diablos está Amanda?!

—Eras tú..., siempre has sido tú... —dijo Bowring volviendo la pistola hacia Jacob.

—¿Qué dices? —respondió Jacob, sin saber a qué se refería.

—Todo esto es cosa tuya —susurró Bowring—. ¡Quieto, joder!

En su mente vio de nuevo a su antigua novia, Miranda, destrozada contra el capó de un coche. Al instante vio también a aquella niña de trece años que había muerto días después de que soltaran al asesino de Miranda.

—No dispares, por favor —gritó Jacob—. Me han tendido una trampa.

—No cometas un error —añadió Steven—. Baja el arma.

Bowring volvía la cabeza y la pistola a uno y a otro, dando ligeros pasos hacia atrás. Observaba a Steven extrañado. No sabía de qué, pero le sonaba su cara. Su mente viajó de rostro en rostro, eliminando parecidos y, de pronto, lo recordó:

—Tú eras el abogado.

—¿Qué? —respondió Steven.

—Sí, joder. Tú eras el abogado del asesino de la azotea. Hace muchos años.

Steven cerró los ojos y lo recordó. Era cierto. Había sido hace mucho, cuando aún trabajaba como abogado, y entonces era una estrella de la abogacía.

—¡Sí! ¡Eras tú! Por tu culpa murió aquella niña de trece años. Por tu culpa soltaron al asesino y mató a aquella niña.

—Yo... —balbuceó Steven. No sabía qué contestar.

—¿También estás con él? ¿Estáis juntos en esto?

—¡Escúchame! —gritó Jacob—. No sé a qué te refieres, pero creo que buscamos lo mismo.

—Lo siento —dijo Steven—. Lo siento muchísimo. No podía saber las consecuencias de lo que hice. Era abogado y mi trabajo era defender a ese hombre. Siento lo que ocurrió después.

—¡Suelta el arma! —gritó Jacob.

—¡Callaos! —chilló Bowring. Se quedó pensando sin dejar de apuntar a la cabeza de Steven. Luego se volvió hacia Jacob—: ¿Y tú? ¿Por qué le has hecho esto a toda esta gente? ¿Eh, degenerado?

—Yo no los he tocado —respondió Jacob alzando las manos al frente, intentando calmar a Bowring—. He llegado unos segundos antes que tú.

—¿Y Katelyn? ¿Qué diablos le has hecho a Katelyn Goldman? Te he visto en las cámaras de seguridad del camino que siguió Katelyn. Sales en ellas. Fuiste tú. Fuiste tú.

—Tiene una explicación. ¡Te juro que la tiene! —gritó Jacob, desesperado—. Hacía lo mismo que tú. Buscaba alguna pista que me ayudase a encontrarla y a encontrar a quienes se la llevaron.

—¡Mentira! ¡No te creo!

—¡¿Katelyn Goldman?! Está en el coche. Está bien —interrumpió Steven.

—¡MENTIRA! —gritó Bowring, sobrepasado por la situación.

—No lo hagas —dijo Steven—. Estás a tiempo. Créeme. Katelyn está en el coche.

Steven miró a Jacob y le hizo un gesto con la mano en alto.

—¡QUIETOS! No os acerquéis —gritó de nuevo.

—Él no ha tenido nada que ver con esto. Tienes que entenderlo —añadió Steven.

De repente, aprovechando que Bowring había vuelto la vista hacia Steven durante un microsegundo, Jacob corrió y se abalanzó sobre él.

—¡No! —gritó al tiempo que el sonido de un disparo invadía toda la casa.

Capítulo 54
Carla

Lugar desconocido, nueve años antes

Carla corrió entre lágrimas. El corazón le latía con fuerza, sus piernas golpeaban una y otra vez la falda del vestido rojo. No aguantaba más. Salió al patio, había anochecido y solo veía la luz que emanaba de alguna antorcha esporádica colgada de las paredes. Corrió entre los almendros, con tal dolor en el pecho, con tanta desesperación que quería morirse. Jadeaba con intensidad, sus ojos no paraban de soltar lágrimas intentando limpiar su alma, pero no funcionaba. Necesitaba salir de allí.

Siguió corriendo hacia los muros exteriores del complejo, en la oscuridad, atravesando el jardín de vellosillas y arrastrando el vestido por el suelo, hasta que llegó a los dos torreones que escoltaban el Abismo, la puerta de salida. Miró arriba, desesperada, y vio una puertecita que daba acceso a un cuarto bajo una de las torres. No había nadie allí. Entró y buscó alguna palanca que permitiese abrir la puerta del monasterio, pero solo había una escalera de madera que recorría las paredes y se perdía en el campanario, y una cuerda larga que colgaba desde el badajo de la campana. Subió a toda prisa sin saber qué diablos estaba haciendo. Su alma le estaba pidiendo a gritos que se alejase de aquel lugar. Una vez arriba, se asomó hacia el interior del monasterio, iluminado con pequeñas motas de color amarillento. Miró hacia fuera y vio todo oscuro. Estuvo a punto de detenerse. Al fin y al cabo, aquel lugar había sido su hogar durante años, casi todo lo que sabía lo había aprendido allí, y enfrentarse de nuevo al mundo exterior, sin saber siquiera dónde se encontraba, le dio vértigo. Pero su corazón le pedía que huyese para siempre. No podía más. No conseguía apartar de su mente la visión de Roeland en aquella cama con Bella. Miró a lo lejos y se fijó en las luces amarillas en la lejanía, junto al horizonte, y se acordó de aquel pueblo.

Sin dudarlo más, cogió la cuerda que pendía del badajo de la campana, tiró de ella y la lanzó hacia la oscuridad. Se aseguró de sujetarla con firmeza, comprobó que soportaba su peso y, con dificultad, trepó el antepecho de la torre y fue deslizándose poco a poco hasta abajo. Una vez allí, se asustó. Estaba pisando el suelo exterior, y sabía que había cruzado un límite insalvable. Quien cruzaba al otro lado del Abismo no volvía, así que, para bien o para mal, sus pies ya habían pisado ese suelo, por lo que su destino ya había cambiado para siempre.

De repente, la puerta comenzó a abrirse a su lado.

Carla corrió hacia la oscuridad con todas sus fuerzas, con la agilidad que le permitía el vestido. Llegó a una arboleda y miró atrás, intentando confirmar que nadie la seguía. Si la descubrían, sabía que estaba muerta. Corrió en la dirección en la que creía que estaba el pueblo que había visto desde la torre, evitando árboles, clamando al cielo que por qué su vida había cambiado tanto, lamentándose sin saberlo de aquel día en que fue a la feria con su madre. Estaba exhausta y se paró junto a un árbol a descansar. No se había dado cuenta de que estaba descalza y los pies le dolían por correr sobre la tierra.

De pronto, algunas siluetas aparecieron entre los árboles, buscándola, y Carla corrió de nuevo. No podía quedarse allí. Salió de la arboleda y vio a lo lejos las luces del pueblo. Siguió corriendo en la oscuridad, mirando atrás de vez en cuando con desesperación, sintiendo las siluetas ceñirse sobre ella. No sabía cuánto tiempo llevaba corriendo, pero estaba exhausta. No veía a nadie a su alrededor y las sombras habían desaparecido tras ella. En un momento dado sintió su pie posarse sobre el asfalto, y se dio cuenta de que había llegado a una carretera. Volvió a mirar atrás y, a lo lejos, vio en la penumbra algunos destellos que salían de la arboleda y que se dirigían hacia ella.

Cuando pensaba que no podía más, que nunca llegaría, a doscientos metros vio el cartel de entrada al pueblo. Carla lo miró sin prestarle mucha atención. Estaba descolgado de uno de los lados, y el metal se intuía oxidado por los bordes. Apenas había luz a las afueras del pueblo, pero el nombre de aquel lugar destacaba en letras azules: «Salt Lake».

Poco después llegó a las primeras casas, pero todas tenían las luces apagadas. Vio algunas farolas tiradas en el suelo y le dio la impresión de que aquel lugar estaba abandonado, pero había otras farolas que sí estaban encendidas y guiaban la carretera hacia el centro. Le dolían mucho los pies, pero no era nada comparado con lo que sentía en su corazón. Su mente le estaba lanzando mensajes confusos conforme recorría las calles. De pronto, una sensación extraña se coló en su corazón. Era como si reconociese aquel pueblo, como si hubiese ya estado por aquellas calles. Donde fuera que mirase reconocía al instante lo que iba a encontrarse. Comenzó a dolerle la cabeza y, mientras corría, no pudo evitar que sus lágrimas le inundaran las mejillas.

—¿Qué me está pasando? —dijo entre jadeos. Se tuvo que detener unos instantes para tomar aire y tratar de reconstruir su mente. Le sonaba tanto aquel lugar que se le formó un nudo en el corazón que le aprisionaba el pecho.

Tragó saliva, cerró los ojos y respiró hondo. De pronto, aceleró de nuevo el paso, incrédula ante la ausencia de gente. Necesitaba encontrar a alguien para pedirle ayuda. Tal vez alguien del exterior podría evitar que la llevaran de vuelta a la comunidad. Al final de la calle, se fijó en que la luz de algunas farolas parpadeaban y, al mirar atrás, vio que las sombras y los destellos volvieron a aparecer a lo lejos y se aproximaban.

Le pareció escuchar una voz, como si alguien estuviese hablando con otra persona. La voz partía del otro lado del edificio junto al que se encontraba. Carla corrió. Corrió tan rápido como pudo, jadeando y suplicándose a sí misma que cuando girase la esquina alguien la estuviese esperando y la pudiese salvar. Pero cuando giró no había nadie al otro lado. La calle estaba desierta y lo que había oído era el escaparate de una tienda de televisores que estaban encendidos. Era la única tienda que parecía tener actividad. En los televisores se iban sucediendo de manera aleatoria distintos rostros que miraban a la cámara. A Carla incluso le pareció que le hablaban a ella. Se asustó y corrió en dirección contraria, atravesó unos árboles y llegó al embarcadero que bordeaba un lago en cuyo reflejo se veían las estrellas. Cientos de luces iluminaban el suelo de madera y los bancos esporádicos, y los pasos de Carla resonaban en las tablas. Miró atrás y no vio que nadie la siguiera. Caminó rápido, recorriendo todo el embarcadero y adentrándose de nuevo por los árboles junto al lago. Tenía el bajo del vestido lleno de barro y cada vez le costaba más y más caminar. No tenía ya fuerzas.

A un lado vio una casa abandonada, a medio construir, con la madera podrida y cubierta de enredaderas y buganvillas. Las paredes estaban llenas de agujeros y decidió entrar y esconderse allí. Una vez dentro, sintió la madera crujir bajo sus pies. Se fijó en que no había ningún mueble y que la estructura que mantenía el techo de la planta baja había cedido a unos metros de la puerta. A lo lejos, fuera de la casa, escuchó a alguien gritar, e instintivamente corrió buscando un lugar donde esconderse. Junto a la escalera derruida encontró una puerta. La abrió y descubrió una escalera que bajaba al sótano. «Aquí no me encontrarán», pensó al tiempo que se adentraba en la oscuridad. Al llegar abajo su alma se sintió en paz. Aquella oscuridad estaba impregnada de un aire tan familiar que la imagen de su hermana Amanda apareció como un flash en su mente. No fue más que un destello, pero el dolor que sentía en su interior por lo ocurrido con Roeland le hizo rememorar el dolor que sintió cuando perdió a toda su familia siendo una cría.

Caminó sobre el suelo de tierra del sótano y algo llamó su atención en la pared del fondo.

—No puede ser —susurró.

El asterisco de nueve puntas estaba allí, grabado en la madera, y ocupaba toda la pared. Lo acarició con la yema de los dedos y vio que estaba a medio terminar. Un escalofrío le erizó la piel, y sus manos comenzaron a temblar mientras lo contemplaba solemne. De repente sintió frío. No se había dado cuenta de la temperatura hasta que había parado de correr. Se había hecho de noche y comenzó a tiritar. Rebuscó en el sótano y, junto a un estante con herramientas, encontró una manta gris llena de polvo. La agarró, se cubrió con ella y se tumbó en un rincón, sin apartar la vista de la escalera, esperando que tarde o temprano apareciese alguien de la comunidad y la llevase de vuelta al monasterio.

Pero no ocurrió así.

Las horas fueron pasando y la adrenalina disminuyendo. Su corazón aún palpitaba con fuerza por Roeland, pero era tan fuerte el dolor, tan acuciante la angustia, que cerró los ojos esperando que aquella horrible imagen se borrase de su mente.

Y entonces se durmió.

Y soñó. Cambiando para siempre lo que era y quién era.

En su sueño vio a Bella caminar con tranquilidad hacia la biblioteca, agacharse junto a uno de los estantes y dejar una nota entre los libros. La vio también un rato antes escribiendo «Te quiero» en ese papel. La vio un rato después, escondida entre las sombras del ala sur, observando cómo ella bajaba hacia la habitación con las piedras escritas. Su sueño viajaba adelante y atrás en el tiempo, poniendo las cosas en distinto orden, situándolas a su antojo aquí y allá. La vio aquella misma noche, discutiendo con Laura y preguntándole si tenía algo que ocultar. De repente, sintió cómo el sueño se detenía en la habitación de Roeland. Miró a un lado y al otro y no había nada. Un instante después apareció la cama, como si hubiese habido un corte en su sueño. En ella se encontraba Roeland, pero no estaba igual que antes. Estaba más pálido, más rubio, más mayor, vestido de traje. Estaba sentado junto a una chica de pelo castaño, sonriente, pero con unas gigantescas ojeras. Con otro corte instantáneo Roeland desapareció junto con la cama y las paredes, y se encontró de pronto en la habitación de un hospital. La chica seguía allí, mirándola con una sonrisa.

—¿Quién eres? —preguntó Carla, asustada. Aún llevaba puesto el vestido rojo pero, si levantaba la vista y volvía a bajarla, el vestido había cambiado de color.

La chica sonrió abiertamente y, un instante después, comenzó a encoger muy deprisa. Parecía ir atrás en el tiempo, rejuveneciéndose, y pasó de ser una adolescente a punto de entrar en la edad adulta, a una cría de ocho años, y seguía hacia atrás hasta convertirse en un bebé de unos meses. Sonó el flash de una polaroid y un hombre apareció con la cámara, junto a una mujer que sostenía al bebé.

Carla se acercó a la pareja, que estaba muy contenta con el bebé y le hacían carantoñas, pero cuando se fijó bien, vio que el bebé había desaparecido y en su lugar había un periódico.

—Se llamará Claudia —dijo la mujer, mirando a su marido con ilusión—. Claudia Jenkins.

Carla se fijó en la excesiva alegría que mostraban aquellos padres con el periódico, al que acariciaban como si fuese de verdad un bebé. Carla se acercó y observó el titular que ocupaba toda la página: «Diciembre de 2013».

De pronto, la mujer miró a Carla directamente a los ojos, como si acabara de darse cuenta de que ella estaba allí. Le lanzó una mirada de odio y Carla se asustó.

—¿¡Quién eres?!

—Yo..., yo... —balbuceó Carla.

—¡¿Qué haces aquí!?

Vociferó con tal fuerza que Carla tuvo que agacharse tapándose los oídos. Al levantar la vista de nuevo hacia la mujer, había desaparecido y ella seguía agachada, con su vestido rojo, sobre el asfalto. De pronto vio dos luces aproximarse hacia ella a toda velocidad, y soltó un grito ensordecedor.

Se despertó sobresaltada, jadeando y con la certeza de que lo que había soñado había sido real. Se levantó y rebuscó por el sótano algo. No podía olvidarlo.

Encontró una pequeña libreta que debían de haber usado los albañiles durante la construcción, y un lápiz casi sin punta. Volvió sobre la manta y escribió: «Claudia Jenkins, diciembre de 2013».

Miró el papel, asustada. Entendía lo que significaba hacer eso, pero su alma se lo estaba pidiendo a gritos. No sabía cómo sobrellevar aquel sueño, su vida entera la había guiado hasta ese momento y nunca había tenido tanto miedo. Le dio la vuelta al papel e intentó dibujar un asterisco de nueve puntas pero, cuando lo terminó, se dio cuenta de que había dibujado una espiral perfecta.

Capítulo 55
Amanda

Salt Lake, 15 de diciembre de 2014

Al llegar a Salt Lake, Amanda se sintió desolada. La visión de las casas abandonadas, el lago que parecía haberse secado, la multitud de tiendas vacías... Le dolió en el alma. En ese pueblo, dieciocho años antes, había conocido a Jacob y se enamoró de él al instante, y también fue donde comenzó toda la historia de locos que había cambiado su destino. Una parte de ella se quedó para siempre en aquel pueblo y, en cierto modo, le daba tristeza verlo así.

Se dirigió a la casa que había sido testigo del inicio de toda la historia, del momento en que cambió para siempre su vida, y vio que había tres coches aparcados.

Cogió la pistola y, justo en ese instante, escuchó un disparo dentro de la casa.

Salió del coche y corrió hacia allí. Se sentía más valiente que nunca. La puerta estaba abierta y entró sin pensarlo. Vio a un hombre de espaldas y estuvo a punto de disparar, pero cuando se fijó en su perfil se dio cuenta de que era su padre.

Miró hacia el interior del salón y vio a Jacob tumbado sobre un hombre que no conocía, y había cadáveres por todas partes.

—¿Jacob? —preguntó con miedo—. Por favor, Jacob, dime que estás bien.

Jacob estaba inmóvil. De pronto, un charco de sangre comenzó a expandirse por el suelo debajo de donde estaban Jacob y el otro hombre, y tanto Steven como ella se quedaron paralizados esperando a que se moviese.

Pero no ocurría nada.

A Amanda se le paró el corazón durante ese tiempo. El charco se hacía cada vez más grande, y un fino hilo de sangre llegó hasta los pies de Steven.

De pronto, Bowring empujó el cuerpo de Jacob a un lado para quitárselo de encima, y se incorporó como pudo.

—Dios santo..., ¿qué ha hecho? —dijo Steven arrodillándose junto a Jacob.

—¡Suelte el arma! ¡FBI! —gritó Amanda apuntando a Bowring a la cabeza, con el corazón latiéndole con fuerza, muriéndose por dentro, mientras veía a Jacob tirado en el suelo.

Bowring miró su pistola y miró a Amanda. Sabía que había cruzado una línea que no tendría que haber cruzado nunca. Su mente le lanzaba acusaciones a toda velocidad, rememorando todos los momentos de su carrera en los que no había tomado la decisión correcta. Se acordó de Miranda, del caso de Katelyn, del de Susan Atkins. Estaba tan desorientado que su cuerpo no paraba de temblar y creyó que iba a desmayarse. Con fuerza, arrojó la pistola hacia la pared del fondo.

En ese instante Amanda se lanzó sobre Jacob mientras se le escapaban las lágrimas, impregnando su cuerpo, su ropa y sus manos con la sangre de quien lo había dado todo por ella.

—Jacob…, mi vida… Jacob…, no me dejes…, por favor… —Lloró. Sus manos temblaban mientras le acariciaba el rostro. Tenía los ojos cerrados y la cara manchada de sangre. Amanda se estaba muriendo por dentro. Su amor por él había crecido tanto en los últimos meses juntos, que sujetarlo así, entre sus manos, inerte, mientras el charco de sangre no paraba de crecer, hizo que su alma entera gritase de dolor.

—Él…, él ha matado a toda esta gente —dijo Bowring con la mirada perdida—. Él ha sido… Todo me llevaba a él…

Se oyeron unos pasos cerca de la otra puerta. Bowring miró hacia allí y se quedó de piedra al ver a Leonard entrar en el salón con actitud tranquila, agacharse y coger la pistola que él acababa de tirar.

—Bien hecho, inspector. No esperábamos menos de usted —dijo Leonard sonriendo y apuntando el arma hacia él.

—¡¿Leonard?!

La joven de la larga melena castaña apareció por donde había entrado su ayudante, aún llevaba el vestido de flores amarillas, y se aproximó con delicadeza a Leonard, le susurró algo al oído, le giró la cara y lo besó con intensidad.

Era la chica que se había presentado en las oficinas del FBI y, en ese instante, le asaltaron a su mente todas las veces que había estado con Leonard y todas esas cosas que nunca habían encajado con él. Se acordó del barro oscuro en sus botas, idéntico al del descampado en el que hallaron a Susan Atkins. Rememoró todas las conversaciones en las que Leonard mencionaba a su mujer, pero Bowring nunca había visto ningún anillo en su dedo ni la había conocido. Y horas antes, cuando salía de la oficina y su mujer lo esperaba en el coche, recordó en su mente lo que había visto bajo la lluvia, comprendió que era la chica la que estaba en el coche. Pensó en cuánto conocía él a Leonard y se dio cuenta de que no sabía nada.

—¿Sabe qué? —dijo la joven a Bowring—. Era usted el único camino. Debería sentirse especial.

—¿Qué estás diciendo? —respondió Bowring, asustado, empequeñecido ante los nervios de lo que acababa de hacer.

Steven y Amanda miraban a Leonard y a la joven. Amanda palpó con la pierna la pistola, que había dejado en el suelo para atender a Jacob, intentando acercársela. Y no dejaba de observar a la chica, incrédula, porque le resultaba muy familiar.

—Por más que soñaba, por más que trataba de mirar hacia delante, usted era la única pieza que encajaba con las demás. Era usted el único camino para acabar con Jacob Frost. Todos los demás destinos, los demás sueños, siempre fallaban antes de apretar el gatillo. Como le dije, inspector, usted es la pieza clave para que toda la historia tenga sentido. ¿Ve eso? —dijo señalando los cadáveres diseminados por el suelo—. Todas esas personas llevaban la desgracia a los demás: un conductor de autobús que provocaría un accidente múltiple con más de cien muertos, el director de una compañía aérea que presionaría a sus pilotos para que volaran sin suficiente combustible dando lugar a uno de los mayores accidentes aéreos de la historia; un biólogo que desataría un contagio de ébola a escala global. Podría seguir.

»Con Jacob Frost, en cambio, sentía un enorme vacío en mi interior cada vez que soñaba con él, y todos los caminos, todos los futuros, en todos los sueños que tenía, él debía morir hoy para que el mundo siguiese adelante.

—Leonard... —dijo Bowring mirándolo a los ojos, intentando entender por qué se había unido a aquella locura—. ¿Por qué haces esto?

—Por favor, inspector, llámelo por su nombre —dijo la joven—. ¿Le gustan los anagramas? A mí me encanta cambiar las letras de sitio y buscar nuevas palabras.

—Llámeme Roeland, inspector —añadió.

—¿Roeland?

—Eso es, jefe. Roeland.

Bowring sentía su corazón latiendo con fuerza en el pecho.

—Sinceramente, me costó poner a Susan Atkins en esa posición. Ni se imagina lo rápido que se vuelve un cadáver rígido. Con ellos —dijo señalando a los cuerpos del suelo—, ya había aprendido la lección y fui mucho más rápido.

—Dios santo…, pero qué has… hecho —susurró Bowring. Volvió la mirada hacia el cuerpo de Jacob y un dolor ardiente se clavó en su interior.

—Usted, inspector —dijo la joven—, en mis sueños era la única persona que sería capaz de acabar con Jacob. Su historia, su pasado, todas sus inseguridades, su gran caso sin resolver, la muerte de su exnovia. Tenía que ser usted. Usted era el único que apretaría el gatillo.

A Bowring le temblaban las manos y cerró los ojos, al ver que Roeland alzaba la pistola hacia él.

—Y ahora me toca a mí —dijo Roeland al tiempo que apretaba el gatillo y le perforaba el pecho de un disparo.

Bowring cayó al suelo, con cara de pánico, pensando en cuántos errores había cometido, en cómo había caído en la trampa y en cómo el caso le había ido conduciendo hasta el último día de su vida. Pensó en Katelyn, en que tal vez hubiese podido actuar de otra forma, pero su imagen en aquella fotografía en la que sonreía a la cámara se fue oscureciendo según la sangre brotaba de su pecho. Y pensó en cómo su vida le había ido guiando de un lado a otro hasta acabar en aquel sitio; en Miranda, en el asesino de la azotea, en cómo hubiese sido su vida si ella no hubiese muerto. Sintió miedo y pena. Se palpó el pecho y supo que una herida como aquella no tenía vuelta atrás. Cerró los ojos tratando de visualizar a Miranda una última vez. Unos segundos después, se desvaneció.

—Contigo... todo tiene que terminar de una vez —dijo la joven dirigiéndose a Amanda—. Estabas en todos mis sueños con Jacob Frost. ¿Sabes una cosa?

Amanda lloraba mirando hacia arriba, con el corazón destrozado y las manos llenas de sangre.

—Descubrí la verdad hace algunos años en uno de mis sueños. Laura te había dado una nueva identidad, la brillante Stella Hyden, pensando que así cumpliría con nuestro objetivo. Por lo visto, cuando yo era pequeña, entre delirios pedí que no te matasen. Lo que nunca supieron fue el porqué.

Roeland asentía junto a la joven, con el arma apuntando hacia ellos.

Justo en ese instante, Amanda cogió la pistola que tenía al lado y disparó a Roeland. Fue tan rápida que él no tuvo tiempo de hacer nada. La bala le atravesó la cabeza y la sangre salpicó la pared de detrás. El cuerpo permaneció unos instantes en pie, hasta que cayó desplomado.

—Porque solo así terminaría la historia. Porque solo así escaparía de ellos, hermana.

—¡¿Hermana?! —dijo Amanda.

—¡¿Carla?! —gritó Steven—. No es posible. Tú no eres mi Carla.

No podía creérselo. Su hija, su pequeña, aquella que tantas alegrías que le había dado de niña, aquella que le arrebató el corazón la primera vez que le agarró un dedo al nacer, aquel terremoto curioso y alegre que revitalizó su casa y su alma, aquella que lo destrozó por dentro cuando la vio tendida en la calle frente a la feria, dieciocho años antes, atropellada por él mismo.

—No es posible... —repitió Steven—. No puede ser...

—Soy yo, papá...

—Dios santo... Pero ¿qué has hecho, Carla? —añadió Steven mirando el salón lleno de cadáveres.

—Era la única manera de volver con vosotros, con mi familia. Os vi en sueños y no aguantaba más estar lejos de vosotros. Vi claramente lo que tenía que hacer, el único camino en el destino que me guiaba hasta vosotros. Y aquí estoy, papá. Aquí estoy, Amanda.

Steven comenzó a llorar. No podía creerse lo que había hecho Carla. La miraba con miedo, con el corazón latiéndole con fuerza, sorprendido de la gigantesca diferencia que había entre esa joven y la niña que una vez cambió los relojes de toda la casa intentando adelantar el tiempo.

Amanda no se movió. La apuntaba con la pistola, dudando sobre qué hacer. Steven volvió a mirar al suelo, vio a Jacob y a Bowring inertes, la sangre en la pared de Roeland. Recordó también el cuerpo moribundo de Katelyn, y vio que Amanda se apretaba, dolorida, el abdomen.

—¿Era este el único camino? —dijo Steven con el corazón hecho mil pedazos.

—No encontré otra manera —respondió Carla, que estaba a punto de llorar—. Siento tanto todo este dolor...

—Júrame que no había otra solución, Carla. Que en el destino no había un plan distinto para esta familia.

—No la había..., papá... Cuando comencé a tener sueños, hace nueve años, vi que estabais vivos, que me habían mentido. Necesitaba volver a estar con vosotros y, en todas las visiones que tuve, vi que solo estaba con vosotros con todo lo que ha ocurrido: moviendo a toda la comunidad, desde hace años, para matar a Jacob hoy. La muerte de Claudia Jenkins, la muerte de Laura, el secuestro de Katelyn, el fracaso de Bowring con Katelyn y su actual investigación con Susan Atkins y todos ellos —dijo, señalando el resto de cadáveres que estaban por el suelo—. La implicación de Jack para traer a Amanda aquí. Era el único modo. Hace años ya soñé que Laura moriría y que sería yo quien ocuparía su lugar en la comunidad. Hacía ya años que mis sueños se tenían en cuenta, pero a partir de la muerte de Laura sería yo la única. Sería *Mi Comunidad*. Podría salir de allí y podría volver con vosotros. La muerte de Jacob era necesaria, Amanda, para poder venir aquí y estar con vosotros en persona. De verdad que no había otra manera.

Carla desvió la mirada hacia su hermana y se le escaparon las lágrimas.

—Dios santo…, Carla… —dijo Amanda—. ¿De qué diablos estás hablando? ¿Por qué me destrozasteis la vida? ¿Por qué no me matasteis? ¡Hubiese sido mejor que todo este sufrimiento! —gritó.

—¡No digas eso! No te mataron porque yo lo pedí… de niña…, en sueños… Si no llega a ser por mí, te habrían decapitado como a todas las demás. No eras distinta… Laura soñó contigo y te habrían acabado matando. Lo único es que yo pedí que no lo hicieran. Solo eso. No hay más. Soy *La siguiente*.

—Te lo repito por última vez, Carla. Júramelo, por favor —interrumpió Steven—. Júrame por Dios que no había otra manera de que volviésemos a estar todos juntos.

—Lo juro..., papá —dijo Carla entre sollozos—. Lo juro...

Steven dio un par de pasos hacia ella, tranquilo, mientras levantaba una mano hacia su cara. Sus dedos ásperos acariciaron la piel de Carla y recogieron un par de lágrimas que le recorrían la mejilla.

—Por favor, no llores. No pasa nada..., pequeña.

—No sabes cuánto he echado de menos estar entre tus brazos... Cada día, durante los últimos dieciocho años —dijo Carla, temblando, desahogándose al fin por haber conseguido reencontrarse con su padre y su hermana.

—Y yo, pequeña —respondió Steven, calmándola.

La rodeó con el brazo y la pegó contra su cuerpo. Carla se aferró a Steven con sus delgados brazos.

—Te quiero tanto, papá...

—Y yo a ti. Carla..., te quise tanto…

En ese instante, Carla sintió una punzada gélida en el abdomen, que pronto invadió su pecho y su espalda, y miró sorprendida a los ojos de su padre. Carla le clavó las uñas en la espalda, intentando luchar con él, pero la sujetaba con fuerza contra sí. Peleó unos momentos, pero Steven había clavado el trozo de cristal que había cogido Jacob tan adentro que, cuando por fin se separó, la sangre comenzó a brotar por su boca.

—¿Por... qué, pa... pá? ¿Por... qué?

—Mi hija Carla murió en aquel accidente —dijo Steven con los ojos cubiertos de lágrimas, abotargado, respirando con dificultad.

Amanda tiró la pistola a un lado y corrió hacia él. Carla se arrodilló durante unos instantes y luego cayó al suelo bocabajo junto a Roeland. Amanda abrazó a su padre y permaneció junto a él, mientras miraba cómo se desmoronaba Carla a sus pies.

Steven se dejó caer de rodillas y Amanda intentó que se mantuviese en pie a su lado, pero se agachó hasta ponerse a su altura, sin saber qué decir ni qué hacer.

—Papá, otra vez me das la vida.

—Lo siento tanto..., siento no haberte protegido. Gracias a Dios que estás bien.

—Papá..., tú siempre estás a mi lado. —Lloró.

Permanecieron abrazados en silencio unos instantes, sintiendo el amor que se tenían, deseando que todo hubiese terminado por fin, pensando en cómo habían cambiado ambos desde el inicio de la historia, en el recuerdo de aquel verano de 1996, en la licorería en la que a Amanda se enamoró para siempre.

De repente, Amanda se giró y corrió hacia el cuerpo de Jacob entre lágrimas, destrozada por dentro y por fuera, con el corazón roto en mil pedazos, sintiendo que él era lo único en su vida que había permanecido inalterable, como un dique que aguantaría los envites del mar, como la muralla de un castillo que protegería su corazón, como el faro que siempre iluminaría la oscuridad de sus recuerdos, y gritó con todas sus fuerzas:

—¡No!

En la calle ya había amanecido y comenzaron a llegar más y más coches de policía. Unos golpes aporrearon el maletero del Chrysler desde dentro y, cuando la policía lo abrió, Jack Goldman salió desorientado. No recordaba cómo había acabado allí dentro, le dolía la cabeza y tenía una brecha con la sangre seca pero cuando vio a Katelyn, cubierta por una manta térmica, tan delgada y tan cerca de la muerte, sentada en la acera mientras recibía atención médica, Jack corrió a abrazarla. Se arrodilló ante ella y juntaron sus frentes, en un gesto que pasó desapercibido para todos pero que para ellos significó el fin de su calvario.

De pronto, Steven salió con decisión de la casa, cargando el cuerpo de Jacob, mientras Amanda corría junto a él, tapando la herida por la que no paraba de salir sangre. Steven se acercó a la parte trasera de una ambulancia y lo depositó en una camilla, mientras varios médicos se lanzaron sobre él y pronto cubrieron a Jacob dejando a Amanda a un lado y casi sin posibilidad de seguir tocándole la mano. Steven se quedó mirando la escena como si todo se estuviese reproduciendo a cámara lenta y los gritos de su hija se estuviesen ahogando bajo una almohada. La observó llorar a los pies de Jacob y montarse en la ambulancia al mismo tiempo que lo subían en camilla. Miró alrededor y vio la casa, los coches de policías, a Jack y a Katelyn, juntos, con una complicidad que solo un padre compartiría con una hija. Vio la ambulancia en la que habían montado a Jacob cerrar las puertas con Amanda dentro y arrancar hasta perderse por el final de la calle. Desde uno de los coches, vio a un policía acercarse corriendo hacia él, gritándole y apuntándole con la pistola. Poco a poco, otros policías se unieron a ese y pronto tuvo a seis policías con las armas desenfundadas y apuntándole a la cabeza. Se arrodilló y se llevó las manos a la nuca y, antes de que uno de ellos se aproximase desde su espalda para golpearlo, gritó:

—Ella no era mi pequeña Carla.

Capítulo 56
Carla

Salt Lake, nueve años antes

Unos meses después Roeland se coló por el hueco de aquella casa y miró a ambos lados. La casa estaba en ruinas y apartó algunas maderas que le impedían el paso. Avanzó hacia donde debía de estar la cocina y observó que el techo de madera había cedido en aquella zona y se había convertido en una escombrera. A un lado, junto a la escalera que subía a la planta de arriba, vio una puerta. La miró con cara de preocupación, la abrió y observó la oscuridad que se perdía escaleras abajo.

En silencio, volvió sobre sus pasos hasta el hueco por el que había entrado e hizo un gesto con la mano.

Unos segundos después un bulto de tela negra entró por el hueco y se incorporó.

—¿Dónde? —dijo Bella.

—Ahí abajo —susurró Roeland señalando la puerta del sótano.

Sin dudarlo, Bella caminó hacia el sótano y se perdió entre la oscuridad de las escaleras. Roeland la siguió. Una vez abajo, Bella se acercó con decisión a un rincón: Carla estaba acurrucada en la manta, cubierta de lágrimas, y con cientos de notas tiradas por el suelo. Estaba escuálida y apenas había comido en los últimos meses.

Bella se agachó y leyó una de ellas: «Claudia Jenkins, diciembre de 2013». Cogió otra y comprobó que era igual, mismo nombre, misma fecha.

—Ayúdame, por favor —suplicó Carla—. Haz que pare. Te lo suplico. No puedo más. No puedo dormir sin verla.

Bella le hizo un gesto a Roeland y él se agachó también junto a Carla.

—Tuve que hacerlo —dijo—. ¿Lo entiendes?

—Había que hacerte ver más allá, hija —añadió Bella—. Estabas lista.

Carla miró a Roeland a los ojos mientras se secaba las lágrimas con una mano. Bella extendió su mano hacia ella.

Dudó durante unos instantes, pero comprendió que su vida era eso, que toda su existencia la había empujado en aquella dirección. Se acordó de su infancia, cuando una vez observó un asterisco gigantesco pintado en un cobertizo y lo maravilloso que le pareció. En cómo le gustaba corretear por los pasillos del monasterio cuando era pequeña, y en cómo la comunidad la había arropado el día que se despertó tras el accidente que cambió su vida para siempre. Pensó en los silencios, en su cuarto, en cuánto le gustaba pintar, en cómo echaba de menos la oscuridad de su aposento. Había crecido tan envuelta en aquel mundo, dando por hecho tantas cosas de la vida y del destino, que para ella ya se habían convertido en la única y solemne verdad.

—Es muy difícil abrir los ojos cuando tienes puesta una venda —añadió Bella.

Carla la miró a los ojos y asintió. Extendió la mano y agarró la de Bella. Roeland la ayudó a levantarse y la rodeó con su brazo para sostenerla en pie.

—Tenemos mucho que hacer —dijo Bella—. Ahora el destino lo lees tú.

Carla comenzó a andar, aupada por Roeland, y subió las escaleras. Salieron de aquella casa sin mirar atrás, paso a paso, dirigiéndose hacia la lejanía donde se encontraba el monasterio. Carla miró a Roeland con cara de preocupación, y volvió la vista hacia atrás para comprobar que Bella la observaba con mirada inexpresiva. Carla se resignó, se secó las lágrimas y siguió caminando junto a Roeland por el camino de tierra. Desde atrás, Bella los observaba andar juntos, controlando de cerca cualquier gesto de Carla.

—Nunca nos separaremos —dijo Roeland—. Ahora tu familia soy yo.

Carla se giró, lo miró a los ojos y permaneció callada durante unos instantes, porque sabía que las palabras no dichas significaban mucho más que las que pudiera decir.

Capítulo 57
Jacob

15 de diciembre de 2014

Escucho ruidos a mi alrededor y gritos a lo lejos. Siento que alguien me está agarrando la mano con fuerza. La oigo gritar mi nombre en la lejanía. Es imposible no reconocer su voz. Es Amanda. Es mi todo. Tal vez sea así como debería acabar esta historia de finales inesperados, de dolores eternos que se repiten una y otra vez. Siento un ardor punzante en el estómago, la sangre caliente recorrer todo mi abdomen, el miedo a dejarla sola para siempre. Estoy tumbado en alguna parte que se mueve y vibra bajo mi espalda.

—¡Jacob! —grita Amanda—. ¡Jacob, no me dejes!

Intento responderle, pero no puedo.

Abro ligeramente los ojos y la veo, encima de mí, mirando al frente, mientras guía entre lágrimas la camilla en la que estoy tumbado. Tiene apretada la mandíbula, con la decisión de que nada se ponga en su camino. Su pelo flota en el aire, su alma entera vibra con cada paso. Miro su mano y veo cómo agarra la mía. Miro de nuevo arriba: la luz la ilumina de vez en cuando como ella alumbró mi vida entera. Un lucero incandescente, como si fuese un destello verde, parpadeando al otro lado de la bahía. Cierro los ojos un momento y, en ese instante, su mano se separa de la mía. La escucho gritar, cada vez más lejos.

Abro de nuevo los ojos y veo a algunos enfermeros sobre mí. Uno de ellos me mira un segundo y vuelve a levantar la vista al frente. No paran de hablar a toda velocidad. Escucho la camilla golpear una puerta y, de repente, solo tengo fuerzas para decir una última vez:

—Amanda, te quiero.

De pronto, un destello ilumina mis párpados, mis entrañas, mi vida. A los pocos segundos todo vuelve a oscurecerse pero, rápidamente, otro destello brilla frente a mí y siento la corriente perforándome el pecho con virulencia. Escucho un pitido a lo lejos, constante. Las luces de las velas iluminan aquel cuarto. Amanda me sonríe, tumbada en el suelo junto a mí.

—Uno más —dice una voz—. Lo tenemos. Venga, uno más y lo tenemos.

Las velas se van apagando una a una y nos dejan a Amanda y a mí a oscuras en este recuerdo que siempre me acompaña. Cuando parece que la claridad se va a apagar para siempre siento, en el fondo de mi alma, la luz de la sonrisa de Amanda, el fuego ardiente de su mirada, la electricidad recorriéndome el corazón.

—Una vez más —dice la misma voz.

—Una vez más —respondo yo.

Epílogo

Unos meses después

En el Instituto Psiquiátrico de Nueva York la luz de la tarde se colaba por la ventana de la habitación de Kate, iluminando las pulseras que había por todas partes, creando destellos de colores que se esparcían en todas direcciones. Kate estaba sentada en la cama y llevaba puesto un jersey de cuello alto negro y un pantalón oscuro. Miraba al suelo y se frotaba los dedos como si siguiese trabajando en una nueva pulsera, pero no tenía ninguna cuenta ni ningún hilo entre ellos. Era un movimiento que sus manos se habían acostumbrado tanto a hacer que se había convertido en su estado de reposo. Alguien dio dos golpecitos en la puerta y Kate aceleró el movimiento de sus manos.

—¿Estás lista, Kate? —dijo Amanda, que entró con suavidad en la habitación.

Kate no respondió y desvió la mirada hacia la mesa, como si estuviese intentando comprobar que todo seguía en su sitio y que nadie había tocado el teléfono.

—Bueno, eso está bien. Te has puesto la ropa de calle. Y mira qué bien te queda —continuó Amanda con una sonrisa.

Kate permanecía callada, sin separar los labios lo más mínimo.

—Verás, Kate —dijo complaciente—. Hoy quiero que vengas conmigo a un lugar especial. ¿Crees que podrás?

Levantó la vista hacia ella, inexpresiva. Y volvió la mirada hacia sus manos.

—Perfecto. Haremos eso. Vamos a ir a ver a alguien pero, y esto quiero que lo tengas bien claro, en cualquier momento puedes decirme que no te encuentras bien, y volvemos aquí. ¿Te parece?

Kate la miró de nuevo e, instintivamente, guió sus ojos hacia los lados, conforme.

—Está bien. ¡Allá vamos! —dijo Amanda, pegando un salto y reincorporándose. Ofreció su brazo para que Kate se apoyara en ella y Amanda sintió un escalofrío cuando su madre le agarró la mano para ponerse en pie. Era la primera vez que tocaba a alguien por su cuenta, y aquel gesto dio esperanzas a Amanda—. ¿Te parece si nos llevamos una pulsera?

Kate no respondió, pero pareció aprobar aquella decisión. Amanda se dirigió a la pared y cogió una de las pulseras que parecía brillar más que las demás.

—Creo que esta es la más bonita. Quiero que la lleves puesta.

Amanda le puso la pulsera a su madre en la muñeca contraria a la que tenía la banda identificativa del centro, y sonrió.

—Ya estamos listas. El toque perfecto.

Salieron de la habitación y caminaron por el pasillo del Instituto Psiquiátrico, tranquilas, mientras Kate daba pequeños pasos hacia la salida y Amanda aguardaba paciente diez centímetros por delante de ella, protegiendo el camino y asegurándose de que cada paso de su madre estuviese fuera de peligro. Amanda empujó la puerta que conectaba con la recepción del complejo e, inmediatamente, Estrella se levantó desde detrás del mostrador:

—Creo que hoy no necesitarás esto —dijo, dirigiéndose a Kate. Se acercó con unas tijeras y le cortó la banda identificativa del centro. Estrella seguía teniendo la suya, con «Hannah Sachs» escrita en ella—. Tienes una más bonita puesta.

—Muchas gracias por todo, Estrella —añadió Amanda—. Gracias por haber cuidado así de ella.

Kate se tocó la muñeca donde había estado la banda con la otra mano y levantó la vista hacia Amanda.

Estrella miró a la enfermera morena que vigilaba su progreso, que seguía sentada tras el mostrador, con una sonrisa complaciente.

—De verdad que no tengo palabras por todo lo que habéis hecho —continuó, dirigiéndose hacia la morena—. Gracias. De verdad. Gracias.

Estrella asintió, contenta, y permaneció algunos momentos frente a Kate y Amanda. De pronto, se abalanzó sobre Kate, que no supo cómo reaccionar. La envolvió con sus brazos, pegó su cabeza sobre su hombro y le susurró algo al oído imperceptible. Estrella se separó y sonrió.

Kate levantó rápido la vista hacia Amanda y se quedó mirándola con interés.

—Todos te echaremos de menos, Kate —dijo Estrella.

—Ya están todos los papeles listos —añadió la morena, al tiempo que sacaba un taco de folios y los colocaba sobre el mostrador—, solo firma aquí y podréis iros.

—Hecho —dijo Amanda, acercándose hacia el mostrador y garabateando «Amanda Maslow» en el hueco que le había señalado.

Amanda guio a Kate hacia la puerta y la abrió con decisión. El sol brillaba resplandeciente, eran las once de la mañana y corría una ligera brisa fresca primaveral. Frente a la puerta, había un Dodge gris aparcado con el motor encendido. Amanda señaló el camino a Kate, que miraba a ambos lados de la calle, inquieta.

—Vamos, Kate. Nos están esperando —dijo Amanda señalando al coche.

Kate miró al frente, cerró los ojos durante un segundo, respiró hondo y avanzó. Bajó los dos escalones de la entrada hasta la acera, mientras Amanda se adelantaba con rapidez y abría la puerta trasera del coche. Volvió corriendo hacia su madre y la ayudó a entrar en el vehículo. Cerró con suavidad y rodeó el coche para entrar por el otro lado.

—¿Vamos? —dijo Jacob desde el asiento del conductor, mirando de reojo por el espejo retrovisor.

—¿Lista, Kate? —preguntó Amanda en voz baja a su madre, mientras le abrochaba el cinturón.

Kate tragó saliva y cerró los ojos.

—Listas, Jacob.

Jacob pisó el acelerador con suavidad y el vehículo comenzó a deslizarse por el asfalto. Kate volvió la cabeza atrás para observar cómo se alejaba el Instituto Psiquiátrico y cómo las calles de Nueva York vibraban por la mañana. Había gente por todas partes; un par de niños jugaban a darle patadas a un globo en la acera, una cuadrilla de trabajadores arreglaba unos cables de teléfono, un chico cruzaba la calle con un ramo de flores. Kate volvió a mirar hacia el coche, donde comprobó que Amanda daba pequeños botes con su pierna derecha mientras miraba hacia delante, comprobando con interés y preocupación el itinerario que Jacob estaba siguiendo.

Quince minutos más tarde Jacob cruzaba por el puente de Robert F. Kennedy, sobre el East River y se adentraba en Queens por la 278. Poco después, detuvo el coche, se bajó y abrió en silencio la puerta del lado de Kate. Amanda se bajó, nerviosa y dirigió una mirada silenciosa a Jacob.

—Hemos llegado. ¿Quieres salir? —dijo Amanda.

Kate salió del vehículo y entrecerró los ojos al sentir el destello del sol. Amanda agarró a su madre del brazo y la ayudó a incorporarse.

—¿De verdad que no quieres que os espere aquí? —dijo Jacob.

—No. De verdad. Necesito hacer esto sola.

—¿Segura? Puedo esperar lo que os haga falta.

—Volveremos en taxi. Vete tranquilo, Jake.

—Está bien —respondió Jacob con un suspiro. Se acercó a Amanda y le dio un beso. Rodeó el coche y se montó de nuevo en él.

—Está bien. Llámame con lo que sea, ¿vale, cariño? —dijo a través de la ventanilla.

—Cuenta con ello, mi vida —respondió Amanda.

Tan pronto como Jacob arrancó y comenzó a alejarse, Amanda agarró del brazo a su madre y comenzaron a andar juntas hacia el interior del cementerio Calvary. Caminaron durante un rato, por un camino de gravilla blanca que se extendía entre las lápidas que sobresalían del césped. Las ramas de los árboles se mecían con la brisa y, de vez en cuando, sonaba el canto de los pájaros que revoloteaban entre sus copas. Poco después, Amanda guió a su madre hacia el césped, y juntas caminaron dejando a un lado algunas lápidas grises que parecían llevar bastantes años allí. Kate siguió callada a Amanda durante todo el camino y, poco a poco, conforme se acercaban a una lápida blanca que había al final de esa parcela verde, un suave nudo se formó en su garganta. Cuando llegaron frente a la lápida blanca, Amanda respiró hondo al leer lo que había escrita en ella.

Carla Maslow 1989-1996
Tu hermana, Amanda, y tus padres, Kate y Steven,
siempre te querrán.

Kate permaneció de pie, en silencio, mirando junto a Amanda la lápida durante algunos segundos.

Ambas siguieron inmóviles un tiempo, mirando las dos al frente, oyendo el sonido de las ramas, de los pájaros, de la brisa mover el césped a sus pies, cuando, de pronto, Amanda sintió que algo le tocó los dedos de su mano. Miró hacia abajo y vio cómo su madre movía su mano y le cogía con fuerza la suya. Al levantar la mirada hacia el rostro de Kate, que seguía mirando hacia la tumba de Carla, vio una lágrima recorrer su mejilla.

En el centro penitenciario de Rikers Island, Steven esperaba impaciente en su celda. Deambulaba de un lado para otro, con pasos firmes que golpeaban con intensidad el suelo, sabiendo que en cualquier momento lo llamarían. Al otro lado de las rejas, comenzaron a repiquetear unos pasos sobre el suelo de cemento. Steven se detuvo en seco y esperó, mirando hacia fuera mientras el sonido se acercaba. Dos celadores aparecieron desde un lado, acompañados por el director de la prisión. Había cambiado las gafas redondas por unas metálicas sin montura, y ese día llevaba un traje azul. Lo que no había cambiado era su mirada insegura ni sus mofletes lacios.

—Ya…, ya sabes el protocolo —titubeó el director.

Steven se acercó de espaldas a las rejas, y dejó que uno de los celadores lo esposara.

—¿Tienes claro que será tu única concesión? El juez ha sido bien claro: el único privilegio que tendrás en los próximos diez años. Una llamada a la semana. No tendrás televisión. No te podrás unir a ningún taller. ¿Estás seguro?

—Adelante —dijo Steven, volviéndose y mirándolo a los ojos.

—Está bien —respondió el director.

Un timbre estridente sonó al desbloquearse la cerradura, y el otro celador deslizó la puerta de la celda hacia un lado.

—Acompáñanos —dijo el primer celador, mientras el director daba un par de pasos atrás, alejándose.

Steven salió de la celda con las manos a la espalda y caminó justo un paso por delante de los dos celadores. Cuando llegaron al final del módulo, atravesaron otra puerta y un largo pasillo con ventanas a un lado. El director se desvió y se perdió en una sala de vigilancia que había en uno de los lados. Una vez que alcanzaron el otro extremo del pasillo, uno de los celadores levantó la mano hacia una cámara de vigilancia y el mismo sonido estridente sonó al liberarse la cerradura de la siguiente puerta. Al atravesarla, Steven observó que se encontraba en una pequeña sala vacía con una única mesa pequeña en el centro, sobre la que había un teléfono negro de marcación por rueda. Junto a la mesa había una silla atornillada al suelo.

Uno de los celadores se acercó por detrás a Steven:

—Ninguna tontería a partir de ahora —dijo, mientras le soltaba las esposas. El otro celador se aseguró de que la puerta se hubiese quedado cerrada y se apoyó en la pared junto a ella, atento.

Steven se dirigió con pasos cortos a la mesa y se sentó en la silla. Miró el teléfono con ilusión, con la esperanza de que al otro lado le contestasen.

Levantó el auricular y se lo pegó a la oreja. Marcó uno a uno los números que había memorizado, y esperó impaciente.

Jacob condujo dirección norte durante varias horas. Mientras duró el trayecto, estuvo pensando en todo lo que había vivido desde que aquel día, hacía ya diecinueve años, llegó a casa de su tío en Salt Lake sin nada en su vida salvo dolor. Recordó la mirada que le lanzó cuando lo vio llegar con la mochila, intentando dejar atrás la casa en la que su padre reventaba a golpes a su madre. Se sintió cobarde por dejarla allí, pero sabía que aquella pesadilla no terminaría nunca. Recordó cómo su tío lo acogió y le dio trabajo en su licorería y cómo aquel lugar, lleno de botellas polvorientas, se convirtió en el inicio de su historia de amor tan dolorosa por Amanda, que lo hizo dejarlo todo e intentar recuperar, aunque fuese por un instante, la felicidad que experimentó al sentirse vivo por una vez.

Como si los años intermedios no importasen, su mente viajó a cuando abrió los ojos en el hospital, de noche, días después del disparo de Bowring en su pecho, y vio a Amanda a su lado, dormida en la butaca, sujetándole la mano. Se fijó en cómo los dedos finos de Amanda agarraban los suyos, en la calidez natural que emanaba de su piel, en cómo su pelo caía sobre el lado izquierdo de su cara. Se sintió tan feliz y completo de tenerla cerca, de saber que estaba bien, que pasó toda la noche despierto, observándola, mirando atento cada gesto, sintiendo el tacto de la piel de Amanda, el aroma de su pelo, la forma de su cara, mientras las horas transcurrían y el sol se insinuaba por el horizonte. Recordó el momento en que Amanda se despertó y lo vio a su lado, despierto, mirándola atento, para justo en ese instante dedicarle una ligera y perfecta sonrisa que él nunca iba a olvidar.

Las líneas de la carretera se deslizaron con rapidez por los lados del coche y, cuando llevaba unas cinco horas conduciendo hacia el norte, paró el coche en la gasolinera con menos tránsito de la interestatal. Se bajó del vehículo y se quedó allí, junto al coche, mirando la tienda, mientras rememoraba, a través de la neblina de los años, la imagen del rostro de su tío, afable, siempre con una sonrisa en la cara. De repente, la puerta de la tienda se abrió, haciendo sonar una campanilla y un hombre mayor salió al exterior y dio un par de pasos adelante hasta detenerse y quedarse observándolo, inmóvil, a unos diez metros de donde estaba. Jacob lo miró a los ojos y lo reconoció al instante. Se aguantó las ganas de llorar, al ver pasar sobre él tantos años, y sintió con fuerza la necesidad de saber qué había sido de su vida durante todo el tiempo que él se había marchado para encontrar a Amanda.

—Un buen hombre te encontró y me dijo dónde estabas, tío —dijo Jacob, con un nudo ardiente en la garganta.

JAVIER CASTILLO creció en Málaga, se diplomó en empresariales y estudió el máster en Management de ESCP Europe en el itinerario Madrid-Shanghái-París. Ha trabajado como consultor de fi nanzas corporativas. *El día que se perdió la cordura*, su primera novela, lleva vendidos más de 100.000 ejemplares, ha traspasado fronteras —Italia prepara un gran lanzamiento—y se publicará en México y Colombia. Asimismo los derechos audiovisuales han sido adquiridos para la producción de la serie de televisión.

🐦 @JavierCordura
📷 JavierCordura